Bem sei que tudo podes

Francine Veríssimo Walsh

Bem sei que tudo podes

Copyright © 2022 por Francine Veríssimo Walsh.

Todas as citações bíblicas foram extraídas da Versão Almeida Século 21 (A21), salvo indicação em contrário.

Os pontos de vista desta obra são de responsabilidade dos autores e colaboradores diretos, não refletindo necessariamente a posição da Pilgrim Serviços e Aplicações, da Thomas Nelson Brasil ou de suas equipes editoriais.

Publisher	*Samuel Coto*
Editores	*Brunna Castanheira Prado* e *Guilherme Cordeiro Pires*
Estagiárias editoriais	*Camila Reis* e *Lais Chagas*
Preparação de texto	*Bruna Gomes Ribeiro*
Revisão	*Jaqueline Lopes*
Capa	*Paula Eduarda Rolo*
Projeto gráfico	*Luna Design*
Diagramação	*Sonia Peticov*

Dados Internacionais de Catalogação na Publicação (CIP)
(BENITEZ CATALOGAÇÃO ASS. EDITORIAL, MS, BRASIL)

W19   Walsh, Francine Veríssimo

1.ed.   Bem sei que tudo podes / Francine Veríssimo Walsh. – 1.ed. – Rio de Janeiro: Thomas Nelson Brasil, 2022.
288 p.; 13,5 x 20,5 cm.

ISBN 978-65-5689340-2

1. Autoconhecimento. 2. Devoção a Deus. 3. Fé (Cristianismo). 4. Ficção cristã. I. Título.

04-2022/60   CDD: B869.3

Índice para catálogo sistemático:
1. Ficção cristã: Literatura brasileira   B869.3

Bibliotecária responsável: Aline Graziele Benitez CRB-1/3129

Thomas Nelson Brasil é uma marca licenciada à Vida Melhor Editora LTDA.
Todos os direitos reservados à Vida Melhor Editora LTDA.
Rua da Quitanda, 86, sala 601A — Centro
Rio de Janeiro — RJ — CEP 20091-005
Tel.: (21) 3175-1030
www.thomasnelson.com.br

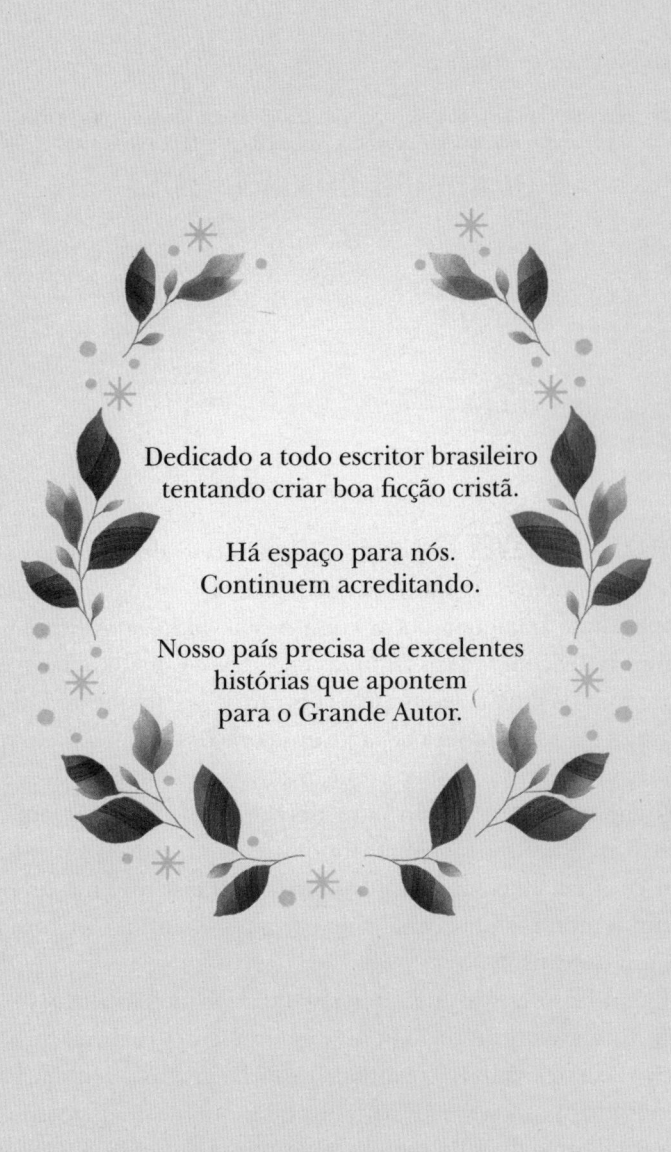

Dedicado a todo escritor brasileiro
tentando criar boa ficção cristã.

Há espaço para nós.
Continuem acreditando.

Nosso país precisa de excelentes
histórias que apontem
para o Grande Autor.

PREFÁCIO
à primeira edição (2013)

COMEÇO A ESCREVER este livro já com receio do que ele pode causar em quem quer que seja que o leia. Se tem algo que desejo mais do que qualquer outra coisa nesta vida é glorificar meu Senhor e Rei com todas as minhas atitudes, e este livro não é um ponto fora da curva. Muito pelo contrário, desejo que esta história traga alegria e esperança a jovens corações como o meu, que estão sempre turbulentos e que nunca se permitem sossegar. Eu demorei muito tempo para perceber que precisava que o Mestre que acalmou o mar tranquilizasse as ondas bravas do meu coração. Elas me causavam um certo fascínio, mas depois de um tempo me deixavam cada vez mais exausta, e eu ansiava por um descanso.

Quando somos jovens, nos jogamos em nossas ilusões com tanta vontade que, a certo ponto, nem sabemos mais nos distanciar delas para voltar à realidade. Mas Deus nos quer sóbrios e preparados para servi-lo. Aprendi que, quanto mais tempo eu passava dentro de mim mesma, mais tempo eu perdia. O segredo de uma vida realizada nele é olhar sempre para fora de si por respostas. Olhar sempre para cima. Nosso coração é tão enganoso! Mas Deus é sempre, *sempre*, fiel. Quando sacrificamos nossos sonhos por ele, o Senhor nos mostra seus maravilhosos planos. Planos de nos diminuir e de aumentar a glória do Filho em nós.

O que você está prestes a ler é, em parte, uma história de amor, e tais histórias são escritas por Deus, porque ele é a única fonte verdadeira que enche de amor nossos copos, anteriormente cheios de humanismo, até que eles transbordem. Entretanto, quando colocamos nossos próprios rabiscos em meio ao que ele escreveu, tudo deixa de ser uma obra-prima e passa a ser um rascunho malfeito. Alguém uma vez disse, e eu reafirmo, que ter fé é assinar uma folha de papel em branco e deixar que Deus escreva nela o que quiser. Nossa vida amorosa deve ser assim, mesmo que ao final Deus escreva o que, no momento, não seja o que você quer.

Se você aprender essa lição comigo, então já valeu a pena a partilha.

Em Cristo,
sua amiga e serva,

Francine
Araraquara, 2013

PREFÁCIO
à segunda edição

EU AINDA ME LEMBRO da primeira vez que me sentei para escrever *Bem sei que tudo podes* — foi em 2013, na mesa da cozinha em minha quitinete, durante meu último semestre da faculdade. Eu estava no período pós-tempestade relacional, alguns meses depois de ter terminado um "quase-namoro" que significava muito para mim.

Com o coração na mão, no auge dos meus vinte anos, eu escrevi a primeira frase, "Ian Jones não era um rapaz excepcional". Essas simples palavras traduziam algo que eu tinha acabado de aprender sobre o amor: o objeto de nossas afeições nunca será perfeito e, na verdade, para outros, ele pode ser absolutamente ordinário. Mas, como as próximas frases do livro provam, para o amante aquela pessoa se torna "única no mundo".

Beau Walsh era, para muitos, um rapaz americano completamente normal. Mas, para Francine Veríssimo, ele era raro, necessário, imprescindível. E ela tinha acabado de perdê-lo.

Foi dessa fase angustiante da minha vida que *Bem sei que tudo podes* nasceu. Ian e Cecília eram minha oportunidade de escrever uma história de amor parecida o suficiente com a que eu tinha visto morrer, mas diferente o suficiente para dar certo.

Pela graça de Deus, Beau e eu nos reencontramos, e nos casamos em 2016. E aqui está o perigo de você, querido(a) leitor(a), saber disso: Beau e Francine não são Ian e Cecília. E, mais importante ainda, Beau e Francine não são você e aquela pessoa que significa muito para você. Sim, nossa história inicialmente trágica tornou-se mágica (ou, ao menos, o mais mágica que uma história real pode ser), mas isso não quer dizer que toda história trágica tenha um final feliz, e eu espero que você não ancore suas esperanças nisso. Nosso mundo não é perfeito. Nem sempre nossos desejos se tornam realidade.

Contudo, aquilo que eu disse no prefácio de 2013 permanece verdadeiro, quase dez anos depois: "Deus é sempre, *sempre*, fiel. Quando sacrificamos nossos sonhos por ele, o Senhor nos mostra seus maravilhosos planos. Planos de nos diminuir e de aumentar a glória do Filho em nós."

Eu espero, de todo coração, que Ian e Cecília te ensinem que Deus é o Amado de nossas almas e que viver para ele é o melhor sonho que existe.

Com muito carinho,

sua amiga e serva,

Francine
Minnesota, 2022

PRÓLOGO

"Bem sei que tudo podes, e nenhum dos teus
planos pode ser frustrado." (Jó 42:2)

Esta não é uma história de amor.

É importante explicitar isso porque, em alguns momentos, você será iludido. Então, deixe-me te desiludir desde já. Esse é um relato sobre algo muito maior, mais poderoso e, ouso dizer, mais valoroso que um amor.

PARTE 1
O COMEÇO

01

Os problemas estão nos seus próprios olhos

IAN JONES não era um rapaz excepcional. A verdade é essa, e eu me sinto obrigada a dizê-la. Quer dizer, ele não era extremamente bonito, extremamente inteligente ou extremamente bom. Ian Jones era normal. Mas, havia alguma coisa nele que me cativava de uma maneira inigualável, e Ian Jones se tornou único para mim. Em minha cabeça e coração, ele era absolutamente sensacional.

Às vezes eu me pergunto se as coisas se encaixam com perfeição na vida, como a gente sempre sonha naqueles poucos segundos que precedem o sono, nos quais nos permitimos um pouco de insanidade. Eu ainda não tenho essa resposta, para ser sincera. Mas posso dizer a você que, nas poucas experiências que tive até aqui, não funcionou assim. Pelo contrário, a realidade é um lugar árido e rígido, e não permite que pequenos brotos de fantasia cresçam por muito tempo.

Mas estou divagando. Voltemos a Ian Jones.

A cidade estava silenciosa como praia depois da tempestade. Alguns dias atrás, tudo era barulho e caos, com os sons das vuvuzelas preenchendo a atmosfera. Mas com a derrota do Brasil para a Holanda nas quartas de final, o mundo calou. Pelo menos esse nosso canto tropical do mundo. Eu assisti ao jogo na casa de um casal de amigos e me surpreendi com o quanto todos ficaram tão fortemente frustrados com a "nossa" derrota. Nossa entre aspas porque, até onde me lembro, eu não fiz nada para que o time perdesse. Particularmente, eu não vejo muita graça nesses campeonatos esportivos, mas o Brasil, como bom país do futebol que é, leva essas coisas muito a sério, e como não poderia deixar de ser, o dia seguinte à derrota amanheceu cheio de brasileiros devastados, como se a vida deles realmente fosse afetada pelo resultado do jogo.

Nessa manhã silenciosa, eu me encontrei em frente ao meu computador, checando minhas redes sociais, passando por vídeos de gatos e fotos de gente na Disney. Entediada e cansada, eu me perguntava se até mesmo as moças da minha pensão ligavam para futebol, porque a casa estava mais calma do que o normal. Carina, minha colega de quarto, dormia na cama atrás de mim depois de passar a noite na biblioteca estudando para seu mestrado.

Foi nesse marasmo, enquanto eu passava o mouse pela tela sonolenta, que eu o vi.

Eu gostaria de, sinceramente e de todo coração, poder dizer que nosso primeiro contato foi algo como um passeio no parque no qual nos esbarramos; ou um acidente de carro do qual ambos saímos ilesos, mas que deu início a uma linda história de amor; ou mesmo que éramos amigos de infância. Mas a verdade é que tudo começou com essa foto pós-jogo-de-eliminação-do--Brasil-na-Copa-de-2010. Simples e estúpido assim. Eu rolava a barra lateral quando vi uma foto de dois amigos e um terceiro rapaz que eu nunca tinha visto. Os três vestiam a camisa da seleção brasileira e faziam caras de tristeza; e o Ian, especialmente, fazia uma cara de dor, como se tivessem amputado o braço dele com uma faquinha de pão. Eu fiquei encantada à primeira vista. Quer dizer, ele não estava exatamente exalando beleza naquela foto que nem tinha a pretensão de transmitir beleza, mas ele tinha alguma coisa muito única que me tragou para dentro. Ian era como uma praia ao pôr do sol, com seu cabelo ondulado cor de areia e seus olhos cor de mar.

Eu fiquei inquieta. Eu fiquei sincera e ridiculamente inquieta depois daquele dia. Eu só conseguia pensar que aquele rapaz era diferente, estranhamente curioso e que eu queria saber mais sobre ele. Mas confesso que fiquei bastante envergonhada de perguntar qualquer coisa aos meus amigos da foto, então a inquietação ficou presa no meu peito feito um pássaro querendo fugir da gaiola.

Cerca de dois dias depois, eu chamei Beto, um dos meus amigos da foto, para conversar. Bastou um pouco de bate-papo e ele me explicou que o rapaz em questão se chamava Ian, era filho de uma brasileira com um pastor americano e tinha se mudado para a nossa cidade recentemente com a família, desde que seu pai assumira o cargo de pastor de uma igreja local. Era uma família bem grande com vários irmãos, e eles haviam se mudado para uma casinha pequena — pequena demais para tantos filhos — atrás da igreja, a Casa Pastoral, como era chamada.

Eu tinha alguns conhecidos naquela igreja, a Batista Central, mas frequentava a Batista da Liberdade, mais no centro, perto da minha pensão. Isso somente nos finais de semana que eu ficava em São José dos Campos, na verdade, já que na maioria deles eu voltava para a casa dos meus pais em São Paulo.

Alguns dias se passaram e as semanas de prova começaram a ficar cada vez mais intensas. Eram muitos os nomes que eu tinha que decorar, e Ian Jones não era um deles. Eu fui me esquecendo

aos pouquinhos daquele rosto contorcido de falsa dor numa foto aleatória numa rede social aniquiladora de tempo. As provas me sufocavam, eu acordava, estudava, mal dava tempo de colocar um miojo no micro-ondas para almoçar, e logo já estava afogada em livros de novo. A semana toda passou voando. No sábado, já na casa dos meus pais, me permiti alguns minutos de devaneio em uma rede social e, foto vai, foto vem, para minha surpresa, lá estava um vídeo de Ian Jones.

Ian Jones cantando. Ian. Jones. Cantando. Por algum motivo, Ian Jones cantando era tão bom para mim quanto a luz do Sol é para as plantas. Eu fiquei parada ali, absorvendo. Era um vídeo que um dos meus amigos da foto-pós-Copa havia compartilhado, e Ian cantava com suas duas irmãs, aparentemente uma mais velha e uma mais nova. A mais velha tocava violino, uma moça que aparentava uns 25 anos, os cabelos loiros presos num coque, os olhos azuis vidrados na partitura; Ian estava sentado, tocando o piano e a mais nova, uns seis aninhos, sardas na área do nariz e nas bochechas, sentava-se ao lado dele no banco do piano, o vestido verde com bolinhas azuis quase se arrastando pelo chão. Ian e a irmã mais nova faziam um dueto e ela era, claro, mais fofa do que afinada, mas aquela música era a coisa mais linda que eu já tinha ouvido.

A música foi preenchendo meu coração feito uma gota de tinta jogada num tanto de água: de repente, rápido demais para evitar, a água toda virou tinta. Aquela tinta não era exatamente tóxica, mas eu me sentia levemente envenenada. Era como se aquilo fosse parte necessária dos meus dias. Era difícil, se não impossível, um dia passar sem que eu ouvisse aquela música um pouco.

Mas, como todo o resto na vida, a tinta foi se dissipando conforme outros litros de água cotidiana eram adicionados à água inicial. E, aos poucos, eu não estava mais tão totalmente fascinada. Foi um fascínio tão passageiro quanto uma estrela cadente.

Só que água turvada nunca mais se pode beber.

02

Pequenos Momentos de Alteração

EU TENHO UMA TENDÊNCIA um tanto peculiar de, vez ou outra, parar para pensar no que teria acontecido se Frei João tivesse conseguido chegar até Romeu. Quer dizer, talvez todo o encanto da história fosse sacrificado, mas teria valido a pena e o casal mais desafortunado da história da humanidade teria um final feliz.

Aquele momento em que Frei João foi impedido de seguir sua jornada rumo à felicidade de Romeu e Julieta é o que eu resolvi chamar de Pequeno Momento de Alteração. Durante toda a história humana, alguns Pequenos Momentos de Alteração ocorreram, e eu os denominei assim justamente porque eles mudam o rumo das nossas vidas. Não que eles façam com que nos desviemos do nosso trajeto inicial, pelo contrário, são esses momentos que nos mantêm no trajeto que nossas vidas devem ter, são eles que nos mantêm nos planos. A primeira vez que vi Ian Jones, naquela foto bizarro-cômica pós-Copa, foi um Pequeno Momento de Alteração na minha vida.

Aquele estava sendo um mês muito quente em São José dos Campos. As pessoas viviam passeando pelos parques e se encontrando nas lanchonetes e, principalmente, nas sorveterias. Há algo de muito sonolento no ar morno de verão. Naquela manhã, eu tinha acabado de terminar um livro sobre um casal que se apaixonava na Holanda e não ficava junto no final, por isso estava frustrada e ansiando por um livro novo.

Carina tinha que preparar algum tipo de apresentação para seus orientadores da pós-graduação e logo cedo se levantou e foi para a escrivaninha. Aquele barulhinho dos dedos batendo nas teclas era tão irritante que nem se eu quisesse ia dar para ficar no quarto. Levantei-me da cama e, com muito esforço, troquei os pijamas pela primeira roupa que achei. Me olhei rapidamente no espelho — meu cabelo ondulado estava desalinhado e pequenos círculos acizentados emolduravam meus olhos verdes. Decidi que esse não era um dia para se preocupar com aparência e, com o livro na mão, desci as escadas com um rápido "volto já", mas Carina não pareceu ter escutado.

Quando desci as escadas, encontrei Isabelle e seus um metro e setenta de altura espreguiçada no sofá. Mesmo com o cabelo todo bagunçado, ela ainda sabia ser a menina mais linda que eu já vi.

— Ressaca? — perguntei, provocativa.

— Ah, você sabe como é, Cecília. As noites são divertidas, mas as manhãs...

Isabelle me convidava todas as vezes que saía para as baladas da vida, mas eu sempre recusava. Cresci ouvindo que balada não é coisa de cristão, mas confesso que parte de mim morria de curiosidade. O que tinha de tão inebriante nesses encontros que fazia tanta gente voltar a eles noite após noite?

Disse adeus a Isabelle e segui rumo à suada jornada que me aguardava. Esperar o ônibus naquele tempo quente era, sem dúvidas, completamente torturante. Liguei o aparelho de mp4 e deixei a música me acalmar. O ônibus chegou depois de vinte minutos que me pareceram eternos. Pouco tempo depois, desci no ponto mais próximo à biblioteca e não pude evitar pensar que talvez, se eu tivesse caminhado até ali, teria chegado mais rápido. O suor já começava a escorrer no canto do meu rosto e por baixo da minha franja quando entrei na biblioteca e um pseudochoque térmico se seguiu, graças ao ar-condicionado ligado.

A Biblioteca Municipal não era fisicamente grande, mas tinha uma quantidade enorme de livros, o que fazia com que as prateleiras estivessem sempre lotadas e muitos volumes fossem deixados em mesinhas separadas. Eu nunca conseguia entrar lá sem pensar no quanto de conhecimento havia num espaço tão incrivelmente pequeno. Como o nosso cérebro: essa coisinha dentro da nossa cabeça equivale a apenas 2% da nossa massa corporal, mas contém todas as nossas informações. Na verdade, aquele 2% de nós é basicamente tudo de nós, pois as dores, as sensações, os sentimentos... Tudo acontece por ele. Fascinante.

Decidi que minha nova leitura seria *As primaveras*, de Casimiro de Abreu. Eu já o havia lido e tinha até um trecho de um dos poemas que eu gostava muito e sabia de cor — um feito impressionante para alguém que durante todos os seus dezoito anos de vida teve dificuldades em memorizar pequenos versículos bíblicos...

Eu me lembro! eu me lembro! — Era pequeno
E brincava na praia; o mar bramia
E, erguendo o dorso altivo, sacudia
A branca espuma para o céu sereno.

E eu disse a minha mãe nesse momento:
"Que dura orquestra! Que furor insano!
Que pode haver maior do que o oceano,
Ou que seja mais forte que o vento?!"

> *Minha mãe a sorrir olhou pros céus*
> *E respondeu: "Um Ser que nós não vemos*
> *É maior do que o mar que nós tememos,*
> *Mais forte que o tufão! meu filho, é Deus!"*

Procurei por toda a seção de poemas, mas não o achei. Ótimo, esse estava sendo um péssimo dia até aqui se eu contasse o samba nas teclas da Carina e a viagem suada no ônibus.

Caminhei até o balcão e tive que esperar uns cinco minutos antes que a mocinha de óculos verdes viesse até mim.

— Oi, você por acaso tem como encontrar um livro para mim?

— Sim, diz o nome — ela respondeu sem nem me olhar.

— *As primaveras*, Casimiro de Abreu.

Óculos verdes olhou para mim, finalmente, com um ar curioso. Deu uma gargalhadinha.

— Que bizarro. Um moço acabou de perguntar sobre esse mesmo livro. Para seu azar, ele pegou a última edição que eu tinha.

Eu sentia um quase prazer no seu tom de voz. Esse dia só piorava, misericórdia!

— Você sabe pra que lado ele foi? — eu disse, disposta a convencê-lo a me deixar alugar a obra. Sabe, geralmente eu deixaria para lá, mas eu fiquei vinte minutos esperando o ônibus no sol do meio-dia, então precisava de alguma vitória hoje. Qualquer uma.

— Ele foi por ali, deixa eu ver — Óculos verdes olhou por cima do meu ombro. — Ali ó, ele tá sentado lendo o livro naquela mesa.

Caminhei até o rapaz, pronta para conquistar minha pequena vitória. Mas, quando cheguei perto o suficiente para encará-lo, meu corpo parou.

Foi como se tivessem injetado gelo diretamente nas minhas veias. Tudo em mim se esfriou e fiquei ali, petrificada. Ele sorria para mim agora.

— *Oi...* — A voz dele ressoou muito distante na minha cabeça e os 2% de mim no meu cérebro pareciam ter tirado os próximos segundos de férias, porque eu simplesmente não conseguia reagir. Minha voz saiu como um sussurro:
— Ian?

03

Eu sou fraca

AS PESSOAS, os livros e os filmes todos falam que as histórias de amor mais bonitas são aquelas que acontecem mais ao acaso. Elas dizem coisas do tipo: "Se eu não tivesse ido ao cinema naquele dia ver aquele filme terrível, eu não teria conhecido ela e não estaríamos casados hoje", ou "Se eu não tivesse aceitado ir àquele casamento e tivesse ficado em casa vendo TV, como tinha planejado, hoje eu não estaria noiva de um rapaz que conheci lá". Essas coisas que se você não tivesse feito exatamente aquilo naquele exato momento você não teria conhecido o amor da sua vida. Eu nunca achei que algo do tipo pudesse acontecer comigo, mas aqui estava eu, vivendo isso.

    Enquanto eu ficava ali completamente paralisada, Ian se mexia de uma forma um tanto nervosa, provavelmente tentando compreender aquela situação esquisita. Quer dizer, pobre rapaz, havia apenas decidido ler um livro qualquer em uma biblioteca qualquer, numa tarde de verão qualquer e, num piscar de olhos, se deparou com essa completa estranha que não só sabia seu nome, como também parecia pateticamente assustada em lhe encontrar.

Meu cérebro congelado foi, pouco a pouco, saindo de seu estado vegetativo e voltando à vida.

— Eu... Eu... Desculpa. — *Desculpa por estar te encarando como uma louca fugida do hospício*, eu devia ter dito.

— Ah não, não tem problema! Imagine. Desculpa eu, porque isso vai soar muito rude, mas... Eu não consigo me lembrar de onde conheço você.

Os olhos dele analisavam meu rosto, provavelmente tentando encontrar lá no fundo da mente alguma lembrança que pudesse vir à tona e explicar a situação toda. Quer dizer, se essa estranha sabia o seu nome é porque, de alguma forma, ele deve conhecê-la. Como ele poderia imaginar que, na verdade, essa estranha não passava de uma doida que tinha ficado obcecada com um rapaz que nem sequer conhecia? *Não!*, eu tentei dizer, mas saiu como um quase-grito. *A gente não se conhece.*

Esse meu corpo realmente tinha vida própria. Poucos minutos atrás, quando eu precisei que funcionasse, ele paralisou feito uma estátua de gesso. E agora, como que se tivesse levado um choque, a coisa toda resolveu sair em disparada. Eu corri dali o mais rápido que pude, antes que ele conseguisse falar qualquer outra coisa. Quando dei por mim, já estava no ponto de ônibus. Minhas mãos tremiam tanto que eu tive medo de desmaiar.

Pronto, pensei. *Estraguei tudo*.

Eu quase perdi o ponto de descida do ônibus, de tão paralisada que estava. Vez ou outra, reparava que as pessoas que entravam e saíam daquele transporte público me encaravam; alguns até ameaçavam vir me perguntar alguma coisa, mas desistiam. Me pergunto quantos deles acharam que eu era lunática e quantos pensaram que eu estava passando mal. Meus olhos se mexiam de um lado para o outro, enquanto meu cérebro repetia as mesmas cenas, de novo e de novo.

Olhos azuis. Sorriso sem graça. Rosto subitamente confuso. Prateleiras de livros. Rua cheia. Ponto de ônibus.

De novo e de novo. Tudo muito embaçado, muito confuso.

Quando cheguei em casa, corri escadas acima direto para o meu quarto. Graças a Deus Carina não estava, ou eu teria que explicar o motivo da minha palidez. Aquela menina sabia analisar as pessoas tão bem quanto os seus livros. Olhei ao redor. Sento-me na cama? Preciso de água. Ando de um lado ao outro. A mão tremendo, a água espirrando no chão. Ligo para alguém? Mas quem? Como é que eu vou explicar essa bizarrice? Ninguém sabia da minha obsessão. Eu só contei parcialmente à minha melhor amiga, Flora, num dia que ela estava almoçando na minha casa. Abri um vídeo do Ian cantando no YouTube e me sentei de frente para ela, atrás da tela. Queria ver sua reação. Seus olhos verdes permanecem desinteressados, seu cabelo loiro caindo perfeitamente sobre seu ombro. Flora fez um *uh-hum* sem graça, logo voltando sua atenção a seu nojento prato de língua de vaca, e eu fiquei me perguntando se a voz dele era assim tão sem graça no universo dos humanos normais e só no universo da Cecília é que parecia um som angelical.

Abro a sacada e me sento lá fora, pernas esticadas e rosto queimando no Sol, mesmo estando exposto a ele por somente alguns segundos. Pouco a pouco, o coração volta a bater normalmente. O suor parecia estar expulsando consigo não somente sais, mas toda a minha insensatez, e me sinto mais... idiota. Que raios foi aquilo?

Eu não sabia explicar o porquê dessa estranheza toda. Talvez tenha sido pelo fato de que, devido às muitas horas que passei assistindo aos vídeos do Ian cantando, na minha mente, ele era alguém quase que famoso, meio irreal e endeusado. Talvez minha reação fosse completamente normal. Quer dizer, como alguém deveria reagir ao ver o Justin Bieber na padaria? Provavelmente com a mesma resposta que eu tive: congelamento do cérebro, paralização dos membros, pernas que correm por conta própria e possivelmente um desmaio para completar. Pelo menos eu consegui voltar aos meus sentidos a tempo de evitar o último sintoma.

Sentada ali, toda esparramada no chão, comecei a pensar no fato de que Ian Jones esteve na minha frente, ao alcance do meu toque. Meu cérebro passou a pregar peças em mim. Será que era ele mesmo? Talvez fosse somente alguém parecido com ele e eu dei uma de louca antes de conferir. Céus, era possível que ele tivesse um irmão gêmeo? Não, doida, se não fosse ele, porque ele teria reagido daquela forma quando eu disse, ou melhor, sussurrei seu nome? É claro que era ele.

A verdade é que, nessa cidade de 729,737 habitantes, foi Ian Jones quem escolheu o mesmo livro que eu, no mesmo dia que eu, na mesma biblioteca que eu visitei.

Eu estava convencida de que Deus havia feito aquilo acontecer, pois qual ciência poderia explicar tamanha coincidência? A gente sempre vê na literatura e no cinema esses encontros inesperados acontecendo e acaba que nossas cabeças aceitam que aquilo aconteceria na vida real. Mas quando é que isso acontece *mesmo*?

Depois de ter conseguido fazer meu corpo funcionar de acordo com meus comandos novamente, resolvi pesquisar isso mais a fundo. Vasculhei as prateleiras onde Carina colocava seus muitos e pesados livros, e depois de algum tempo encontrei um dicionário. Demorou bastante até conseguir encontrar a palavra que eu queria, por causa da tremedeira nas mãos. Isso e o fato de que eu sempre fui péssima com dicionários. Lembro que a professora da primeira série tinha um jogo, que só na cabeça dela era divertido, onde todos os alunos seguravam os dicionários com os braços esticados acima de suas cabeças, e quando ela gritava um termo, nós corríamos a procurar. O primeiro que encontrava ganhava um adesivo. Como se aquele pequeno pedaço de papel com uma Chiquitita fosse suficiente para compensar minhas dores musculares. Bom, nem que fosse, eu nunca ganhei.

Depois de ler a definição que o dicionário dava, eu me encontrei ainda mais convicta. "Milagre: Qualquer intervenção da presença divina na vida humana". Era isso. Eu tinha sido escolhida para ser o recipiente de uma intervenção divina das mais bonitas e doidas. Me senti especial, querida, cuidada, privilegiada. Era um sentimento tão caloroso, que afagava minha alma. Deus tinha agido, o próprio dicionário dizia que sim. Ele moveu céus e terra para fazer com que Ian Jones e Cecília Petri se encontrassem, cara a cara.

E aí a minha ficha caiu.

O que eu tinha feito? O Todo-Poderoso arquitetou um lindo Momento de Alteração, e o que dona Cecília fez? O que dona Cecília faz de melhor: estragar as coisas. Aquela realização mudou todo o sentimento dentro de mim. De brisa suave e quentinha a furacão de 320 km/h.

Ao invés de aproveitar aquele encontro para ser o mais simpática e amável possível para que o homem dos meus sonhos se apaixonasse por mim, eu resolvi correr uma minimaratona até o ponto de ônibus.

Eu devia ter uns dez ou onze anos quando as sessões começaram. Sessões de terapia, quero dizer.

Todas as tardes, após as aulas, eu voltava da escola com a mãe de uma coleguinha que morava perto de nós. Minha mãe nos levava e ela nos trazia. Eu achava o máximo porque a Helena, essa minha amiga, era meio que banana e fazia tudo o que eu queria. Então, nesses caminhos de volta, eu sempre inventava umas brincadeiras doidas e a pobre Helena ia na minha onda. A mãe dela nunca se manifestou acerca desse abuso ditatorial, então eu simplesmente continuava fazendo. Eu perdi contato com Helena, mas desejo sinceramente que ela tenha mudado e se tornado um pouco mais dona de si.

Em um desses dias, voltávamos para casa e, no meio da brincadeira, sentimos o carro fazer um movimento brusco, indo para cima e para baixo repentinamente, de forma esquisita. De repente, o som. Eu nunca mais me esqueci dele, ainda que a terapia tenha ajudado a amenizar os efeitos dessa lembrança. Era um chorinho doído e esganiçado. Eu fiquei sentada ali, o tronco paralisado olhando para frente, esperando a reação do único adulto dentro do carro. Pensei que ela desceria, pegaria aquela pobre criaturinha, a colocaria no carro e dirigiria direto ao hospital veterinário.

Os gritinhos ficaram mais altos. Do canto do olho eu podia ver pessoas se ajuntando atrás do carro. A mãe da Helena ainda ali, tão paralisada quanto eu, com o carro estacionado no meio da rua. Ela olhou pelo retrovisor, meio que para sondar a situação. Então, como se nada tivesse acontecido, voltou a dirigir. Me deixou em casa, cumprimentou minha mãe normalmente, e foi embora. Eu vi nos olhos de Helena que ela estava tão confusa quanto eu, pobre menina.

Quando minha mãe me abraçou, eu desatei a chorar. Não sei se foi o susto do acontecimento ou o fato de eu nunca ter sabido se aquele pobrezinho sobreviveu. Ou talvez tenha sido um sentimento de culpa que minha mente de dez anos alimentou, como se eu tivesse parte naquele crime por estar naquele carro. De qualquer forma, qualquer que tenha sido o motivo exato, eu estava traumatizada. Olhando para trás hoje, muitos anos depois, parece um pouco exagerado. Mas, na época, aquilo foi gigantesco dentro de mim, de forma que eu parei de me alimentar e dormir bem, e chorava constantemente. Por isso, meus pais decidiram por bem me levar a um terapeuta que conheciam, um homem cristão muito bondoso e sério, e passei a vê-lo uma vez por semana.

Todos aqueles anos de terapia, todas as sessões caras que meus pais pagaram, todas as conversas profundas e longas que tive com o dr. Amaral, deveriam ter me feito mais forte. Afinal de contas, desde então eu nunca mais tive nenhum tipo de situação que me abalasse emocionalmente. Mas parece que não. Eu continuava uma molenga, com o emocional de uma ameba. E Ian Jones chacoalhou todo o resto de normalidade que existia em mim.

04

Pela primeira vez, de novo

AINDA UM POUCO OBCECADA com a palavra "milagre" e seu significado, passei horas procurando na Bíblia sobre isso. Afinal de contas, essa era a melhor fonte sobre coisas sobrenaturais acontecendo pelas mãos divinas. Depois de folhear pelos quatro Evangelhos e ver Jesus agindo miraculosamente, vez após vez, cheguei a uma conclusão: o milagre envolve ação. Em cada relato que a Bíblia dava eu percebia que milagre não era algo passivo.

Na multiplicação dos pães e peixes, nós vemos uma multidão faminta. Os discípulos de Jesus tomam o caminho passivo. "Senhor, vamos despedir essa multidão, mandar todo mundo embora e sair de fininho depois, porque estamos no meio do deserto e mesmo se tivesse alguma loja por aqui, ficaria caríssimo pagar pelo alimento de todo esse povo." Mas, então um menino qualquer vem e diz: "Olha, eu tenho aqui meu lanche... Será que serve?" Ainda que sua ação parecesse tola na hora, aquele menino deu um passo de fé e agiu. E o milagre achou seu lugar.

Fechei a Bíblia e me dei por satisfeita. Era essa a resposta: proatividade. Eu precisava agir. Não adiantava ficar sentada remoendo toda a culpa que eu sentia por ter estragado minha chance — a chance que Deus havia me dado — de conhecer Ian Jones. Era hora de tomar a responsabilidade nos ombros e partir para a ação. Ir à caça.

Contudo, umas três semanas se passaram desde o encontro na biblioteca e eu ainda não sabia exatamente o que "ir à caça" significaria. Por mais que eu soubesse que nós tínhamos amigos em comum e quisesse usar isso a meu favor, não dava para simplesmente ligar para um deles e pedir o telefone, endereço, RG e mapa astral de Ian Jones. Um pouco de dignidade ainda me restava — tinha que ser algo mais sutil.

Minha cabeça estava nas nuvens 24 horas por dia. Eu me imaginava com ele, passeando na rua, cantando, tomando sorvete, gargalhando na chuva...

O problema é que nada tirava da minha mente que se eu apenas conseguisse redimir o meu erro na biblioteca e proativamente criar um novo milagre, um novo encontro, eu conseguiria fazer ele se apaixonar por mim. Não havia dúvidas em meu coração. Eu sabia onde ele pertencia, e era comigo. Nos meus braços. E eu nos dele. Sabendo disso, de que valia a pena pular uma ou outra refeição — afinal de contas, o almoço era pizza, a janta era pizza requentada e o café da manhã era o que sobrou da pizza — para ficar apenas deitada na minha cama, concentrada, pensando em como engenhosamente criar um Pequeno Momento de Alteração? Ian Jones valia a pena todo esforço.

Na quarta-feira, dia do culto de oração, eu fui à igreja como de costume. O pastor havia acabado de pregar e eu não estava prestando muita atenção. Quando ele terminou, voltou ao seu banco e um jovem subiu ao púlpito. Ele era muito bonito, na verdade. Alto, um tipo corporal atlético, a pele negra e os olhos brilhantes. Com uma voz bem grossa, ele começou:

— Boa noite, irmãos.

Eu tava tão distraída que acabei atrasando no boa noite e falando meio que sozinha, depois de todo mundo. Ainda bem que ninguém percebeu, só uns adolescentes sentados na minha frente que ficaram de risadinha. Chutei o banco da frente sem querer. Adolescentes são criaturas malignas.

— Eu queria dar um aviso rapidinho. Sábado agora é a reunião mensal do nosso grupo de voluntários do hospital do centro, e será na Igreja Batista Central. Nós vamos fazer uma caravana que sairá daqui da nossa igreja mesmo. Os voluntários que estão conosco nesse grupo e não sabem chegar lá, podem vir pra cá, umas 18 horas... Oi? Ah, tá. Desculpa, dezenove horas, e aí nós vamos juntar a galera nos carros e ir. Obrigado!

Quando o jovem desceu do púlpito, fiquei pensando sobre o quão interessante ele era e como eu nunca tinha reparado nele ali. O pastor subiu de novo e deu o comando para que abríssemos nossos hinários. Quando estávamos na metade do hino final, de despedida, a minha ficha caiu: Batista Central. Não só a maior igreja de São José dos Campos, que costumava sediar os melhores eventos de confraternização, como também nada mais nada menos do que a igreja de Ian Jones.

— Boa noite!

O rapaz bonito do anúncio da quarta-feira falou para mim, ainda de dentro do carro, com a janela aberta. As luzes da igreja ainda estavam todas apagadas, as portas fechadas, não havia mais ninguém ali além de mim. Eram seis e quinze. Ele termina de estacionar direito, sai do carro e vem em minha direção, parecendo confuso, a mão estendida para um aperto. Está com aquele sorriso envergonhado que a gente dá quando não lembra de conhecer uma pessoa, mas ela parece conhecer a gente.

— Boa noite... Eu posso te ajudar com alguma coisa?

Ele coloca a mão no meu ombro, de forma amigável, mas, na minha concepção, um pouco invasiva. Tento pensar rapidamente no que vou dizer. Parabéns para mim por ter chegado até aquele momento sem ter pensado em uma desculpa. Será que eu podia simplesmente dizer: *Olha, moço, eu me apaixonei por esse cara, sabe, e ele tá nessa igreja aí que vocês tão indo. Na verdade, eu nem sei se ele vai nessa reunião aí que você falou, mas é a oportunidade mais provável que eu tenho de ver ele, e daí eu vim aqui hoje mesmo sem nem lembrar exatamente o que é que esse grupo faz e porque vocês vão lá, mas enfim, tem misericórdia de mim e me leva tá bom? Tá bom, obrigada. Que ótimo, você é um cara legal.* Talvez ajude dar uma piscadinha no final?

Entretanto, um pouco da minha racionalidade pareceu voltar, talvez por causa de toda a estranheza dessa situação, e eu me dei conta — por que raios eu decidi que era uma boa ideia me infiltrar nessa reunião sendo que eu nem sabia se o Ian estaria lá? E eu tenho amigos lá, então por que simplesmente não inventei de aparecer em um domingo normal de culto e fingir que foi para ver eles? Maldita ideia de proatividade, olha só no que deu.

Ao me sentir extremamente idiota por não ter pensado nisso antes, começo a abraçar a mim mesma com um dos braços e buscar uma maneira de sair correndo dali.

— Você veio para a reunião dos voluntários? — O rapaz da quarta-feira pergunta enquanto gira a chave na porta e começa a acender as luzes do estacionamento. Acho que ele cansou de esperar por uma resposta à pergunta anterior e resolveu começar a fazer outras para preencher o silêncio. — Parece que não me lembro de você das outras reuniões. Me desculpa... Ou você tá aqui por outro motivo?

Ele tem toda razão em estar confuso. Se eu fosse parte do grupo que vai à Central, não deveria estar ali com uma hora de antecedência. Se não era, bem, então que raios eu estava fazendo ali? Pobre moço, mal sabia que eu estava pensando a mesma coisa.

— Eu, é... Queria me juntar ao grupo... o grupo de vocês... — Raios! Do que era o grupo mesmo? — Esse que vocês têm nos sábados... Ainda dá tempo?

Ele olha para mim agora com um sorriso no rosto.

— Ah sim, claro que dá! Poxa, que bacana, é sempre bom ter mais gente, nosso trabalho está meio que acumulando no hospital. — Era isso! Voluntários no hospital. — Mas você chegou bem cedo, hein? Deu sorte que eu tinha que vir antes para imprimir uns papéis aqui no escritório da igreja. Mas, vem, vamos lá comigo e eu te explico melhor sobre como você pode participar do nosso projeto. Poxa, que falta de educação a minha — ele fala, parando no meio do corredor da igreja e virando-se para mim. — Qual o seu nome mesmo?

— É Cecília.

— Prazer, Arthur.

Eu vou em um carro com Arthur e mais duas moças, uma bem alta que quase bate a cabeça no capô do carro e outra muito quieta, parece que nem está ali. Além de nós, mais dois carros acompanham a caravana. Chegamos na Batista da Liberdade e eu posso ver uma movimentação no templo, mesmo de dentro do carro. Muita gente entrando e saindo, arrastando cadeiras e mesas, levando refrigerantes e sacolas.

— Poxa, não sabia que tinha tanta gente assim nesse projeto — eu digo, enquanto Arthur termina de estacionar.

— Ah, não! Isso não é para o nosso projeto, nossa reunião é lá no fundo, na Casa Pastoral; somos só umas quinze pessoas. Isso aí deve ser alguma outra coisa da igreja.

Meu coração bate tão acelerado que me pergunto se alguém está escutando. Minhas mãos começam a tremer e eu tenho dificuldades em abrir a porta. Depois de muito esforço para me desvencilhar, saio do carro. Dou alguns passos em qualquer direção e me encontro perdida em meio às pessoas. Já não vejo ninguém que eu reconheça, minha cabeça começa a girar e os sons das pessoas falando e mesas arrastando me deixam cada vez mais tonta.

Casa pastoral. Casa. Pastoral.

Sinto meus joelhos enfraquecerem, minha visão fica turva e tudo parece meio embaçado. Não acredito que cheguei até ali para ficar paralisada entre o estacionamento e a entrada. Quando começo a cair, me apoio no portão. Meus olhos fecham involuntariamente e eu começo a pender para trás.

Até então, tudo era incerteza. Talvez Ian Jones nem fizesse parte desse grupo de voluntários. Talvez eu chegaria ali, participaria daquela reunião por algumas horas e iria para casa ponderar sobre quão ridícula foi essa decisão. Mas agora não tinha para onde fugir. Na Casa Pastoral. É a casa dele. Ian Jones com certeza estava ali, a alguns passos de distância.

Antes de cair, braços me envolvem e me apertam. Sinto um joelho nas minhas costas e presumo que alguém está tentando evitar minha queda. Tento me agarrar ao portão, mas minhas mãos falham.

— Respira, menina! Respira!

Arthur está agora agachado no chão e eu caída sobre ele, a cabeça apoiada por suas mãos. Ele fala alto e suas palavras me ajudam a perceber o problema. Talvez pelo nervosismo do momento, eu simplesmente segurei a respiração e não percebi? Meu cérebro volta a funcionar e, como se tivesse acabado de sair da água após um afogamento, dou uma longa e profunda inspiração, puxando todo o ar possível para dentro dos pulmões. Depois disso volto a respirar, ainda que ofegantemente.

Olho para os lados e vejo que uma pequena multidão se junta ao nosso redor. Arthur me ajuda a levantar e depois de perguntar umas três vezes se estou bem, põe a mão nos meus ombros, me olha bem nos olhos e diz:

— Tem certeza? — Aceno que sim.

Ele passa a resposta aos outros e o pessoal começa a dispersar. Arthur coloca as mãos nas minhas costas e começa a me guiar para beber um pouco de água, conforme ouço sua voz dizer, ainda que ela me pareça bem distante.

Passamos a bagunça de gente arrumando cadeiras e mesas e vamos direto para o fundo do salão, chegando em uma cozinha grande. Arthur puxa uma cadeira, eu me sento e ele me traz um copo de água. Assim que levo o copo à boca, ouço uma voz docemente familiar atrás de mim.

— Opa, Arthur, e aí, tudo bem? Minha mãe me mandou vir aqui, parece que alguém estava passando mal?

Respira, menina, respira!, repito para mim mesma.

Tem coisas na vida que a gente simplesmente não consegue explicar. Depois de semanas tentando criar um novo Pequeno Momento de Alteração, de manipular a ida até aquela igreja, de quase desmaiar na porta, Ian Jones estava ali, bem atrás de mim. Esse era nosso momento.

Seguro o copo bem forte nas mãos, que agora estão apoiadas no meu colo. Meu corpo todo treme e me esforço ao máximo para reprimir isso. Ian passa do lado da cadeira e só vejo seu vulto pelo canto dos olhos, nervosa demais para olhar em sua direção. Ele para na minha frente. De repente agacha, o peso do corpo em um joelho, o outro levantado. Ele olha para mim e sorri.

De repente, tudo faz sentido. Juro. A vida faz sentido. Eu estou convencida de que todas as estradas da minha vida me levaram até ali e foi por esse momento que vivi até hoje.

De perto, agora que tenho a oportunidade de reparar, ele é ainda mais lindo. O cabelo, de um castanho dourado, fazendo uma onda na frente, os olhos com um tom de azul escuro, o lado do olho fazendo umas dobrinhas quando ele ri, e o sorriso torto, amável. E eu estou tragada dentro daquele oceano que é Ian Jones. Completamente tragada.

Raios, acho que esqueci de respirar novamente, porque tudo fica turvo.

Tenho que parar, focar e intencionalmente colocar ar para dentro e para fora dos pulmões. Volto a olhar para ele. O sorriso começa a se desfazer. Percebo que ele está curioso, como se esperasse uma resposta. Será que perguntou alguma coisa? Eu não ouvi nada. Acho que não respirei o suficiente e a parte do meu cérebro que comanda a audição falhou.

Ian agora move os olhos do meu rosto para a minha perna. Quando olho para baixo também, percebo que ele encara meu celular no meu colo que está tocando e vibrando e fazendo o maior carnaval, quebrando aquele silêncio mágico de alguns segundos atrás. Meu ouvido volta a funcionar.

Vejo na tela: "mãe".

Ótimo, dona Tereza! Seu *timing* não poderia ser pior!

— Alô? — Ainda o estou encarando. Ele levanta e se coloca ao lado de Arthur, falando alguma coisa, como se estivessem me dando um pouco de privacidade para a ligação. Eu o acompanho com os olhos. É difícil entender o que minha mãe diz.

Analu, hospital, vem logo.

Meus olhos saem de Ian Jones e correm o ambiente todo. Levanto de súbito e saio da cozinha, tentando ouvir melhor lá fora. Meu cérebro cem por cento focado nessa ligação.

— O médico não sabe dizer o que foi, Ceci... — ela soluça. — Só pega suas coisas e vem, filha. Vem logo!

Corro de volta à cozinha, peço ao Arthur que me dê uma carona para casa imediatamente. Sem perguntas, ele me acompanha correndo até o carro e partimos.

05

Um pequeno canteiro

EXISTEM PESSOAS NA VIDA que são descritíveis com apenas algumas palavras. Sabe, aquele meu amigo é um rapaz genial, ou aquela moça da sorveteria é realmente simpática. Mas existem outras pessoas que nenhuma das aproximadas 435 mil palavras da nossa língua conseguiria descrever. Analu era assim.

Eu ainda me lembro do primeiro dia que ela chegou aqui em casa. Era tão magrinha que eu tinha medo de abraçar porque sabia que, a qualquer momento, aqueles ossinhos poderiam quebrar em meus braços. Mas, apesar da sua pequenez, Analu tinha um sorriso tão grande que, até hoje, não acho que exista um sorriso maior. Os olhinhos brilhantes de quem tinha vencido dor na vida.

— O nome dela é Ana Luiza — minha mãe disse, no dia em que fomos apresentadas.

Analu olhou para ela, depois para mim, e com aquela carinha que crianças fazem quando não parecem gostar do que os adultos disseram, me confidenciou:

— Eu prefiro que me chame de Analu, tá?

Ficamos melhores amigas desde então. Como eu ainda estava no colégio naquela época e morava com meus pais, nos poucos momentos em que eu não estava estudando, estava fazendo o que eu mais gostava de fazer nas horas vagas: *Analuservando*. Era um ato interessante de me sentar ao lado dela para observar o que quer que ela estivesse fazendo. Pulando corda na varanda, conversando com sua girafa de pelúcia, rodopiando ao som de algum DVD, puxando papo com os vizinhos, ou mesmo dormindo, porque Analu dormindo era a coisa mais preciosa que Deus já havia criado.

O processo de conseguir que aquela menininha adorável fizesse parte da nossa família não foi nada fácil. Meus pais se conheceram em um projeto missionário de curto prazo do qual participaram, há muito tempo. Eles sempre foram muito interessados por qualquer atividade que envolvesse ajudar alguém. Meus pais, como indivíduos, eram bons no que faziam, mas meus pais como casal — ou dupla dinâmica, como eu os chamava — eram peças preciosas que Deus uniu para que levassem a bondade dele a outras pessoas. Completamente opostos fisicamente — meu pai alto e moreno, minha mãe baixa e de aspecto europeu —, eram totalmente similares na alma. Eles sempre me ensinaram que Deus não une pessoas e sim propósitos, e sempre foram a prova viva disso.

Acontece que um dos muitos trabalhos do qual eles faziam parte envolvia ir a um abrigo de crianças da cidade e participar de atividades lúdicas. Eles começaram nisso há bastante tempo porque lembro que já íamos lá quando eu ainda era criança e participava das brincadeiras. Numa certa sexta-feira, quando eu já era bem mais velha, nós estacionamos nossa van do lado de fora do orfanato e, enquanto descíamos os muitos brinquedos e instrumentos musicais do carro, eu observei uma menininha nos olhando da janela. Os olhos pequenininhos nos encaravam e, quando ela notou que eu a observava, se abaixou rapidamente, voltando a subir a cabeça alguns segundos depois, só os olhinhos aparecendo.

Entramos no prédio e foi aquela alegria usual: as crianças todas já nos esperavam no sofá da sala de entrada e saíram correndo para abraçar meus pais. Aquela menininha, entretanto, ficou olhando de longe. Depois de sorrir para todas as crianças e cumprimentá-las, mamãe notou Analu paradinha à distância. Ela pegou minha mão e me levou até lá. Analu abraçou a perna da mamãe e, escondidinha ali, olhou para mim com um ar de desconfiança enquanto éramos apresentadas.

Relutantemente, a mãozinha saiu com medo de trás da perna da mamãe e se estendeu a mim.

— Muito prazer, Ana. Meu nome é Cecília, eu sou filha da Tereza.
— Eu... Eu prefiro que me chame de Analu, tá?
— Ah, claro! Analu é um nome lindo.

Como crianças são fáceis de conquistar! Bastou gostar do nome e ela já saiu de trás da mamãe com um sorriso enorme no rosto. Durante todo o tempo que ficamos no orfanato naquele dia, Analu ficou grudadinha em mim, feito um carrapato — um fofo e delicado carrapatinho. Ela era totalmente apaixonante, e até mesmo as outras crianças pareciam ter um carinho especial e um jeito cuidadoso com ela.

O orfanato mantinha várias crianças de várias idades, por isso Analu poderia parecer somente mais uma naquela multidão de preciosidades. Ainda assim, ela se destacava. Desde o primeiro dia que a vi, eu a amei. Amei de verdade. Claro, eu amava todas aquelas crianças, mas, durante a semana, vez ou outra, me pegava lembrando do sorrisinho de Analu, das gracinhas, das rodopiadas que ela dava para chamar nossa atenção...

Foi por isso que, quando meus pais me contaram sobre a adoção, eu não poderia ter ficado mais feliz! Sei que aquela decisão foi muito difícil de tomar. Eles visitavam toda semana vários orfanatos, asilos, casas de recuperação de dependentes químicos, hospitais... Eram centenas de vidas que eles amavam tanto quanto amavam a mim, sua filha biológica. Como poderiam decidir que uma, umazinha só, daquelas vidas iria participar das nossas vidas e do nosso lar para sempre, de maneira especial?

O que aconteceu foi que, desde que Analu chegara ao orfanato, meus pais sentiram um aperto no coração, daqueles apertos bons, que parece que um elefante se cansou de uma longa viagem e decidiu se sentar no seu peito. Os dois sentiram a mesma coisa, mas nenhum contou ao outro sobre aquilo. Passados alguns dias, minha mãe resolveu se abrir e meu pai confessou que estava sentindo o mesmo.

Eles oraram por meses, sem me contar nada, mas quando os dois sentiram paz no coração, compartilharam comigo e, para a surpresa de todos, eu também já sentia uma afeição especial pela nossa Analuzinha. A rapidez com que nós três decidimos tê-la, infelizmente, não condisse com a rapidez do processo de adoção. Foi um tanto chato e desmotivador, mas sabíamos no mais profundo de nós que um propósito maior existia por trás daquilo tudo e nem mesmo por um segundo desanimamos. Depois de meses de muita luta e sofrimento, Analuzinha foi recebida com uma grande festa na família Petri. Ana Luiza Marcondes Petri, nossa querida menina.

E desde aquela época, sentar-me ao lado da pequena para *Analuservar* é o que mais faço quando estamos juntas. Mas a gente conversa muito também. Ela é tão faladeira! Teve uma noite que, enquanto eu contava para ela a história da Cinderela, a danadinha disse:

— Ceci, por que ela fugiu quando deu meia-noite?

— Porque o feitiço acabava e ela voltava a ser Gata Borralheira...

— Mas, e daí?

Aí ela me pegou. Tentei ser o mais lógica possível, sem ser demais, porque crianças não gostam disso.

— Porque ela não queria que o Príncipe a visse daquele jeito, eu acho...

— Mas a mamãe disse que a gente tem que amar as pessoas como elas são.

Essa menina nunca cansava de me ensinar. Acho que a vida espera que os irmãos mais velhos ensinem muitas coisas aos mais novos, mas Analu era difícil de ser ensinada, porque parecia ter o dom de ensinar. E de encantar. E de amar. E muitos outros, porque Analu era um dom por si só.

06

Sonhos interrompidos

— **ANA LUIZA!** Eu vou contar até três e dessa vez é melhor você aparecer!

Já devia ser a quinta vez que eu gritava lá da sala, esperando a Analu decidir aparecer. Todo final de semana era o mesmo problema. Meus pais saíam para seus projetos sociais e aproveitavam que eu estava em casa, de volta da faculdade, para me usar de babá. Por mais que eu amasse aquela pequena, ela sabia me tirar do sério.

Um, dois, três... Nada. Comecei a me irritar. Tirei os fones do ouvido, brava porque Analu me fez pausar Leo Adrian e comecei a procurar por todos os cômodos. Primeiro pela cozinha, olhando embaixo da mesa, e depois no vão entre a geladeira e a parede. Onde essa menina tinha se metido? Corri lá fora. Nada. Não estava no arbusto que costumava se esconder. Subi as escadas. Cheguei o relógio, 15:45. Céus, íamos chegar muito atrasadas!

— ANA LUIZA!

Enquanto eu passava de um quarto para o outro, comecei a me preocupar. Será que ela tinha aberto a porta e saído de casa enquanto eu estava trocando de roupa? Sabia que essa franjinha francesa me tomava tempo demais. Eu deveria ter ficado de olho nela. Procurei embaixo de todas as camas, dentro de todos os armários. Já estava tremendo e pensando em como ligar para os meus pais e dizer que perdi minha irmãzinha, quando escutei um gritinho abafado vindo lá de baixo.

— Ceci! Ceci, me ajuda!

Corri escada abaixo, quase caindo, e tentei seguir o som. Os gritinhos ficaram mais altos. *Tô indo, criatura!*, pensei. Mas, onde ela estava? O som ficou mais alto quando passei pela lavanderia.

Entrei e me deparei com uma das cenas mais engraçadas que já vi: Analu estava dentro do cesto de roupas sujas, as mãos nas beiradas, puxando para cima com toda força que conseguia juntar. A doida ficou presa.

Não consegui ajudar, só rir. Rir muito, rir alto, até chorar.

— Mas é uma louca mesmo! Como você foi parar aí, menina? — Tentei respirar, parar de rir, focar em ajudá-la. Minha barriga até doía.

Puxei-a pelos braços, mas a menina estava realmente entalada. Mudei a técnica, segurei-a por baixo dos braços e, apoiando meus pés na parede e virando o cesto na horizontal, empurrei-os com força. Caímos as duas no chão, as roupas para todo lado. Olhei para o seu rostinho e me perguntei se ia chorar, se tinha doído. Mas aquela criaturinha nunca chorava. Analu abriu um sorriso gigantesco, ainda em cima de mim.

— VEM ME PEGAR!

E saiu correndo porta afora.

Acabamos chegando com quinze minutos de atraso na aula de balé que ela fazia, todo sábado, em um estúdio que ficava a dois quarteirões de distância da nossa casa. Aliás, foi ali que eu também passei boa parte dos meus sábados, quando criança.

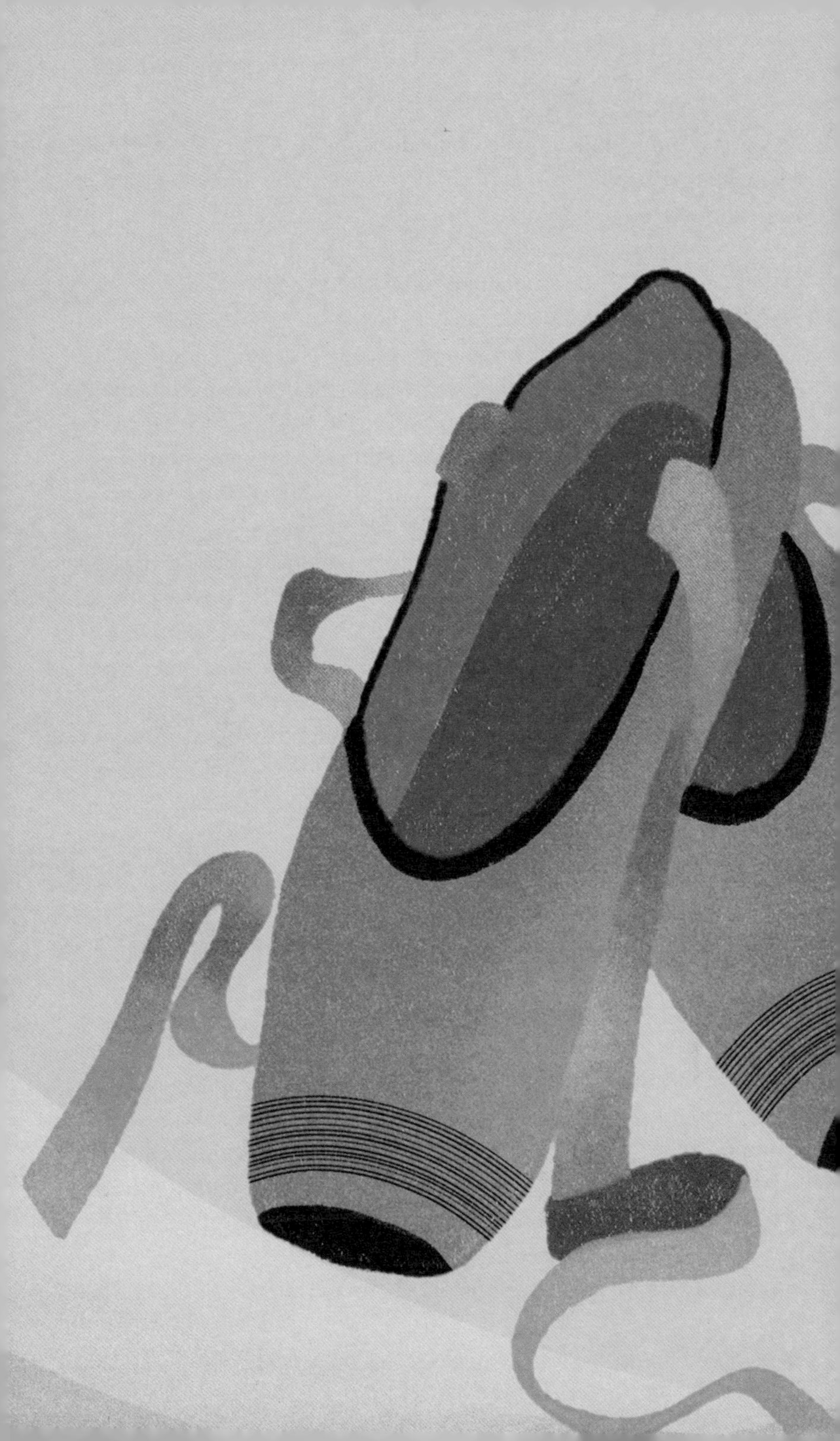

Mas, por algum motivo, nunca consegui gostar. Fiz por anos, cheguei a me apresentar em teatros algumas vezes, mas aquela não era a minha praia.

Eu gostava de desenhar.

Passava horas rabiscando, misturando cores, fazendo a maior bagunça do mundo na sala de casa. Eu amava olhar para as minhas mãos, ao final do dia, e ver que elas estavam todas sujas de giz, num colorido de dar inveja ao arco-íris. Meus pais sempre foram meio liberais no sentido de deixar a gente fazer o que queria e, quando perceberam meus verdadeiros interesses, me mudaram para uma oficina de desenho, no mesmo estúdio. Aí sim eu fui feliz.

Naquela tarde, depois de deixar Analu na aula, fui fazer o que mais gostava na vida: ter o meu momento. Isso basicamente consistia em caminhar até o parque Ibirapuera, comprar churros com o seu Carlos no meio do caminho, sentar-me embaixo de uma mangueira, colocar uma trilha sonora melosinha no mp4 e desenhar prédios. Aquele dia, em particular, estava perfeito para isso: meio chuvoso, meio nublado. Isso significava que ninguém estaria no parque e garantia minha solidão. Caminhei até a perua de churros do seu Carlos.

— O de sempre, Ceci? — ele disse, com o sorriso costumeiro no rosto.

Acenei que sim com a cabeça, e enquanto ele preparava meu churros de doce de leite com granulados de chocolate, olhei para trás e vi meu reflexo na vitrine da loja da esquina. É engraçado o momento em que a gente percebe o quanto cresceu.

Lembrei-me de um dia, quando eu tinha uns treze anos, em que parei em frente a essa mesma vitrine e fiquei imaginando para onde a vida me levaria — o que seria de mim. Olhando meu reflexo naquela tarde, pude perceber o quanto eu tinha mudado. Os shorts rasgados, que apareciam no reflexo antigo, tinham virado calças bege de cintura alta. A camiseta preta larga virara um top de ombros caídos, listrado de verde musgo e índigo. Os cabelos, antes longos até o meio das costas, refletiam então curtos na altura dos ombros, jogados de lado.

E as mudanças, tão drásticas, não eram só físicas, mas internas. Meus sonhos, antes de desenhos e arquitetura, tinham se tornado mais utópicos. Não me bastava mais construir o mundo, eu queria mudá-lo, melhorá-lo, agora através da enfermagem e do cuidado direto do outro. E minha personalidade, antes muito introvertida, desabrochou numa quase-extroversão.

Mas nem tudo tinha mudado. Existia um sonho que tanto minha versão pré-adolescente quanto a quase-adulta nutriam: o desejo profundo de sentir aquele peso leve no peito, de quem carrega dentro de si sua maior preocupação e seu maior tesouro. Aquela capacidade de fazer tudo por uma pessoa — morrer, viver, se entregar, se reprimir. O sonho de viver um grande amor.

E ele parecia tão mais próximo desde que conheci Ian Jones pela internet.

— Ô Ceci, o churros tá derramando! Pega aqui logo.

— Ai, desculpa!

Peguei a delícia, desencanei do momento nostálgico e saí correndo para o parque, já que teria quinze minutos a menos para desenhar e sonhar acordada.

No caminho de volta, já com Analu segurando minha mão esquerda, comecei a imaginar o que seria da vida dela. Se ela já tinha alguns sonhos, como eu tinha quando mais nova, que iriam mudar, se transformar, conforme ela mudava e se transformava também. Se ela viveria um grande amor. Olhei para baixo, para *Analuservar*, e a vi brincando de pular as linhas da calçada. Olhando dali, com aquele tutu rosinha, ela parecia uma boneca daquelas caixinhas de música.

E eu sussurrei baixinho:

— Ah, Analu... Eu quero tanto que você seja feliz.

Era esse tipo de lembrança que me quebrava por dentro enquanto eu esperava naquela sala fria. Já passava da uma da manhã e eu ainda teria a noite inteira pela frente naquelas cadeiras duras. Mas meu desconforto não era físico. Minha dor era emocional.

Minha mochila estava jogada ao lado da cadeira com umas três trocas de roupas dentro. Foi tudo o que eu consegui juntar nos cinco minutos que tive na pensão, antes de sair correndo de volta para o carro do Arthur, que me deu carona até a rodoviária. Ele insistiu em me levar até São Paulo, uma viagem de cerca de uma hora de carro, mas eu disse que precisava da solidão do ônibus. Além do mais, sempre fui uma pessoa desconfiada, e por mais que ele tivesse sido muito gentil comigo nas últimas horas, eu ainda não me sentia segura o suficiente para viajarmos sozinhos.

O ônibus estava vazio, quase ninguém viajava à noite. Foram as duas horas mais intermináveis da minha vida. Eu não conseguia ficar em paz — tentava ouvir música, mas me irritava. Olhava para fora da janela, mas tudo o que via era escuridão. Passei a observar as poucas pessoas ao meu redor, e só consegui me distrair um pouco quando uma senhora começou a fofocar com alguém no telefone sobre seu marido.

Meu pai me encontrou na porta do hospital, onde o táxi me deixou, e me ajudou com a mochila. Ele só fez chorar assim que me abraçou. Eu desatei em lágrimas também. Há muito tempo não éramos mais só nós três. A pequena sempre, sempre estava junto. Até quando eu não queria. Até quando eu desejava que ela nunca tivesse entrado nas nossas vidas.

Céus, esses pensamentos me torturavam. Agora ali, sentada naquela sala de espera, com frio e fome, eu pensava em todas as vezes em que desprezei Analu, em que preferi assistir à TV ou checar minhas redes sociais ao invés de simplesmente estar com ela. Ao invés de *Analuservar*. A adolescência é uma época complicada, cheia de mudanças e, quando uma irmã adotiva é adicionada a essa equação, o resultado nem sempre é positivo.

Tento me consolar pensando nas vezes em que fui legal, presente, divertida. Como aquela vez em que tentamos fazer *cookies*, mas terminamos comendo toda a massa ainda crua. Minha mãe ficou bravíssima, dizendo que iríamos ficar doentes por causa do ovo cru, mas Analu e eu apenas rimos, piscando uma pra outra, cúmplices daquele crime.

Meu pai e eu nos acomodamos na recepção do hospital, cheia apesar do horário. Muitas pessoas diferentes, de idades diferentes, mas todas com o mesmo semblante caído e desesperançoso. Me pergunto se já estou assim também e quanto tempo vai demorar para que as olheiras apareçam, para que o olho se avermelhe.

— Filha, escuta... — ele interrompe meus pensamentos depressivos. Suas mãos frias segurando as minhas trêmulas. — Há alguns dias, Analu teve umas dores muito fortes na barriga. A gente não sabia o que era, e não passava. Levamos ela no médico e ele disse que era cólica de alguma coisa, nem lembro direito. Passou uns remédios lá, Ceci, e ela foi perdendo a dor, sabe, ficando boazinha, animada. Nossa Analu de sempre.

— Por que não me avisaram, pai? — eu digo exasperada, interrompendo-o.

— Ah, meu anjo, você está sempre tão ocupada com as coisas da faculdade, com a cabeça cheia. Não queríamos te preocupar...

Meu peito pesa de culpa. Minha cabeça não estava cheia de preocupações acadêmicas legítimas nos últimos dias. Outra coisa — ou melhor, pessoa — é que me distraía. E enquanto isso minha princesinha com dor sem eu saber.

— Mas hoje ela teve uma dor muito forte. Mais intensa do que antes. Corremos para cá e achamos por bem te ligar.

Ele se cala. As mãos frias agora na boca. Olhando assim de perto, reparando melhor, meu pai parece mais velho do que de costume e penso que nunca o vi tão preocupado e abatido em toda a minha vida.

— Quero ver minha princesa, onde ela tá? — Tento quebrar o silêncio quando vejo que ele está prestes a chorar.

Meu pai se levanta e eu presumo que devo acompanhá-lo. Passamos por um guichê de informações e ele diz o nome Ana Luiza Petri. A moça digita algumas coisas no computador e imprime duas etiquetas para colarmos em nossas roupas.

Mais corredores frios e brancos demais. Por que hospitais precisam ser tão visualmente depressivos? Como se a dor interna das pessoas ali precisasse estar pintada nas paredes. Por que não criam um hospital mais colorido, com janelas amplas por onde o Sol possa entrar? Parece que querem nos torturar ainda mais.

Chegamos na porta 205.

Entro devagarzinho. O quarto está todo escuro, exceto por uma fresta de luz que vem do banheiro. Consigo ver o vulto de minha mãe, sentada ao lado da cama, com os olhos fechados. Me pergunto se ela está orando ou dormindo. Conforme meus olhos se acostumam com a luz, posso ver Analu. Seu corpinho miúdo faz a cama parecer gigantesca. Ela está dormindo, o elefantinho de pelúcia que ama abraçado por seu braço esquerdo. Com cuidado, passo o dedo indicador na palma de sua mão direita que está virada para cima. Ela não se move. Está fria. Sinto meu rosto queimar e lágrimas caem copiosamente pelas minhas bochechas, molhando sua mãozinha. Tento me segurar, não quero acordá-la com meu choro, nem assustar meu pai, apesar de escutar seus soluços abafados. Chego o rosto bem pertinho do dela e, muito cuidadosamente, toco minha testa em sua bochecha. Quero abraçá-la, tirá-la daqui, arrancar essas agulhas que furam seus bracinhos tão delicados. Meu bebê, minha irmã, meu outro pedaço de alma.

Ah, minha Analu... Eu quero tanto que você seja feliz.

Acordo com o sol incomodando meus olhos. Levanto-me devagar, o pescoço sentindo as consequências de uma noite maldormida na cadeira da sala de espera. Demoro a tomar consciência dos meus arredores e tenho aquela impressão chata de estar acordando em um lugar estranho. Suspiro fundo quando me lembro do porquê de estar ali.

Quando olho para a esquerda, levo um susto. Sentada ao meu lado está uma criatura vestida com roupas coloridas e maquiagem de palhaço, nariz vermelho e tudo. Ele sopra um copinho de plástico que segura na mão e, em seguida o entrega a mim. Quase não o reconheço.

— Arthur?
— Bom dia! Ó, trouxe café.

07
Arco-íris na tormenta

NÃO CONSIGO DISTINGUIR o que é real do que é imaginário. Eu só podia estar dormindo e aquilo não passava de um sonho — ou pesadelo, não tinha me decidido ainda.

Esfrego os olhos com as costas das mãos. Pisco forte algumas vezes. Não, ele ainda está ali.

— Vai querer ou não? — Arthur coloca o copo perto do meu rosto e eu sinto aquele aroma familiar de café.

— O que é que você tá fazendo aqui e que raio de roupa é essa?

Arthur começa a gargalhar, a cabeça caindo para trás, feito uma criança. Um pouco do café espirra no meu braço e eu pego o copo rápido, irritada, antes que ele me queime toda.

— Desculpa, eu não queria te assustar. — Ele consegue parar de rir, aos pouquinhos, e respirar mais normalmente. A gargalhada vira um sorriso aberto. Estou ligeiramente assustada porque aquela maquiagem fez ele parecer um personagem psicopata de algum filme antigo. — Nós viemos ver a Analu.

Esses últimos dias tinham sido todos tão apressados que meu cérebro teve dificuldade de fazer a associação das coisas, por si só. Na verdade, desde o encontro com Ian Jones na biblioteca minha massa cinzenta não tinha sido a mesma em termos de rapidez e raciocínio lógico.

O voluntariado em hospitais. Era isso que ele estava fazendo ali, vestido de palhaço, nariz e tudo. Aliás, aquela fantasia se encaixava perfeitamente na sua personalidade, pelo que entendi. Pouco a pouco, minha carranca foi se derretendo em um sorriso tímido. Quanta gentileza do Arthur pensar em descobrir onde minha irmãzinha estava internada e trazer esse projeto aqui para alegrá-la. A gente mal se conhecia, nem sei se podíamos nos considerar amigos ainda...

Arthur agora está em pé, o rosto mais sério, como nunca o vi, nas incríveis duas vezes em que interagimos. Ele se aproxima de mim, estende a mão e me levanto. Com um movimento rápido, mas gentil, me abraça bem apertado.

— Eu sinto muito que ela esteja aqui — sussurra no meu ouvido. — Mas prometo que vamos tentar alegrá-la um pouquinho.

Ele me solta e eu desejo que tivesse segurado um pouco mais.

— Arthur... Muito obrigada. De verdade.

— Ah, na verdade, eu não posso tomar esse crédito — ele coloca a mão direita na nuca, por cima dos ombros, como a gente faz quando está com vergonha. — A ideia não foi minha. Eu só acordei com o celular tocando trezentas vezes e o Ian dizendo que precisava de um favor. Na real tudo o que eu fiz foi colocar essa roupa rapidinho e vir dirigindo a perua.

Ele aponta para o café na minha mão.

— E pegar esse café ali pra você. Mas foi de graça.

De novo a gargalhada que joga sua cabeça para trás.

Fico parada na porta do 205, encostada no batente, tentando não aparecer muito, para não distrair a pequena. Minha mãe está em pé, no canto da sala, as mãos juntas na boca como se fosse orar, sorriso aberto, os olhos cheios de lágrimas. Um grupo de cerca de seis pessoas canta, brinca de roda, pula, usa bonecos e faz o maior carnaval ao redor da cama. Analu, apesar de visivelmente abatida — com olheiras e bem mais quieta que o normal — bate palmas levemente e acompanha toda a movimentação com os olhos. Não consigo segurar a emoção. Desde que cheguei no dia anterior, eu ainda não a tinha visto acordada, e vê-la animada com essa movimentação toda faz meu coração respirar aliviado.

Entre eles, o único que não está vestido com roupas coloridas, pinturas no rosto e perucas coloridas é Ian. Com um jaleco branco em cima da roupa, estetoscópio ao redor do pescoço e luvas vermelhas, ele destoa do grupo. A única coisa que o assemelha aos outros é o nariz de palhaço. Ele está bem ao lado de Analu, com a mão no ombro dela. De vez em quando, guia a música que está sendo cantada e meu coração acelera no peito. No meio de uma das músicas, olha para mim e sorri. Instintivamente me escondo atrás do batente. Patética. Me xingo mentalmente pela reação ridícula e volto, devagarzinho, à posição anterior. Ele me vê de novo e até se engasga na música, ao dar uma gargalhadinha leve. Me sinto corar e sorrio de volta. Mas minha distração é interrompida por um abraço lateral.

— Que incrível isso. Seus amigos gostam muito de você — meu pai diz, bem baixinho.

Sinto meus olhos se encherem de lágrimas. Que amor era aquele que movia esses jovens o suficiente para tirá-los da cama num domingo de manhã bem cedinho e levá-los a outra cidade, só para visitar uma menina que eles nunca viram, irmã de outra menina que eles mal conheciam? Engasguei-me emocionada e inspirada, e apertei forte a cintura do meu pai.

O grupo fica com Analu cerca de dez minutos. Depois disso, passam para as crianças ao lado dela e, então, para outros quartos da ala pediátrica onde ela está internada. Aproveito que eles saíram para finalmente conversar com minha pequena.

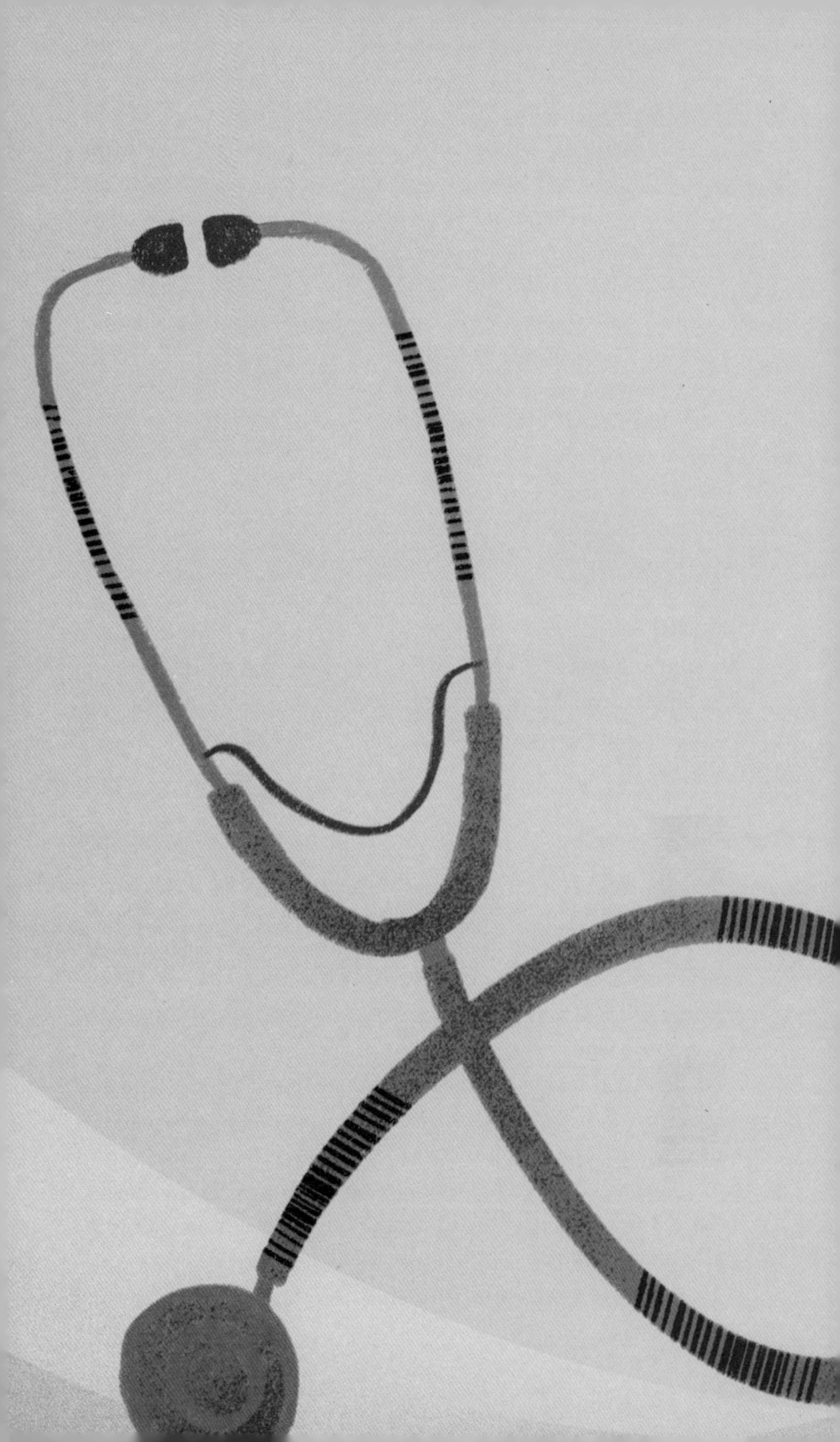

— Oi, princesa! Como você está? — Sento-me na poltrona ao seu lado. Ela está deitada, sentindo o cansaço decorrente de tanta agitação. Como Analu demora a responder, pego um copo de água e levo à sua boca.

— Você viu os palhaços? — Ela responde, ainda deitadinha. Tão quietinha, como eu nunca a vi. Os olhos meio fechados e um sorrisinho hesitante nos lábios.

— É, eu vi. Você gostou?

Mas logo ela já está dormindo de novo. Sinto uma lágrima descer pela minha bochecha.

Como foi que a gente chegou ali? Nesse vai e vem da vida, passando rápido por todas as atividades rotineiras e caindo na cama de exaustão ao final do dia. Quando, nessa rotina doida, sobrou algum tempo para pensar no pior? Eu nunca, nem por um segundo, me imaginei um dia ali, sentada na beirada de uma cama de hospital, com minha princesa tão dopada que nem conseguia conversar comigo por mais de alguns segundos.

E então choro copiosamente.

Sentada na sala de espera interna do hospital, eu me pergunto se esse drama vai acabar logo. Não aguento mais sentir dor a cada novo inspirar. Olho para o lado e vejo uma senhora, cabeça branca, sentada com o rosto entre as mãos. Não chora, não se lamenta, não transmite nenhum sentimento com o rosto. Ali, feito uma estátua.

Não consigo evitar os pensamentos de que ela parece morta, mesmo que viva. Será que é isso que acontece nessas salas de espera, quando você reside nelas por muito tempo? Você morre dentro de si? Fica preso no seu próprio corpo? Será que fica olhando a pessoa que ama naquela cama, querendo gravar cada detalhe dela, por não saber se vai partir? Mesmo que suas últimas lembranças sejam dela entubada, magra, pálida, gélida?

— Oi.

Continuo absorta em mim mesma. Ele se senta ao meu lado e toca meu ombro. Dou um pequeno pulo na cadeira, saindo assustada dos meus pensamentos mórbidos. Já sem o nariz de palhaço, mas ainda de jaleco, ele olha para mim com um sorriso.

— Oi! Desculpa, eu tava... distraída.

— Sem problemas.

Escuto sua voz ao longe, apesar de ele estar bem do meu lado. Tão perto. Ele se levanta, caminha até a máquina de petiscos, passando os olhos por todas as opções no visor. Aperta o 3. Aqueles salgadinhos de isopor com gosto de queijo podre e cheiro de chulé. Olha para mim e aponta para a máquina, suponho que esteja perguntando se eu quero alguma coisa. Levanto a mão direita e faço que não com a cabeça. Céus, eu não o imaginava com um gosto tão peculiar para comidas. Ele pega o salgadinho e senta de volta ao meu lado.

— A gente não teve uma oportunidade de se apresentar direito.

Graças a Deus ele esticou a mão para mim antes de abrir aquela nojeira e ficar todo melecado de pó-de-queijo. Aperto sua mão e sinto um arrepio na espinha. Ele aperta de volta, forte. E segura por um tempo antes de dizer:

— Eu sou Ian...

Minha cabeça toda girando. Céus, por que eu tenho que ser tão fraca assim? Esse menino não pode nem olhar para o meu lado que já estou desmaiando. Tento esboçar um sorriso, mas antes que ele se forme completo em meu rosto, Ian termina:

— ... Mas você já sabia disso.

Existe uma linha muito tênue, quase invisível, entre a obsessão e o amor. É difícil diferenciá-los, especialmente porque são muito parecidos em suas características. Ambos são fortes. Ambos são envolventes. Ambos compreendem um pouco de insanidade. Ambos te deixam ardendo em febre.

Mas, na mesma proporção em que são parecidos na superfície, o amor e a obsessão se diferem na raiz. O primeiro é divino, assim, só pode nascer de um querer divino. Por isso é duradouro e, vindo o vento da adversidade, somente se fortalece. O segundo é criado em si mesmo, do homem pelo homem, e, como todo o resto que vem de nós, é falho, passageiro e fraco. Quando o vento da adversidade bate, a obsessão primeiramente grita desesperada para depois se deixar vencer pelo cansaço, morrendo.

Eu ainda me lembro da primeira vez em que vi Ian Jones cantando. A gênese de toda a minha obsessão. Ou amor. Ainda não me decidi — e será que sou eu que decido?

Foi em uma noite bem fria, o que era muito raro naquela cidade em que eu residia. Coloquei a coberta por cima da cabeça, para não acordar Carina com a luz da tela do celular, e, com fones de ouvido, passei horas assistindo a seus vídeos. Assisti a cada um que ele tinha disponibilizado em seu canal. Umas vinte vezes.

Não era a mesma sensação de assistir a vídeos de famosos, mas, ao mesmo tempo, não era como ver meu amigo cantar. Era um sentimento meio-termo — por um lado ele me parecia muito próximo, alcançável e, por outro, posicionado bonitinho em um pedestal. Creio que essa é a posição mais perigosa que um humano pode ter em nossos corações. Porque ele não está obviamente em um pedestal, então você não percebe o perigo; mas também não é um ser humano qualquer, o que te encanta, prende e traga.

Passei muitas noites depois daquela assistindo e absorvendo Ian Jones. Para mim, ele era como o Sol. Esquentava, fortalecia, iluminava meu caminho. Eu já tinha decorado cada movimento seu de cada vídeo. Cada piscadinha. Cada pausa para consertar o acorde no piano. Cada mexidinha, espirro, respirada.

Bom, pensando bem, acho que pendia mais para o lado da obsessão mesmo.

Mas havia alguma coisa naquele ser que me deixava sem chão e, ao mesmo tempo, sem saída. Se era o jeito sério, o cabelo castanho-dourado, os olhos de mar, a fé cantada ou o mistério do conhecer-sem-conhecer, eu não sei ao certo. Talvez fosse tudo isso jogado num saco e misturado. Talvez não fosse nada disso. Pode ser que o divino tenha colocado esse sentimento em meu coração simplesmente porque quis e quem sou eu para questioná-lo?

Ainda que tudo tenha começado apenas como uma admiração infantil, as horas em que passei aos pés de Ian Jones foram tantas que, mesmo que espalhadas em muitos meses, foram como gotas de água pingadas num balde. Uma a uma, pouco a pouco, a coisa toda estava a transbordar.

Tudo isso culminou com o Pequeno Momento de Alteração na biblioteca. Ali, toda a doença, que antes era somente um resfriado fraco e febril, tornara-se em câncer terminal que, mais rápido do que eu pudesse evitar, me atingiu como um todo, tomando toda a minha sanidade e normalidade.

Não sei se existiu algum dia em que minha paixão por Ian Jones tenha sido comum. Mas o que sei, com certeza, é que a partir daquele encontro milagroso na biblioteca ela tinha se tornado doentia e sufocante. Eu olhava para o futuro e tentava enxergar através do nevoeiro das possibilidades se existia algum lugar real para nós. E de tanto apertar os olhos para enxergar o futuro, me tornei cega para o presente.

08

Ondas

QUANDO EU ERA MAIS NOVA, aprendi o que significava tortura emocional prolongada. Eu sempre fui muito boa em matérias exatas e os números eram bons amigos. Mas as humanas me pegavam. Eu odiava com força toda matéria cuja prova envolvia textão, interpretação e pensamento crítico. Talvez fosse preguiça, talvez fosse aversão desproposital. Contudo, era só chegar aquela folha quase que completamente preta de tanta tinta impressa, que meu estômago revirava. Eu gostava era das folhas quase em branco que eu enchia de números.

Por isso, ao final de todo semestre escolar quando eu estava no Ensino Médio, eu sofria de TEP: tortura emocional prolongada. Eu que inventei essa sigla. E a doença também. Mas a questão é: a escola enviava pelo Correio nosso boletim aos pais, então não tínhamos como saber quando ele chegaria. Daí a TEP. Durante aquelas semanas pré-entrega-de-boletim eu ficava mal, analisando cada reação dos meus pais quando chegava em casa, tentando ler em seus gestos e feições se eles já tinham descoberto meu crime.

Ainda me lembro da taquicardia e do suor frio.

E foi exatamente assim que me senti logo depois de ouvir "mas você já sabia disso". TEP ressuscitada com sucesso. Ah, quantos significados uma simples frase pode ter, dependendo do contexto! Por exemplo, se você diz a alguém algo de errado que fez e a pessoa diz, "tranquilo", provavelmente ela está sendo sarcástica e rancorosa e vai jogar aquilo na sua cara depois. Porém, se em um outro momento alguém te pergunta, enquanto você se deita numa cadeira colorida à beira-mar, esticado ao sol feito lagartixa, "como você está se sentindo?" e você diz "tranquilo", com certeza o significado é outro.

A verdade, porém, é que, infelizmente, o contexto em que eu me encontrava não dava abertura para significados muito distintos. "Mas você já sabia disso" sendo precedido por "meu nome é Ian" só poderia significar uma coisa: Ian Jones sabia da minha obsessão.

Que desastre.

Vergonha. Culpa. Vontade vomitar.

Veio tudo de uma vez, ali, naquela sala de espera hospitalar fria e branca demais. O aroma de chulé e queijo podre já empesteava o ambiente, enquanto Ian mastigava, encarando o chão pelo que me pareceram milhares de anos.

Decidi bancar a desentendida.

— Como assim?

Ele sorriu torto, bem devagar, o canto direito do lábio subindo lentamente. Olhou para mim, quase que sem mexer a cabeça e enigmático disse:

— Por onde começar...

Meu estômago revirando todo na barriga, apesar de eu não ter comido nada desde ontem à noite. O cheio de queijo me deixando levemente enjoada.

— Sabe, eu tenho um hábito meio *old school*. Muita gente gosta de passar tempo em shoppings, cinemas ou restaurantes. Eu gosto de bibliotecas.

Maldita hora em que esse menino decidiu apertar o botão de número 3 daquela máquina de aperitivos.

— Não sei... Todos aqueles livros empilhados me dão muito a ideia de cérebros empilhados sabe? Aquele monte de ideias, de tanta gente. Eu fico fascinado com o tanto de tempo da história da humanidade que foi gasto ali, naqueles papéis, naqueles pensamentos.

Não vomita. Não vomita. Não vomita.

— Mas, enfim, há algum tempo eu tava na Biblioteca Municipal e a coisa mais bizarra do mundo aconteceu. Eu já tinha lido *As primaveras* tantas vezes, mas, naquele dia, por algum motivo esquisito, resolvi que precisava ler de novo.

Muito bem, força do pensamento, essa é a hora de você funcionar. Eu ordeno ao meu estômago que pare de embrulhar. Agora.

— Foi tudo muito rápido. Eu estava pensando no quão clichê era que duas pessoas quisessem ler o mesmo livro no mesmo dia. Quer dizer, muito coisa de filme adolescente. E eu odeio filme adolescente. Mas aí ela olhou para mim de um jeito esquisito e disse meu nome: Ian. Foi rápido, mas deu tempo de entender.

Ele olhou do chão para mim de uma vez e eu assustei, despreparada. Acho que o susto segurou meu estômago, porque ele parou de embrulhar. Bom, foi isso ou esse negócio de força do pensamento funciona mesmo.

— Eu sabia que era você assim que te vi na cozinha da igreja. Seu rosto ficou gravado na minha cabeça e juro que de noite, enquanto me deitava para dormir, eu conseguia recriá-lo, ainda que um pouco embaçado.

A taquicardia voltou, mas dessa vez não foi de TEP. O estômago, antes embrulhado, agora se enchia de borboletas. O peito ardia num doído gostoso, a respiração presa na caixa torácica.

— Então, resumindo, eu sei que você sabe meu nome. O mistério é *como*.

Sei que estou ruborizada, porque sinto a bochecha queimar. Odeio ruborizar, porque minhas sardas ficam mais aparentes.

Eu não sei se devo dizer a verdade. Quer dizer, como explicar minha obsessão sem parecer psicopata?

— Cara, te procurei nesse lugar todo! — Arthur entra apressado pela porta, falando tão alto que me faz perceber o quão baixinho Ian e eu conversávamos. Tive medo de que assustasse a senhora que estava na cadeira ao lado, mas agora que olhei percebi que ela já tinha sumido. — Se a gente não for agora, perde o culto da noite.

Agradeço internamente por aquela interrupção providencial. Com Ian indo embora, eu ganho algum tempo para pensar em uma desculpa que manterá em segredo a minha patética conduta. Infelizmente, a comemoração interna não dura muito.

— Cara, eu vou ficar por aqui mais um pouco — ele diz, e eu tenho a impressão de ter visto uma piscadela rolando para Arthur. — Depois pego um táxi para a rodoviária.

Arthur fica parado, meio sem jeito por alguns segundos, e em seguida vem a conhecida gargalhada de cabeça jogada para trás. Sutil. Me dá um tchauzinho com a mão, mas antes que eu consiga responder ou agradecer a visita, ele já está assoviando porta afora.

Ian olha para mim, estático. O meio sorriso ainda desenhado no rosto. Nos olhos, aquele azul-mar que me traga e me balança. Será que existe mesmo no Universo um lugar para nós? Depois de tudo o que passei, das tentativas frustradas de conhecê-lo, dos reencontros, será que existe alguma chance? Sinto uma pontada de esperança nascendo no meu peito e tenho medo. Medo do desapontamento. Um medo imenso de me entregar a esse mar, esperando um morno e tranquilo boiar em ondas calmas, e encontrar no lugar ondas bravias que me açoitarão até que eu morra na praia.

09

Refúgio

— **NÃO TEM PROBLEMA** se eu ficar, né? — Ian pergunta, claramente envergonhado. — Desculpa, eu deveria ter perguntado antes.

— Ah, não... Quer dizer, não para mim.

Eu começo a me perguntar se meus pais ficariam bravos quando descobrissem que eu estou andando pelo hospital com um rapaz que, até hoje, eles nunca tinham visto. Ian coça a parte de trás da cabeça e me sinto mal por vê-lo tão sem graça. É como se ele tivesse tomado a decisão de ficar no susto, depois que Arthur apareceu tão abruptamente na porta e as consequências de tudo aquilo estivessem lentamente surgindo no seu cérebro.

Ele evita olhar para mim e eu tento não parecer tão óbvia enquanto analiso cada movimento seu. As mãos ainda estão sujas do salgadinho de queijo e ele aperta o dedo polegar da mão esquerda nos dedos da direita. Apoiando os cotovelos nos joelhos e se encurvando para frente, Ian parece tentar me evitar. Seu nervosismo me deixa ansiosa e eu quero poder dizer alguma coisa que o tire daquele estado. Mas eu também me sinto mal, afinal de contas, foi por minha causa que ele ficou. E eu sei o que o motivou. Ele quer uma resposta.

— YouTube.

— Oi? — Ele agora me fita, voltando as costas à cadeira.

— Eu assistia ao seu canal. Foi assim... — ele parece compreender. Dá uma risadinha.

— Jura? Nossa, não sabia que meu alcance com aqueles vídeos era tão grande.

Seus olhos semicerrados agora focam a máquina de aperitivos e eu tenho a impressão de que ele está realmente ponderando sobre sua possível e inesperada fama.

— E como você achou meu canal?

Não tinha como. Qualquer que fosse a direção que eu tomasse com as respostas, cedo ou tarde, a verdade seria desenterrada. Claro, eu posso dizer que tínhamos amigos em comum, o que é verdade. Mas isso levaria à questão de que eu tive interesse suficiente para perguntar a alguém como ele se chamava e jogar o nome dele no Google até chegar ao canal. Isso não revelaria o fato de que eu assisti a cada vídeo umas cinquenta vezes, deixando minha obsessão parcialmente encoberta, mas eu não queria que ele soubesse nem mesmo que eu fiz essa pesquisa toda. Resolvi que mentir era minha única saída.

— Sabe o João?

— Dantas?

— É. Ele compartilhou um vídeo seu há algum tempo; faz bastante tempo na verdade... — Evito contato visual. Ele vai saber que estou mentindo. — Foi assim.

Ian continua olhando para mim e eu continuo olhando a parede. Será que mentira se sente no ar, feito cheiro ruim de comida podre? Eu não tenho certeza do que fazer em seguida. Aliás, não tenho certeza de que tudo isso está acontecendo de verdade — eu na sala de espera de um hospital, conversando com Ian Jones.

Sempre que eu imaginava nosso primeiro encontro, ele se formava em minha cabeça bastante diferente daquele momento.

Era muito mais... colorido. Menos cinza. Não tinha cheiro de queijo e álcool, mas sim de flores e chuva. Eu não precisaria mentir, porque Ian estaria procurando por mim, e não eu por ele. Ele me acharia e diria que me procurou a vida toda, e eu nunca teria que assumir que na verdade fui eu quem o *stalkeou* por meses. Quem forçou encontros. Quem inventou fantasias ridiculamente clichês praticamente todas as noites antes de dormir. Isso era tão imperfeito. E eu odiava cada segundo.

— Você tem alguma coisa para fazer agora? — Ele pergunta baixinho, talvez tentando ser delicado quanto à minha situação patética de desviar o olhar. — Eu posso pegar um táxi e ir embora. Eu meio que tenho muita coisa pra fazer em casa de qualquer forma.

Olho para ele um tanto arregalada. Minha expressão traduz bem meu medo de ter sido ridícula demais a ponto de ele querer ir embora, então Ian conserta:

— Quer dizer, eu não preciso ir. Se você estiver meio livre, eu posso ficar. É que eu queria te mostrar uma coisa.

A forma como nós dois estávamos pateticamente sem graça provavelmente seria bastante adorável em uma comédia romântica, mas enquanto eu a estava vivendo, isso tudo não passava de tortura. Era tudo muito esquisito e desconfortável.

Ian se levanta e eu suponho que esteja esperando minha resposta. Se eu disser que sim, terei que enfrentar esse desconforto por sabe-se lá mais quanto tempo. Se disser que não, Ian Jones provavelmente vai sumir da minha vida para sempre. Sinceramente, isso não me parecia tão má ideia naquele momento.

— Eu não sei... Talvez Analu já tenha acordado. Eu devia ficar com ela.

Me levanto também e, completamente desconfortável, sem saber o que fazer com minhas mãos, coloco-as nos bolsos de trás da calça. Vejo o brilho nos olhos de Ian desaparecer. Ele morde o lábio e continua apertando o dedo polegar. Provavelmente tão desconfortável quanto eu.

— Seria rapidinho — ele praticamente sussurra, soando muito como Analu quando sabe que vai receber não como resposta, mas quer muito alguma coisa.

Será que fui rude? Ele parece realmente desapontado. Ian passa os olhos do chão para mim e em seguida para a pia, ao lado da máquina de petiscos. Eu continuo calada, realmente sem saber o que fazer. Ele solta um suspiro baixinho e vai lavar as mãos. Fico com vontade de o abraçar e dizer que vai ficar tudo bem, como se me esquecesse, por alguns segundos, que é a minha irmã que está internada. Que sou eu quem está em dor aqui. Mas é ele quem parece precisar de afirmação.

— A gente pode passar na frente do quarto dela. Se ela estiver dormindo, aí eu posso ir com você.

Juro que tentei ao máximo soar legal, mas, assim que ouvi a mim mesma, percebi o quão prepotente pareceu. Ele não precisava estar aqui, nem precisava ter sido legal comigo. E aqui estou eu, impondo regras para que ele fique. Me sinto tão idiota que tenho vontade de correr dali.

Porém, ele já está de volta à minha frente, o sorriso de volta no rosto e os olhos cintilando.

— Combinado.

— Isso aqui é incrível!

Olho ao redor e é difícil acreditar no que vejo. Flores branquinhas caem do teto de tábuas cruzadas. Um monte de pássaros se junta em uma fonte e cantarola melodias que fazem todo o meu interior se acalmar. Ao meio, algumas mesinhas brancas. A grama que cresce bem verde destoa totalmente de todo o resto que eu tinha visto nesse hospital. Quem diria que aqui, bem no coração de tudo isso, escondido em um labirinto de corredores e quartos, estava esse pequeno refúgio? Eu piscava aboboda, enquanto Ian se se encostava à parede do canto, me observando observar.

Nós tínhamos passado pelo quarto de Analu e ela ainda estava dormindo. Avisei meus pais sobre Ian e perguntei se podia dar uma volta com ele. Minha mãe deu um sorrisinho de sobrancelha levantada e eu presumi que aquilo era um sim. Meus pais eram bem legais. Pedi que me mandassem mensagem no celular assim que a princesa acordasse.

Ian me guiou por uma infinidade de corredores, quartos e salas de espera, virando cada esquina com tanta certeza, que eu me perguntava quantas vezes ele já tinha estado ali. Quando chegamos a um corredor praticamente vazio, nos deparamos com um senhor que montava guarda em frente a uma porta dupla onde se lia "somente pessoal autorizado". Ian me pediu para esperar a uma certa distância, enquanto ele conversava com o senhor. Pouco tempo depois voltou e, colocando a mão no meu ombro, me guiou para aquele pequeno e colorido espaço.

— Como você sabia desse lugar? — pergunto depois de rodopiar ao redor de mim mesma algumas vezes, tentando absorver tudo aquilo. Eu estava no hospital a menos de 24 horas, mas todo o meu ser já precisava de uma respiração mais tranquila, de cor e de sol. E eu seria para sempre grata a ele por isso.

Ian se senta em uma das cadeiras e eu me sento na do lado, observando os pássaros que vinham beber água na fonte.

— Eu tive que vir nesse hospital várias vezes ano passado, algumas aulas foram aqui. Em algumas delas, nós tratávamos de pacientes que estavam há muito tempo presos nos quartos. Esse é o lugar que os médicos usam para tentar amenizar um pouco a dor dessas pessoas. Eu acho uma ideia genial: queria que todo hospital tivesse isso. Eu sei o quão difícil pode ser estar num ambiente tão frio e monocromático. Me alegrava demais quando os professores me deixavam trazer alguns pacientes aqui. Especialmente as crianças! Elas amavam os passarinhos.

Não sei se foi a luz do sol batendo em seu rosto, a forma como ele fechou os olhos para contar tudo isso, ou a doçura em tudo o que ele era, mas eu me sentia irremediavelmente apaixonada.

— Por isso fiquei, Cecília. Queria te mostrar isso aqui. Eu imagino que você esteja precisando. Também falei com o Jair, lá fora. Ele disse que você pode vir e trazer Analu sempre que quiser.

Seu sorriso é tão gentil e tudo o que ele fez foi tão maravilhoso que eu sinto minhas pernas amolecerem. Espero que ele não decida que a gente deveria se levantar e ir embora agora, porque eu iria cair de tanta emoção.

— Isso é incrível. Obrigada, a Analu vai amar — sussurro, olhando para o chão. Uma vontade súbita de chorar fica presa na minha garganta e eu mudo de assunto logo para evitar a cachoeira. — Então, você estuda medicina? — sorrio por pensar em como podia ser que, depois de meses *stalkeando* esse menino em modo *hard*, eu não tinha essa informação.

— Sim. É difícil. Passo a maior parte do meu tempo com a cara enterrada em livros — ele sorri e eu também. — Mas eu amo. É minha grande paixão. Ajudar pessoas dessa forma tão prática.

— Eu sei como é. Faço enfermagem — sorrio ainda mais arregalado quando finalmente a ficha cai e eu percebo que teremos coisas em comum para conversar.

— Sério? Cara, eu respeito demais o trabalho dos enfermeiros. Eu sempre brinco que eles deviam ganhar mais do que nós.

— Bom, acho que tem espaço para os dois. O trabalho de vocês é essencial para o nosso.

— E vice-versa.

Os olhos dele estão focados nos meus. Me pergunto se o seu coração está batendo tão forte quanto o meu. Eu daria tudo para ouvir seus pensamentos nesse momento. Será que estamos na mesma página ou a Cecília sonhadora está tomando a dianteira e aumentando tudo em sua cabeça? É normal um rapaz fazer tudo isso por uma pessoa que acabou de conhecer? Quer dizer, ele obviamente era uma ótima pessoa, e talvez o fizesse por puro altruísmo, sem nenhum interesse extra. Mas, eu queria tanto acreditar que Ian Jones, aquele Ian Jones que habitou minha mente por tanto tempo, estivesse realmente sentindo o mesmo que eu. Afinal, os olhos dele brilhavam e sorriam quando ele olhava para mim. Ou eu estava imaginando isso também?

— Posso te confessar uma coisa?

Eu acordo do meu devaneio, acenando que sim com a cabeça e me afastando dele um pouco.

— Aquele dia, na igreja... Eu estava me preparando para a nossa reunião dos voluntários e minha mãe entrou no meu quarto dizendo que uma pessoa estava passando mal e eu tinha que ir ajudar. Quando eu cheguei e vi que era você, eu achei a coisa mais bizarra do mundo.

Ele fala tudo isso com os olhos ainda focados nos meus. Eu quero desviar, sinto minha bochecha queimar, mas não consigo.

— Como eu te disse, eu me lembrava vagamente do rosto da menina da biblioteca. Ele ficou na minha cabeça e eu me esforçava para juntar os pedaços: uma hora eu me lembrava dos olhos; outra hora, da boca; depois, das sardas...

Ele sorri quando diz a última palavra e eu finalmente olho para o chão. Minhas bochechas parecendo dois vulcões em erupção. Acho que isso o deixa sem graça e ele faz uma longa pausa, girando o corpo para longe de mim e se levantando devagar.

— Desculpa, essa não é a hora — Ian se retira tão rápido que eu nem tive tempo de reagir.

E então eu fico ali parada, meio tonta ainda. Ao fundo, o som dos pássaros e da água na fonte.

10

Escuridão

DEMOROU PARA QUE EU CONSEGUISSE me levantar e sair do jardim. Ali era tão calmo e o que Ian disse me deixou tão confusa que meu corpo ficou imóvel, e minha mente, agitada.

Quando consegui me levantar, vi que Ian conversava com Jair, o guarda do jardim. Notando minha presença, ele colocou as mãos nos ombros do guarda alto e moreno, e sorriu ao se voltar para mim. Devagar, caminhei até eles.

— Cecília, esse é o Jair. Ele vai garantir que você possa vir com a Analu aqui sempre que quiser.

— Muito obrigada — digo, ainda olhando mais para Ian que para Jair —, eu tenho certeza de que ela vai gostar — sorrio e Jair sorri de volta.

Acho que ele notou minhas bochechas coradas toda vez que Ian olha para mim, porque logo se levanta de seu banco e vai até o jardim, como se precisasse checar alguma coisa. Ou fingiu que precisava.

A lembrança de Analu aperta meu peito e fecha minha garganta — sinto que é hora de voltar para ela. Quanto tempo tinha demorado esse meu passeio com Ian? O tempo parecia ter parado naquele jardim.

Ian parece ler meus pensamentos.

— Eu sinto muito que Analu esteja doente, Cecília.

Suas mãos pousam em meus ombros e seus dedos os apertam levemente. Colocando uma mão em meu queixo, ele o levanta docemente, como se precisasse olhar em meus olhos. Sinto as lágrimas queimarem e caírem naturalmente.

— Eu não entendo, sabe? Ela estava bem! Ela é tão saudável, tão ativa, tão... — Não consigo terminar. Minha garganta fecha por completo. Como que instintivamente, Ian me puxa para um abraço carinhoso. Suas mãos acariciam meus cabelos e eu viro uma bagunça de lágrimas, cabelos e catarro.

Eu quero me recompor, quero estar bonita, apresentável. Céus, eu imaginava nosso primeiro encontro tão diferente! Mas minha vaidade não mais importava naquele momento, porque o abraço dele era quente e doce, e meu peito queimava de dor por minha irmãzinha. Eu me surpreendi com o quão confortável ele estava naquele momento. Geralmente abraços são esquisitos, especialmente entre dois estranhos. O costume é tentar fazer com que sejam rápidos e que o silêncio embaraçoso que se segue seja logo preenchido com qualquer fala sem importância.

Mas, no silêncio alto daquele corredor frio de hospital, Ian Jones me segurou por quanto tempo eu precisei. E eu me perguntei como tinha superado qualquer outra dificuldade na vida antes de ter aquele abraço, aquele ninho, aquele refúgio.

Fizemos o caminho de volta ao quarto em silêncio. Parte de mim queria falar, perguntar o que ele sentia por mim. Eu queria garantir que sua doçura era exclusiva e incondicionalmente minha, e não fruto de um amor fraternal genérico. Mas Ian tinha um ar sério e sóbrio, de modo que senti que seria desrespeitoso falar sobre nós agora, quando ele parecia mais focado na situação de Analu do que eu mesma estava.

Ainda absorta em meus pensamentos e ponderações, fui interrompida por um grito vindo de um dos quartos próximos ao corredor onde estávamos. A voz era tão familiar e o grito tão cheio de angústia que senti meu sangue congelar e um arrepio correr pela minha pele.

Corri o mais rápido que pude para a porta do 205.

Em um instante, o mundo parou. Era como se eu assistisse à cena de cima da sala, fora de mim.

Encostada na parede do banheiro, paralisada, com um olhar assustado, minha mãe parecia um fantasma. Seus punhos fortemente fechados descansavam em seu peito. Um médico tentava segurar em pé meu pai, que gritava e se debatia com força. Uma enfermeira chorava em silêncio. Quando me viu, ela disse baixinho, engasgado:

— Ah, querida...

Meu sangue parecia ter saído do corpo, minhas mãos geladas e trêmulas, minhas pernas prestes a desistirem de me segurar.

Depois de evitar por alguns segundos a realidade que se colocava diante de mim, tão distante e ao mesmo tempo tão perto, me permiti olhar em direção à cama.

Analu, minha pequena, minha irmã, meu grande amor, estava com os olhinhos fechados. Serena. Quase sorrindo. Não fosse a palidez de seu rosto, seria de se acreditar que ela estava apenas dormindo.

Não! Não a Analu!

Tudo parecia uma pintura diante de mim. Tão estático, tão surreal. Minha visão começou a turvar, os gritos do meu pai foram abafados no fundo de minha mente, como se viessem de um lugar distante e apenas ecoassem ali. A enfermeira começou a vir em minha direção, o olhar assustado e cheio de pena.

Senhor, não! Por favor, não...

Comecei a cair rumo ao chão gelado, sentindo as mãos de Ian me abraçarem por trás, tentando me segurar. Me permiti escapar devagar dentro da escuridão que começava a tomar conta de mim.

Poucos segundos antes de perder totalmente os sentidos, desejei nunca mais acordar.

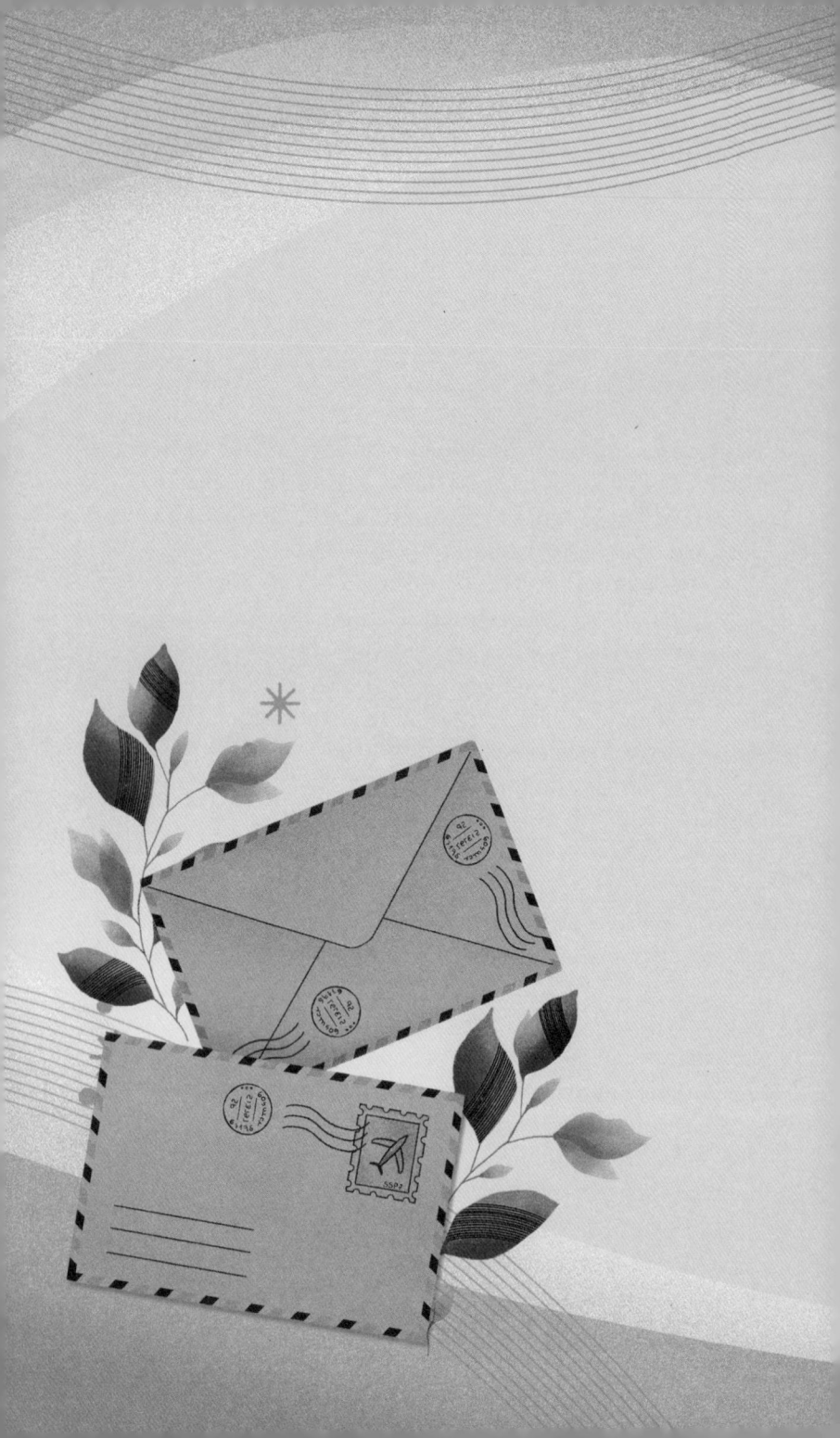

PARTE 2

O COMEÇO DO FIM

11
Paz, pela primeira vez em muito tempo

ELE

Sentado de frente à minha janela, enquanto a chuva batia no vidro com força, eu me esforçava para lembrar. As memórias se misturavam todas e eu já não sabia dizer o que eu tinha inventado e o que era real. Patrícia foi a minha primeira, e única, namorada. Depois dela, cheguei a prometer a mim mesmo que nunca mais iria abrir meu coração novamente. Mas eu sabia, no meu íntimo, que Deus tinha outros planos. Na minha vida sempre foi assim: eu dizia a Deus o que queria e ele me dava o oposto. Não que isso fosse ruim; na maioria das vezes, eu conseguia ver claramente o quanto tinha sido melhor me submeter aos planos dele. Até nas vezes que não conseguia ver, eu tentava confiar.

Mas hoje as memórias precisavam vir. Eu queria me lembrar para que a doçura da graça me enchesse, como fizera outras vezes. Hoje eu me sentia vazio e solitário. Engraçado, em uma casa com cinco irmãos, eu ainda conseguia me sentir tão só. Eu queria me lembrar da Patrícia de um jeito positivo. Queria reviver na cabeça os momentos bons que tivemos, para que não precisasse sofrer pelos ruins. Pelas coisas que queria ter dito. Pelas dores que queria ter evitado.

Conforme a chuva caía e a escuridão tomava conta do quarto, eu me lembrei. Fechei os olhos e a vi, sua pele macia de tom contrastante com a minha, seus cabelos pretos e cacheados ao vento, seus olhos curiosos me olhando e dizendo tão claramente que me amava. A lembrança veio com tanta força que não consegui segurar as lágrimas que vieram como consequência.

Não. Eu não queria mais lembrar. Infelizmente, a verdade é que me doía mais lembrar do que esquecer.

Me levantei e decidi ler. Poesia sempre acalmava minha alma. Comecei a procurar meu livro preferido: *As primaveras*, de Casimiro de Abreu. Nele estava meu poema "calmante", que sempre me fazia respirar mais fácil. Procurei no quarto todo e não achei.

— Missy! Missy, vem cá, por favor!

Pude ouvir os passinhos da minha irmã subindo as escadas. Seu rosto de cinco anos claramente frustrado, como se dissesse "me diga o motivo tão importante pelo qual parei minha brincadeira."

— Missy, você andou mexendo nos meus livros de novo? Eu te falei daquela vez para não usar como mesa para o seu chá da tarde, lembra?

— *I remember*,[1] Ian. Mas os que peguei já devolvi. Tá vendo, ó! — Ela apontou com o queixo a pilha de livros no canto do quarto e, sentindo-se satisfeita com sua própria astúcia, saiu porta afora.

Ótimo. Sem esse livro, eu teria de me contentar em ler qualquer outra coisa. Mas ainda que tivesse tantos livros, minha alma realmente queria aquele. Já havia passado das nove da noite. Não tinha jeito — o que me restava era dormir e ir à Biblioteca Municipal na manhã seguinte.

---

[1] Tradução: "eu lembro".

Ela saiu correndo antes que eu pudesse dizer qualquer palavra. Com o livro aberto ainda à minha frente, eu fiquei parado ali, tentando fazer sentido da coisa toda. Quem quer que fosse essa menina, ela parecia me conhecer realmente, pois não só sabia meu nome, como também ficou extremamente desconcertada quando eu confessei não a reconhecer. Céus, será que eu tinha sido rude o suficiente na minha falta de memória ao ponto de levá-la a correr de vergonha? Vasculhei os porões da mente, mas de maneira nenhuma a encontrava. Não tinha outra explicação, essa tinha que ter sido a primeira vez que a vi na vida.

Então, como ela sabia meu nome?

Voltei para casa com minha missão de trazer Casimiro de volta cumprida. Mas o livro acabou ficando esquecido no criado-mudo ao lado da cama, porque durante aquele dia todo, minha mente ficou distraída com sardas e franjas, enquanto eu tentava decifrar o mistério da menina da biblioteca, ou menina-das-sardas, como eu passei a chamá-la na minha cabeça. O efeito, entretanto, foi o mesmo que eu queria alcançar com os poemas. De alguma forma, por algum motivo, relembrar aquela cena maluca me trazia uma paz que eu não sentia havia muito tempo, me deixando com um sorriso frouxo no rosto.

— Ian, tem uma moça passando mal na entrada da igreja — minha mãe falou com um ar muito mais sereno do que suas palavras expressavam. — O Arthur levou ela lá para a cozinha, corre. Vê se é pressão ou alguma coisa assim. *And hurry up!*[2]

---

[2] Tradução: "e se apresse!".

Já era rotina que ela me chamasse para ver qualquer pessoa da igreja que se sentisse mal, mesmo que fosse uma pequena dor de cabeça. *Better safe than sorry*,[3] ela dizia. Melhor prevenir que remediar. O que era um pouco irônico, se pensarmos na versão em português da expressão, porque eu estava, no caso, remediando. Mas a verdade é que eu gostava de ajudar. Era para isso que estava estudando medicina, afinal.

Me apressei mais do que geralmente fazia quando o problema era somente uma dor de cabeça. Pressão é algo sério, e se essa moça estivesse realmente a ponto de desmaiar, eu rapidamente iria aconselhá-la a ver um médico. Podia ser fome, mas podia ser algo grave. *Better safe than sorry*.

Quando cheguei na cozinha, vi Arthur em pé ao lado de uma cadeira onde a moça estava sentada, de costas para a porta. Ele me viu e veio me abraçar.

— Opa, Arthur, e aí? Minha mãe me mandou vir aqui, parece que alguém estava passando mal?

— Sim, a Cecília aqui. Quase desmaiou lá na entrada, eu que segurei — ele disse, com um sorriso meio malandro. Arthur era mais engraçadinho do que eu gostava, mas foi meu ombro amigo em um dos momentos mais difíceis da minha vida, e eu era incrivelmente grato a Deus por sua amizade.

Ajoelhei-me ao lado da moça para conseguir ouvir bem, caso ela ainda estivesse meio fraca e acabasse mais sussurrando do que falando em tom normal.

E então, como em um flash, as imagens voltaram à minha cabeça. Livro, mãos, sorriso sem graça, sardas, franja, rosto assustado, desculpas e o sair correndo apressado.

Senhor, é ela?

Durante as semanas que se passaram depois da coincidência da biblioteca, eu me vi pensando na menina-das-sardas com frequência. Parte de mim pensava que não passava de curiosidade,

---

[3] Tradução: "melhor prevenir que remediar".

afinal, aquilo tudo era um mistério estranho. Mas parte de mim sentia algo novo, algo que eu não lembrava de sentir desde a Patrícia. Uma paz, uma doçura ao pensar em alguém. Alguém que eu nem conhecia.

Por um tempo, achei prudente afastar os pensamentos, mas então resolvi levá-los a Deus em oração, ao invés de evitar a questão. Pedi ao Espírito que afastasse de mim qualquer distração tola e superficial. Eu queria focar nele, como ele bem sabia. Era a minha promessa desde que Patrícia se fora.

Mas ainda que eu pedisse isso, as memórias da menina-das-sardas, e a paz que as acompanhava, voltavam diariamente. Então, comecei a permitir que esses pensamentos pousassem e ficassem. Eles faziam bem à minha alma, embora eu achasse que nunca a veria de novo.

Quando seu celular começou a tocar, estranhei que ela demorasse tanto a atender. Ela me olhava com o mesmo olhar da biblioteca, uma mistura de confusão e incerteza. De repente, pareceu ouvir o barulho. Ela atendeu à chamada e eu fui conversar com o Arthur.

— Cara! Você não vai acreditar — falei baixo para que somente ele ouvisse. — Lembra a menina-das-sardas?

Ele olhou para mim, piscou duas vezes meio que abobalhado, e olhou para Cecília que agora atendia o celular lá fora. Olhou para mim de novo e sorriu, parecendo entender.

— Mentira!

Nesse momento, Cecília entrou de volta, o rosto pálido e assustado.

— Arthur, você... Você pode me levar de volta para casa?

Seu olhar era tão cheio de angústia que meu amigo nem perguntou o porquê. Pegou as chaves da perua do bolso e saiu com ela porta afora.

Assim como da primeira vez, ela se foi rápido demais, antes mesmo que eu pudesse colocar meus pensamentos no lugar.

12
Nova realidade

ELA

Acordei um tanto fora de mim, tentando compreender meus arredores. Estava frio e silencioso, com a exceção de um barulho de velcro abrindo. Me esforcei para abrir os olhos e vi a enfermeira tirando do meu braço o aparelho de medir pressão. O que estava acontecendo? Onde eu estava?

— Oi, Cecília.

Ian olhava para mim, sentado na cadeira ao meu lado, uma expressão de piedade em seus olhos. Lembrei.

Analu.

— Você desmaiou e eu te trouxe para este quarto. Achei que talvez fosse melhor — ele falava tão baixo que eu quase não entendia o que estava dizendo.

Me levantei em um pulo e comecei a sair do quarto apressada. Ian segurou meu braço. —Talvez seja melhor você esperar um pouco — eu o ouvi dizer baixo e sussurrado.

— Me solta! — Falei tão alto que assustei a mim mesma. O choro descia quente pelo meu rosto.

Ian me soltou com um suspiro e eu saí correndo porta afora. Mãe? Pai? Onde estava todo mundo? Eu só encontrava olhos confusos e rostos desconhecidos. O quão longe era esse quarto do 205 onde meu bebê estava?

Meu bebê.

Analu.

Comecei a tremer violentamente, enquanto girava ao redor de mim mesma tentando fazer sentido desse lugar.

— Mãe! — comecei a gritar. — Pai!

O choro embaçava meus olhos. Eu só queria sair dali. Só queria sumir. Só queria esquecer. Sentei-me no chão gelado e, com o rosto entre as mãos, chorei alto.

Senti um braço me levantar delicadamente e começar a me guiar pelos corredores. Eu não enxergava mais nada, os olhos inchados e doendo. A cabeça a ponto de explodir. Encontrei meus pais na sala de espera perto do 205. Abri a porta do quarto desesperada. A cama estava limpa, sem lençóis, sem colchão, sem Analu.

— Cadê ela? — O desespero correndo pelas veias, o choro descontrolado. — Cadê ela, mãe?

— Ceci, vem cá... — minha mãe responde, me puxando em um abraço. Recusei e me debati.

— Não, não. Me solta! Cadê minha irmã? *Cadê*?

Olhei ao redor, desesperada por uma resposta. Qualquer uma. Recebi apenas olhares de dó. Na cadeira atrás da minha mãe, eu podia ver meu pai com o rosto escondido entre as mãos, soluçando baixinho.

Não podia ser verdade. Para onde levaram meu bebê? Por que ninguém me responde nesse inferno de hospital?

— Ceci, ela se foi, meu amor... — minha mãe conseguiu dizer sussurrando. — Ela está com Jesus agora.

Jesus. *Jesus*. Senti o desespero se tornar raiva, e uma onda quente subiu o meu rosto. Não. Eu não queria ouvir de Jesus. Se minha irmã, aquele anjo, estava morta, eu não queria ouvir de

Jesus nenhum. Empurrei minha mãe com raiva e saí correndo. Quantos milhares de corredores esse hospital tinha? Que maldição! Onde estava a porta? Quando a encontrei, saí e senti o sol queimar meus olhos.

Sem aguentar mais andar ou correr, sentei-me no chão ali mesmo, embaixo da primeira árvore que encontrei.

— Analu... — eu repetia, num sussurro que só eu ouvia. Meu corpo ainda tremendo violentamente, a cabeça pesando toneladas. Abracei meus joelhos e me deixei afundar na dor. Era difícil respirar e eu me sentia prestes a desmaiar de novo.

Não podia ser. Ela estava bem, saudável. Eu a vi brincando, interagindo com o pessoal da Batista Central. Ela estava abatida, mas ainda viva. Que doença é essa que leva a pessoa tão rápido? Tinha que ter sido um erro. *Eles devem ter matado minha irmã!* A raiva se misturava com o desespero e eu já nem conseguia pensar direito. *Assassinos!* Eu queria me levantar. Queria ir gritar com todos eles, mandá-los ao inferno com seus remédios fajutos e sua medicina falível. Mas meu corpo não conseguia se mexer — eu não comia desde a noite passada — e minhas energias se esgotaram com tanto correr e tanto chorar. Fiquei ali, largada à minha escuridão e angústia. Vez ou outra eu sentia um tocar no ombro, ouvia qualquer coisa que alguém dizia, mas respondia com um grunhido e eles me deixavam em paz.

Senti alguém sentando-se ao meu lado. *Que inferno, me deixem em paz!* Mas a pessoa não disse nada. Só ficou ali.

Levantei os olhos e vi que era Ian. Quando me notou mexendo, olhou para mim, sorriu docemente e voltou a olhar para frente, sério. Ele ficou ali, ao meu lado, pelo que pareceu uma eternidade.

Certa hora, o choro parou, as lágrimas se esgotaram e o corpo gastou toda a energia que tinha, cessando de tremer. Ian me ajudou a levantar e me abraçou tão apertado que eu precisei mover o rosto para o lado para conseguir respirar.

— Senhor... — o ouvi dizer baixinho, perto do meu ouvido — Senhor, clamamos a ti nessa hora tão sombria.

O que ele estava fazendo?

— Pai, eu te peço que teu Espírito console Cecília neste momento.

Ele estava orando? Senti a raiva queimar minhas bochechas de novo. Mas não tive força para me desvencilhar do abraço.

— Deus, não existe nada neste mundo que possa acalmar o coração dela e de sua família, a não ser que venhas com tua paz. Então vem, Pai — ele suspirou profundo e fez uma pausa prolongada. — Por favor. Vem e os consola. Eu peço e acredito, em nome de Jesus.

Ele me soltou e tentou focar em meus olhos, mas eu evitei seu olhar.

— Você sabe onde meus pais estão? — Foi o que consegui dizer finalmente.

— Vem, eu te levo — ele respondeu, e me guiou pela mão.

Eu não podia ir para casa. Não existia força em mim para suportar ver qualquer coisa que me lembrasse Analu. Pedi aos meus pais para ficar na casa da Flora enquanto eles preparavam o funeral. Flora estava em São José dos Campos, continuando a vida universitária, mas seus pais eram amigos nossos há tempos e me receberam com afeto.

Eu não conseguia suportar o olhar de dó que todos me davam. Minha vontade era de sair quebrando a casa toda, qualquer coisa que aparecesse na minha frente. Só que ainda existia um pouco de bom senso em mim, além da falta de forças que me impedia de sequer levantar da cama. José e Clarice tentaram me fazer comer qualquer coisa, mas eu recusei tudo. Eles deixaram o prato na mesa de cabeceira ao lado da cama.

Como eu poderia me ajustar a um mundo sem Analu? Ela estava em minha vida fazia apenas pouco mais de dois anos, mas ela havia mudado tudo. Desde que chegou, eu só sabia

Analuservar e poderia o fazer por horas e dias, sem parar. Ela era perfeita, um anjinho cheio de energia e inteligência. Analu era especial. Todo mundo que a conhecia a amava. Comecei a imaginar o quanto seu funeral estaria cheio. Esse pensamento fez o choro descontrolado voltar.

É claro que eu não iria ao funeral. Eu não me conformava que ela havia partido e me recusaria a ter que encarar uma multidão de olhos cheios de dó que me confirmariam essa nova realidade. Eu pude ver a decepção nos olhos dos meus pais quando dei a notícia.

— Ceci, você tem certeza? Todo mundo vai estar lá.

Me irritava ver o quanto eles estavam tranquilos. Meu pai chorava constantemente, eu podia ver isso em seu rosto inchado, mas minha mãe parecia tranquilamente conformada, e isso me deixava raivosa.

— Eu não quero, mãe. Me deixa.

Ela suspirou e pegou minha mão. Eu estava pronta para bater o pé e recusar, mesmo que ela insistisse por horas. Eu não ia ver meu bebê em um caixão. Somente imaginar isso embrulhava meu estômago.

— Ceci... Eu entendo, amor. Você não precisa ir — minha mãe disse finalmente.

Ficamos em silêncio por um tempo, as lágrimas querendo voltar.

— Eles descobriram... o que aconteceu?

— Não, filha. Fizeram todos os exames, a autópsia, e não encontraram nada.

Minha garganta fechou. Como era possível não encontrarem nada? Não fazia nenhum sentido. Ela não podia simplesmente ter caído morta.

— E se foi erro médico? — eu disse hesitante.

Minha mãe me fitou com olhos arregalados, como se não acreditasse que eu tivesse mesmo dito aquilo. *Que se exploda!* Até onde eu sei, podia muito bem ter sido culpa deles!

— Cecília! É claro que não! Nós estávamos ao lado dela o tempo todo, eles foram extremamente atenciosos, fizeram tudo que podiam até o fim... — ela disse, um pouco exasperada. Então, se acalmou e terminou. — Foi Deus quem a quis chamar para si.

Senti meu estômago embrulhar e meus olhos se encherem de lágrimas quentes de raiva.

Deus.

Achamos um culpado.

13

O menino da Cecília

ELE

A viagem de volta para casa foi conturbada. Eu pensei que visitar a irmã da menina-das-sardas fosse uma ideia simples e gentil, mas ao final acabei ficando com um peso enorme no peito. Que doença era aquela que levou essa menina de uma hora para a outra? De tudo o que eu tinha estudado até então, nada parecia se encaixar.

O ônibus estava lotado e eu desejei ter fones de ouvido comigo para me distrair das conversas alheias. Eu só conseguia pensar na Cecília. Ela estava desolada. Era tão visível para mim a angústia profunda pela qual ela estava passando que em meu interior eu só queria abraçá-la até que a dor se fosse. Mas eu sabia que não era possível porque perder alguém que amamos tanto assim deixa marcas eternas. Passei as duas horas no ônibus tentando entender os meus sentimentos.

Quando cheguei em casa, minha mãe estava preocupada, sentada em um dos bancos da cozinha. Levantou de um pulo quando entrei.

— Ian do céu, por que você não respondeu a nenhuma das nossas mensagens? O que aconteceu?

— *I'm sorry*[1] — a abracei de leve e senti ela apertar minhas costelas, provavelmente se aliviando da preocupação. — Meu celular ficou sem bateria.

Depois de uma grande pausa, suspirei fundo e desabei.

— Ela se foi, mãe. A menininha... — disse em meio às lágrimas que surgiam, me surpreendendo.

Minha pobre mãe parecia não saber o que dizer, me olhando confusa. Eu sei quando foi a última vez que ela me viu chorar e imagino que fosse esse o motivo de estar alarmada. Eu não me permiti chorar desde então. Contudo, por algum motivo, a morte daquela criança mexeu comigo para além do que eu imaginava ser possível. O quanto desse pesar era por uma criança que partia e o quanto era por minha nova amiga eu não sabia. Aliás, pode-se chamar de amiga alguém com quem você teve apenas uma conversa? Eu não sabia também. Fiquei no abraço da minha mãe por muito tempo, lágrimas quentes escorrendo e a alma pesando toneladas.

Existem sentimentos que não se explicam pela lógica, e chega a ser irritante quando as pessoas pedem explicações bem pensadas, que façam sentido à realidade delas, e não à sua. Eu me lembro da primeira vez que me perguntaram por que eu estava com Patrícia. Senti tudo em mim queimar de raiva porque eu sabia o que aquela pessoa quis, na verdade, dizer. Patrícia era negra, eu era branco. Patrícia cresceu em uma área pobre da cidade, eu cresci filho de americanos, visitando os Estados Unidos todo ano. Por algum motivo que ultrapassava meu entendimento, nós "não devíamos" estar juntos.

---

[1] Tradução: "desculpa".

Infelizmente, apesar de aquela interação ter sido a primeira desse tipo, ela não foi a única. Nós recebíamos olhares em quase todos os lugares em que íamos. Eu preferia acreditar no melhor das pessoas e presumir que elas estavam, na verdade, ponderando sobre como eu tinha conseguido uma mulher tão incrível. Era a única forma de não pecar e sair gritando com meio mundo. Eu não queria alimentar a raiva que o inimigo colocava em meu coração contra essas pessoas e, com o tempo, aprendi a não deixar que ele vencesse.

Todavia, ultimamente ele estava vencendo a guerra dos meus pensamentos. Eu não queria alimentar esses novos sentimentos irracionais que estavam surgindo em mim — imagens de Cecília apareciam em minha mente nos momentos menos esperados. Em meio às milhares de aulas que eu tinha por semana, fora os compromissos com a igreja e com minha família, eu não queria dar espaço às distrações. Eu já tinha ido longe demais permitindo que esses pensamentos levianos me levassem até aquele hospital e agora via onde isso tudo tinha me levado: me envolvi muito mais do que devia em um assunto delicado e pessoal. A família Petri estava sofrendo e, por mais que eu orasse por eles diariamente, tinha que parar aí. Não era prudente continuar deixando que esses pensamentos me levassem a atitudes tolas e infantis. Eu não podia inventar paixonites. Nem se eu quisesse haveria tempo na minha agenda para isso. Não existia espaço na minha vida para ninguém.

Com o passar dos dias, conforme eu eliminava e rejeitava o pensar em Cecília, ela começou a povoar menos meus pensamentos. Eu já tinha aprendido a resistir o inimigo e suas investidas. Voltei o foco para as minhas prioridades e estava contente com isso.

Porém, toda vez que eu parava para lembrar da família Petri em oração, meu coração pesava. Eu me lembrava de Cecília, de seu corpo tremendo sob o meu abraço, das lágrimas que encharcaram o meu jaleco e sentia um desejo profundo de ajudá-la.

Por dias, escolhi ignorar esse desejo, colocando-o na conta do inimigo, certo de que vinha dele, até que certa noite recebi uma ligação inesperada na mesa de jantar.

Assim que o celular começou a tocar, senti o olhar do meu pai.

— Ian, você sabe que desligamos o celular na hora do jantar — o ouvi dizer com firmeza. Geralmente eu teria acatado e obedecido, mas por algum motivo eu sentia que precisava atender.

— Eu acho que é importante, pai. *Sorry*. Eu volto rápido — levantei-me e fui para a sala antes que ele pudesse me contrariar, ouvindo minhas irmãs mais novas rindo baixinho.

— Alô, Ian? — disse uma voz feminina que eu não reconhecia.

— Sim, sou eu. Quem está falando?

— Ian, aqui é Tereza. — A mulher se apresentou e pausou, como se esperasse que eu pudesse reconhecer o nome. Não consegui lembrar. — Mãe da Analu — ela terminou em um tom mais baixo.

Mãe da Analu. Por mais que tivéssemos interagido durante aqueles momentos terríveis após a morte da criança, eu não me lembro de ter me apresentado formalmente à família da Analu. Tudo o que fiz foi ir atrás de Cecília, quando seus pais pareciam sem forças para isso, e garantir que ela voltasse até eles. Mas agora ali estava Tereza, me ligando no meu número pessoal.

— Ah sim, perdão, Tereza! Eu acho que não sabia seu nome, desculpe. Está tudo bem?

— Sim, sim, graças a Deus, obrigada por perguntar. Escuta, eu não tenho muito tempo, tem tanta gente para ligar! Mas eu queria te convidar a estar conosco no culto em memória à Analu. Eu sei que você não nos conhece bem, só que a sua ajuda naquele momento foi muito importante. Espero que não se sinta pressionado e que me perdoe se passei do limite ao pedir seu número para o hospital, mas eu... — pausou. — Eu acho que Analu ia te querer lá. Eu não sei explicar o porquê, mas senti que precisava te convidar.

Eu não sabia o que dizer. Estava convencido de que já tinha me envolvido demais, que precisava me livrar das distrações.

Senhor... Isso vem de ti? Ou do inimigo? Eu não sei o que pensar.

— Tereza, eu ia amar. Qual o endereço? — respondi sentindo, por algum motivo, que era o certo a fazer.

Arthur aceitou ir comigo ao culto em memória da Analu, especialmente depois que eu expliquei que teria que pegar o ônibus de novo, a não ser que ele me desse carona com a perua. Arthur aceitava qualquer desculpa para dirigir aquela lata-velha, mas eu sabia que no fundo ele também tinha sentido algo especial por aquela pequena. Ele queria estar lá.

Viajamos por pouco mais de uma hora até São Paulo, onde moravam os pais de Cecília, e, quando chegamos ao endereço que Tereza tinha me passado, encontramos uma igreja absolutamente lotada. Arthur procurou vaga, mas tivemos que circular e parar a três quarteirões de distância.

Fiquei surpreso ao ver a igreja cheia de pessoas alegres, como se estivessem em um culto de celebração, e não de memória. Me senti idiota por estar vestido de preto. Estúpidas regras americanas impregnadas em mim. Arthur, é claro, estava vestindo um verde quase neon, se encaixando perfeitamente na *vibe* do lugar. Avistei Tereza na entrada com seu marido ao lado, mas não vi Cecília.

— Ian, querido! — ela disse, me abraçando. — Obrigada por vir.

— É um prazer, Tereza — sorri de volta. — Meus profundos sentimentos, novamente.

Passamos por eles, abraçando também os avós de Cecília no caminho, e nos dirigimos ao fundo do templo. Como não conhecíamos ninguém ali, preferimos ser discretos. O culto foi lindo, com muitas pessoas indo à frente e contando histórias, algumas engraçadas, outras emotivas, sobre a pequena Analu. Que menina preciosa ela havia sido. Agradeci a Deus em silêncio por sua pequena vida que parecia ter afetado tanta gente. Não pude deixar de sorrir também ao pensar no quanto ela me lembrava Patrícia, não só pelo tom da pele, mas pelo sorriso. Tão doce, tão sincero.

Assim que o culto terminou, Arthur se levantou rápido porque anunciaram que estavam servindo donuts no fundo da igreja. Eu esperei um pouco antes de segui-lo, tentando ver se encontrava Cecília na multidão. Ela não estava junto a seus pais, no banco da frente, nem tinha subido para dizer nada sobre Analu. Eu me perguntava se ela havia se sentado com amigos ou parentes em outra área da igreja. Não era possível que ela não tivesse vindo.

Senti um cutucar no meu ombro.

— Oi! — disse uma menina loira de cabelos longos e lisos. — Desculpa, isso é meio bizarro, mas seu nome é Ian, não é?

Qual era a dessas meninas de saberem meu nome? Será que o alcance dos meus vídeos era realmente maior do que eu pensava?

— Sim, sou eu. Desculpa, eu não me lembro de você — disse de forma distraída, ainda procurando Cecília por cima do ombro da moça.

— Cara, que coisa doida! — ela disse, apertando minha mão e sorrindo abobada. — Meu nome é Flora. Sou amiga da Cecília. Eu achei mesmo que fosse você, mas queria garantir.

Por que ela fala como se me conhecesse, quando eu tenho certeza de nunca a ter visto antes? Flora solta minha mão depois de chacoalhá-la por mais tempo do que precisava.

— Ai, perdão, você deve estar confuso! Calma que eu explico. Eu te reconheci por causa daqueles vídeos que a Ceci assiste toda hora. Eu pensei: "Gente! É o menino da Cecília! O que ele tá fazendo aqui?".

Menino da Cecília? Assiste toda hora? Senti minhas bochechas queimarem. Ótimo, agora eu estava corando igual a um idiota. Resolvi mudar de assunto, antes que as coisas ficassem ainda mais desconfortáveis.

— Ela tá aqui?

Flora parecia confusa com minha pergunta, ainda se divertindo com a coincidência incrível que parecia estar vivenciando.

— A Ceci? Não... — Flora respondeu séria, abaixando os olhos. — Ela está na casa dos meus pais... Ainda não está pronta, eu acho.

— Pronta?

— Para aceitar a morte da Analu.

Senti meu coração se contorcer em um nó. Minha boca falou antes que eu conseguisse pará-la.

— Flora, você pode me dar o endereço dos seus pais?

14

Envelope

ELA

Se meus pais aparecessem mais uma vez na casa dos Soares naquela semana, eu iria pirar. Fazia só quinze dias que eu estava com os pais da Flora quando os meus resolveram começar a me encher para voltar para casa. Eu não queria. Nunca mais, para ser sincera. Todos os cantos daquele lugar, absolutamente todos, de alguma forma traziam lembranças da Analu e, cada vez que eu pensava nela, minha alma se quebrava em milhares de pedaços. Toda vez que isso acontecia, era preciso buscar forças em tudo o que eu tinha para me recuperar do golpe.

Eu sabia que era preciso seguir em frente. Intelectualmente eu entendia. Mas eu não fazia a menor ideia de por onde começar. Na casa dos Soares não havia memórias doloridas e eu sentia que ali eu poderia ao menos fingir que tudo estava bem. Antes isso do que encarar a realidade de como as coisas realmente estavam.

Em um dia de chuva, meu pai chegou com uma barra de chocolate branco, meu preferido. No começo, nós conseguimos fingir que tudo estava normal e até falamos sobre coisas banais. Mas, antes de ir embora, ele estragou tudo me convidando a ir à igreja com eles naquele final de semana. Será que era tão difícil assim aceitar que eu não queria falar sobre Deus, e muito menos *com* Deus? Se ele existia mesmo, que ficasse bem longe em seu trono divino, porque eu não precisava dele. No momento em que ele podia ter feito alguma coisa, escolheu se fingir de morto, então eu escolheria me fingir de morta para ele também, e que se exploda! Recusei o convite do meu pai da maneira mais educada que deu, mas vi que ele ficou chateado. Que raios, essa religião só servia para trazer ainda mais dor àqueles dias sombrios.

Na manhã seguinte, acordei depois das dez, como estava fazendo todo dia, depois de só conseguir me forçar a dormir lá pelas três da madrugada, e me levantei sonolenta rumo ao banheiro. No caminho, pisei em alguma coisa que me fez escorregar, acertando o cotovelo na estante do quarto. Pulei, xingando e segurando o cotovelo com a mão contrária. Que raios era aquilo? Acendi a luz e, ainda sem conseguir enxergar direito, encontrei um envelope no chão:

CECÍLIA PETRI
A/C José e Clarice Soares
Rua Dr. Roberto Auberli, 223

No canto do envelope, encontrei um *post-it* que dizia: "Ceci, essa carta estava endereçada a você. Fomos trabalhar, te vemos na janta! Clarice". Virei o envelope e senti meu coração pular uma batida. No endereço do remetente, lia-se: "Ian Matthew Jones".

Dei três passos para trás e desabei sentada na cama. Abri o envelope com cuidado, mas rapidamente. Tinha medo de rasgar o conteúdo, mas queria ver logo o que estava escrito. Desdobrei o papel e li.

Querida Cecília,

Estive pensando em você. Tenho orado por você e sua família todos os dias. Queria que você soubesse disso. Eu creio que Deus é bom, mesmo nos momentos de maior dor. Espero que mesmo em meio aos dias sombrios você consiga sentir a doce e quente brisa que o Espírito traz. Não tenho a pretensão de te ajudar com esta carta, sinto que ela é mais para mim do que para você, confesso. Sinto o Espírito me compelindo a te confortar, ainda que eu não consiga. Espero que as orações acabem sendo suficientes. Por favor, me avise se precisar de qualquer coisa, estamos aqui por você, irmã.

Seu irmão em Cristo, aqui para servir,
Ian.

Reli mais duas vezes e, ao final da terceira, amassei a carta e a joguei no lixo.

Engraçado como a vida muda. Um mês atrás eu provavelmente colocaria essa carta emoldurada ao lado da minha cama. Agora, ela me retorcia o estômago. Ian era apegado demais à religião e me incomodava o quanto ele insistia nisso em suas tentativas de me ajudar. Se ele pudesse simplesmente vir com amor e compaixão, eu o aceitaria bem e buscaria o conforto que minha alma precisava em seus braços. Mas ele vinha com Jesus e isso eu não queria. Além do mais, de que me valeria me iludir pensando que esses sentimentos eram românticos, quando eu sabia que eram baseados em sua religiosidade apenas? Ele mesmo assinou, "seu irmão em Cristo".

Não, obrigada.

Passei pelo lixo depois de tomar café e me arrependi um pouco ao ver a carta ali, amassada. Pensei em pegá-la e guardar em um lugar escondido, mas acabei decidindo por esquecer Ian

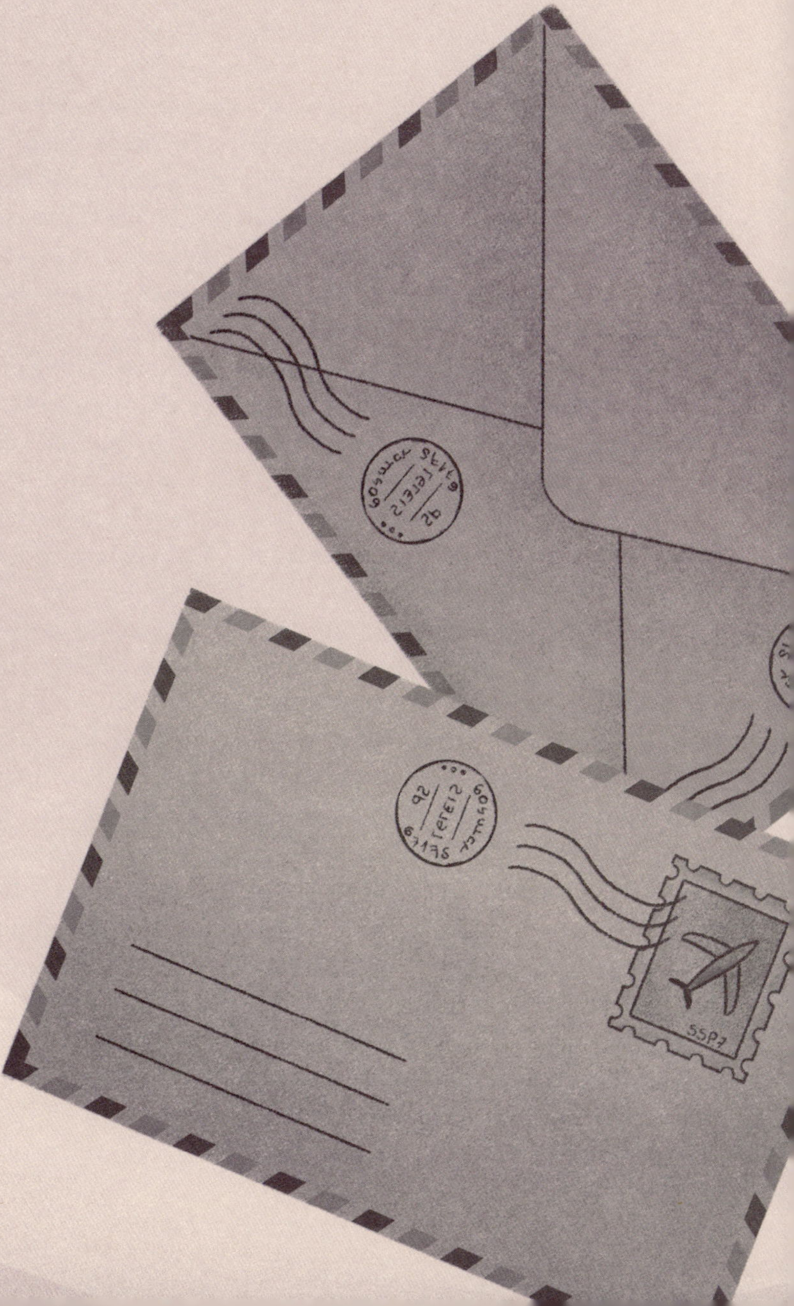

por ora. Ele que se explodisse com suas orações, eu não tinha cabeça para isso.

Em uma das muitas tardes que passei na casa dos Soares, me encontrei entediada e com pensamentos de Analu querendo povoar minha cabeça. Parte de mim me dizia que eu devia me apegar aos sentimentos bons, às coisas positivas, que era isso que Analu iria querer. Mas por dentro eu só tinha escuridão. Com certeza aqueles dias a fio passados sozinha em uma casa silenciosa apenas alimentavam meu monstro interior.

Todos os meus pensamentos voltavam ao mesmo lugar — aquele hospital frio e cinza. Eu andava com a mente pelos corredores, lembrava cada pedaço que tinha visto, especialmente o quarto escuro, a luz apagada, Analu não mais na cama. Essas visões do Hospital São Lucas vinham com tanta frequência que eu já vivia mais nelas do que na realidade. Cada dia mais, eu me afundava naquelas memórias.

Porém, de vez em quando, bem de vez em quando, ao invés da escuridão do quarto 205, eu me lembrava de pássaros cantando, de uma fonte de águas límpidas e de um rapaz mais lindo do que palavras podiam expressar. Eu me agarrava a esses pensamentos quando eles vinham como quem se agarra a um salva-vidas. Eu gostava da memória idealizada que tinha de Ian; ela me dava esperança, alimentava uma realidade que eu criei em minha cabeça onde o tempo parava e só existiam Ian e eu, mais nada. Nenhuma doença, nenhum hospital, nenhum caixão.

Ian sempre existiu na minha realidade inventada. Foi ali que tudo começou e eu queria que fosse ali que tudo permanecesse. O Ian da vida real me irritava com suas orações e sua religiosidade exacerbada, mas o Ian da minha cabeça me fazia feliz e me ajudava a me esquivar da dor.

E tinha a carta. Já fazia mais de duas semanas desde que a havia recebido. A essa altura, ela já tinha virado papel reciclado no lixão. Uma dor forte me apertou o peito e eu me arrependi amargamente de a ter jogado fora. Nesse momento, tudo o que eu queria era ler a caligrafia de Ian e segurar o mesmo papel que ele segurou. Mas era tarde demais. Eu tinha escolhido me livrar daquele pedaço de Ian Jones que poderia ter sido meu para sempre.

Minha mãe apertou meu ombro e eu acordei assustada.

— Oi, amor — ouvi sua voz fraca e distante por causa do meu sono.

— Mãe? O que você tá fazendo aqui?

— Desculpa te acordar assim, Ceci, mas eu queria conversar — ela pegou minha mão e acendeu o abajur ao lado da cama. — Sabe, filha, já faz muito tempo que você está aqui. Eu sei que você não quer voltar para casa, mas precisamos pensar no José e na Clarice, meu amor.

Ela falava baixinho, sua voz calma e mansa. Como eu estava com saudades da minha mãe. E ela tinha razão. Eu sabia que estava abusando da boa vontade de boas pessoas. Não me sentia como um peso para os Soares, especialmente porque eu passava a maior parte do tempo dentro do quarto, mas eu sabia que depois de um tempo as pessoas querem sua privacidade de volta.

Sentei-me na cama, ainda bastante sonolenta, e tentei pensar em soluções para o problema. Nada me vinha à mente. Para casa eu não voltaria, disso eu tinha certeza e estava pronta a brigar com meus pais, se preciso fosse.

— Você já pensou em voltar para São José dos Campos? — minha mãe disse, por fim.

Sim, eu tinha pensado. Fazia todo o sentido — eu não incomodaria ninguém e não estaria cercada de tudo que Analu tocou em vida. Contudo, eu não sabia se estava pronta para estar sozinha ainda. Por mais que Carina dividisse o quarto comigo e Flora morasse na mesma rua que eu, era difícil estar longe dos meus pais. Eu gostava da ideia de ligar e tê-los comigo em menos de dez minutos.

— Eu não sei se estou pronta, mãe — confessei com lágrimas que começavam a rolar pelas bochechas.

Mamãe me abraçou com aquele abraço que só as mães sabem dar. Ficamos por um tempo entrelaçadas e eu senti um conforto que não sentia havia muito tempo. Por que eu a afastei? Eu precisava desse calor, desse cuidado. O sentimento me fez querer ainda menos voltar à vida de faculdade. Mamãe me soltou.

— Tudo bem, querida — ela disse, limpando minhas lágrimas. — Você não precisa decidir isso agora. Vamos com calma, ok?

Fiz que sim com a cabeça, confortada por sua doçura maternal.

Agora que estava mais acordada, vi que minha mãe segurava um envelope nas mãos.

— O que é isso? — eu disse, meu coração já batendo mais rápido, se enchendo de uma esperança suspeita.

— Ah, sim! Eu quase me esqueci. Esse envelope chegou lá em casa faz uns quatro, cinco dias, e eu esqueci de trazer para você, perdão. Parece que é do Ian... — ela disse com um tom interrogativo.

Puxei o envelope de sua mão e comecei a abrir. Parei de súbito quando percebi que queria que aquele fosse um momento só meu. Minha mãe pareceu entender meu olhar e se despediu com um beijo, prometendo vir me buscar para jantarmos juntas no meu restaurante preferido. Esperei ela sair e quando ouvi a porta fechar, rasguei o que faltava do papel.

Querida Cecília,

Preciso começar esta carta com uma confissão. Eu te escrevi cerca de dez ou quinze cartas desde aquela primeira e em todas elas eu relatava o tédio dos meus dias. Como você já bem sabe, eu acabei não enviando nenhuma delas. Creio que eu precisava desabafar porque a vida tem sido um tanto louca ultimamente e acabei usando você e essas cartas, como um quase diário. Eu sei, sou um babaca. Mas, de qualquer forma, eu precisava te agradecer por indiretamente ser um instrumento divino de ajuda, porque aquelas cartas-rascunho realmente aliviaram um peso grande do meu coração.

Enfim, eu tinha decidido não mais te incomodar, já que você não respondeu à primeira carta, mas já se passou tanto tempo, e eu pensei que talvez fosse a hora de um follow-up *para ver como você está passando.*

É muito abuso meu dizer que tenho sentido sua falta? Se for, perdão. Se não, fica aqui outra confissão.

Envio esta carta à casa de seus pais, depois de encontrado o endereço na sua documentação de membresia da igreja, porque imagino que você já tenha voltado, mas confesso que parte de mim espera que ela se perca no caminho e que você nunca a ache, para que minhas muitas confissões jamais encontrem suas mãos (e espero que perdoe minha intromissão na sua documentação!).

Ainda aqui para servir, se você precisar,
Ian.

15

Sorriso que acalma

ELE

Quando eu era criança, sempre ficava surpreso ao encontrar meu pai na mesa da cozinha pelas manhãs, com sua Bíblia ao lado, escrevendo em um caderno preto. Nunca o perguntei o que aquilo significava até muitos anos depois, quando já era adolescente. *Um diário espiritual*, ele me respondeu. *É onde nós escrevemos o que temos vivido, de uma perspectiva eterna.* Segundo meu pai, aquilo ajudava nossa alma. Eu nunca havia tentado aquela técnica, até aquela semana.

    A vida estava doida, provas e mais provas, trabalhos e exames, visitas a hospitais e afazeres de casa. Minha alma estava sufocada. Em meio àquele turbilhão, eu me lembrava de Cecília e vez ou outra checava a tela do celular no aplicativo onde Flora havia digitado o endereço de seus pais. Em uma daquelas noites frenéticas, onde eu deveria estar estudando, resolvi testar o hábito do meu pai, pois eu precisava de um alívio para a alma. Depois de passar um tempo em comunhão com Jesus, escrevi minha primeira carta, coloquei em um envelope e deixei nos

Correios a caminho do hospital. Não sei se foi porque acabei me movendo com o ritmo da vida sem ter tempo para pensar, mas eu só me arrependi do que tinha feito depois que a carta já tinha saído das minhas mãos e estava a caminho da rua Dr. Roberto Auberli, 223.

Entretanto, o arrependimento teve vida curta, porque algumas noites depois, ali estava eu, escrevendo de novo.

Passaram-se cerca de quinze dias em que eu escrevia "à Cecília" toda noite. Felizmente, àquela altura, minha capacidade de ter bom senso havia voltado parcialmente e eu não enviava as cartas de fato. Por mais doentio que fosse, Cecília tinha se tornado meu diário espiritual. Em uma daquelas noites, enquanto eu escrevia a carta de número catorze ou quinze, percebi algo pela primeira vez: a verdadeira Cecília nunca havia respondido a minha primeira carta, a única que foi enviada. Me peguei pensando no porquê e imaginei que fosse o luto que ainda a impedia de fazer coisas da vida normal, como ser educada o suficiente para ao menos manifestar de alguma maneira gratidão por gestos como aquele.

Amassei a carta de número catorze ou quinze, e comecei a escrever uma nova carta, real dessa vez. Talvez pelo hábito das confissões das cartas anteriores, que não esperavam ter um destinatário real, eu acabei confessando mais do que era sensato nessa nova carta. Sim, eu sentia falta dela. Sim, ela ocupava meus pensamentos. Sim, eu desejava que a realidade de tudo fosse diferente e eu pudesse conhecer essa menina. Mas não, ela não precisava saber de nada disso. Especialmente não agora.

Em uma repetição clichê, me arrependi do envio assim que deixei a agência dos Correios.

Cheguei em casa suado, estafado, tão cansado de tudo que quase pequei com desejos de coisas que o Senhor não quis me dar — como um carro com ar-condicionado, uma carreira menos cansativa e Cecília. Céus, por que essa obsessão? Eu nunca tinha sido uma pessoa obsessiva que se permite perder o foco, mas agora pensamentos dessa menina enchiam minha cabeça e era preciso muita oração para afastá-los.

Encontrei meu pai na mesa da cozinha. Eu podia perceber pelo suor em sua testa, as rugas ao redor dos seus olhos e os milhares de livros e papéis ao seu redor que a profissão de pastor era tão cansativa quanto a de médico. Ao contrário de mim, com meus pensamentos distraídos e desejos egoístas, eu percebia no semblante sereno do meu pai que ele não sofria tanto com o fardo que carregava quanto eu. Creio que ele tinha aprendido, pelos muitos e muitos anos de provas, a confessar como o apóstolo Paulo, "aprendi a ser contente em toda e qualquer situação".

— Dia cheio, filho? — meu pai disse com seu sotaque pesado. Tanto tempo depois de ter se mudado ao Brasil, após tantos anos de casamento com uma brasileira, meu pai ainda falava como um gringo.

Tudo o que eu consegui responder à sua pergunta simples foi um suspiro pesado seguido de um jogar-se na cadeira. Depois de um tempo, resolvi me abrir.

— Pai, posso te perguntar uma coisa?

— Claro, Ian — ele disse, fechando o livro à sua frente, atenção total em mim. Era incrível e inspirador que ele sempre tivesse tempo para cada um de seus filhos, independentemente das demandas pastorais.

— Como é que o senhor consegue fazer tanta coisa? — Pausei, tomando coragem para expor com honestidade meus sentimentos. — Eu me sinto tão... seco.

Papai suspirou fundo e, pegando minha mão, começou a orar.

— Senhor Deus, Ian vem a mim e eu sou grato pelo privilégio de ser seu pai, mas eu sei que ele precisa é de ti, então peço que o Senhor venha a ele agora e dê paz. Paz que ultrapassa todo entendimento humano. Paz e forças, Pai, para cumprir o chamado que o Senhor o deu sem reclamar nem desistir. Faz dele o homem forte que o Senhor o chamou para ser. No nome de Jesus peço e acredito. Amém.

Quando meu pai terminou sua oração, uma lágrima quente descia dos meus olhos. Ele sempre sabia o que falar para me fazer sentir melhor e quase sempre eu terminava em lágrimas. Em nossa casa, chorar era visto como algo positivo, sincero, de um coração que não tem medo de se expor completamente diante de Deus — tanto para as mulheres quanto para os homens. Eu jamais poderia agradecer a Deus o suficiente pelo lar que ele tinha me dado.

Ainda absorto em nossa conversa e no olhar doce de meu pai, me assustei quando ouvi a campainha tocar. Nós crescemos acostumados com visitas em casa a toda e qualquer hora, mas hoje eu estava cansado demais para abrir a porta. Esperei um tempo e nada. Seria possível que com tanta gente morando nessa casa, ninguém podia aparecer? Tentei evitar os pensamentos egoístas de novo e, levantando-me lentamente, fui abrir.

Quando cheguei à porta, a pessoa já estava virada, provavelmente pronta para ir embora, depois de tanta demora. Porém, quando ouviu o barulho da porta abrindo, ela se virou com um meio sorriso. Senti meu coração batendo tão acelerado que eu podia escutá-lo dentro da minha cabeça. Minha voz saiu cortada:

— Cecília?

Ela continuou o sorriso, que parecia agora um tanto envergonhado.

— Oi, Ian, desculpa incomodar — ela deixou as palavras no ar.

Eu não sabia exatamente o que fazer e acabei não fazendo nada. Ela percebeu e resolveu confessar de vez o que estava fazendo ali.

— Eu voltei para a faculdade essa semana e pensei que era hora de agradecer por seu apoio não só, sabe... — sua voz engasgou — no hospital, mas também depois, com as cartas. Flora também me contou que você foi ao culto de memória da Analu. Tudo isso foi incrível e eu queria dizer obrigada.

Cecília sorriu de novo, e naquela luz eu pude perceber ainda mais suas sardas. Céus, essa imagem ficaria grudada na minha cabeça e seria ainda mais impossível evitar pensamentos constantes dela.

— Bom, então, obrigada! — ela disse, me estendendo a mão para um aperto. Meu cérebro voltou a funcionar e, com mãos um pouco trêmulas, apertei de volta.

— Por nada! Por nada, claro, não foi nada.

Um silêncio terrível se instalou depois disso, e era quase possível tocar o embaraço no ar. Resolvi preencher o vazio com qualquer coisa e o que saiu foi:

—Você quer entrar? — Antes que eu pudesse me arrepender do que disse, ela sorriu de novo e respondeu.

—Sério? Claro! Com licença.

E assim, como em um sonho bizarro, a menina-das-sardas estava novamente na minha cozinha.

Claro que minha família foi extremamente hospitaleira com a visitante, eles estavam acostumados a receber toda e qualquer pessoa em casa. Mas ninguém sabia da realidade do que Cecília era para mim. Com exceção da morte de Analu, ninguém tinha nenhuma outra informação sobre aquela menina. Apresentei a Cecília a todos, exceto minha mãe e irmãs mais novas, que estavam fora de casa no momento.

Começamos um pequeno *tour* pela casa, que não durou muito tempo, já que nosso lar era pequeno, apesar de sermos oito morando ali.

— Você tem seis irmãos? — ela perguntou confusa quando viu uma foto da família na sala. Dei uma risada leve.

— Sim, mas aqui só moram cinco deles. Johnny está nos Estados Unidos com sua família — eu respondi, apontando para o meu irmão mais velho na foto. — Meu pai se mudou para o Brasil logo que eles se casaram e os filhos nasceram todos aqui. Mas visitamos os Estados Unidos com frequência.

— Como é isso de ter tanta gente em uma casa só? — ela perguntou, olhando para mim. Seus olhos verdes e gigantes iam me assombrar durante as noites, eu tinha certeza.

— É normal, eu acho, o único normal que eu conheço. Pode ser caótico, claro, mas nós fomos criados com muita disciplina e amor. Acaba que tudo dá certo no final do dia.

Eu estava gostando da forma como esse encontro inesperado estava acontecendo. Pela primeira vez desde que nos conhecemos, Cecília e eu conversávamos sobre coisas normais, banais. E eu queria que isso continuasse.

O último cômodo que quis mostrar foi meu quarto. Abri a porta para ela entrar e garanti que ela permanecesse aberta durante todo o tempo em que estivéssemos lá dentro. Também dei graças a Deus que estava tudo parcialmente arrumado. Em contrapartida, minha aparência estava uma bagunça de cabelo e suor. Só percebi quando passamos pelo corredor, em frente a um espelho. Me senti incrivelmente envergonhado por isso, para minha surpresa. Eu não costumava ligar para a aparência.

— Você divide com um irmão? — ela perguntou olhando para a cama beliche, assim que entramos no quarto.

— Sim, o quarto é meu e do James. Ele é quatro anos mais novo que eu.

Os olhos verdes de Cecília passaram por todos os detalhes do quarto: a parede cor de abóbora; os quadros com versículos que minha irmã tinha feito para todos os cômodos da casa; a coleção do James de garrafas de vários lugares do mundo; e, enfim, em uma foto na parede, ao lado da cama. Eu estava esperando por esse momento e observava seu rosto para ver se entendia a feição que se daria. Para minha alegria, o que eu vi foi o que eu tinha esperança de ver.

— Ela é muito bonita, parabéns — Cecília disse com um sorriso torto e claramente forçado, ainda que tentasse esconder.
— Patrícia — eu disse, olhando para a foto.
Cecília agora olhava para o chão.
— Nós não estamos mais juntos.
Percebi de canto de olho seu rosto voltar-se para mim em um movimento rápido.
— Não deste lado da eternidade — eu disse por fim, sorrindo para ela com sinceridade.
Os olhos de Cecília se cerraram e eu vi que ela não entendeu o que eu quis dizer.
— Patrícia foi para o Senhor faz dois anos. Acidente de carro.
Percebi as lágrimas que começaram a surgir em seus olhos, ao mesmo tempo em que notei que falar sobre o acidente ainda fazia meu estômago contorcer.
— Oh, nossa, eu... — ela não conseguiu terminar.
Naquele momento, me arrependi de ter trazido Cecília aqui. Me senti extremamente envergonhado com meus motivos egoístas. Eu queria que ela visse a foto de Patrícia porque queria ver sua reação. Se ela não se importasse, nem mencionasse nada, então eu teria minha resposta e poderia seguir com a minha vida. Mas se existisse qualquer sinal de desapontamento, eu poderia continuar alimentando minhas esperanças. No entanto, eu me esqueci que Cecília ainda estava claramente de luto, se recuperando da morte de sua irmãzinha. E eu notei que meu próprio luto ainda batia à porta quando Patrícia era trazida à tona em conversas. Me senti o maior idiota do Universo e tive vontade de chorar.
— Meus sentimentos — ela disse enfim, engolindo o próprio choro. — Eu preciso ir ao banheiro, você me mostra onde é, por favor?
Quando Cecília voltou, percebi seus olhos e ponta do nariz vermelhos, e me afundei ainda mais na culpa que fazia meu estômago embrulhar.

— Cecília, eu sinto muito por ter te mostrado aquela foto. — eu disse, por fim. Eu me conhecia e sabia que se não confessasse logo, ia me sentir mal até o fazer. — Eu espero que não tenha sido informação demais e...

— Não, Ian, tudo bem — ela disse, um pouco ríspida, me interrompendo.

Talvez eu tenha piorado ainda mais a situação ao demonstrar que percebi que ela tinha chorado. Talvez eu devesse ter ignorado e respeitado o momento dela. Mas Cecília sorriu. E naquele momento eu percebi que aquela menina que eu apenas tinha começado a conhecer já tinha um poder forte sobre mim, de acalmar minhas tempestades com o simples curvar dos seus lábios. Respirei aliviado.

— Está ficando tarde e eu preciso voltar — ela completou. — Acho que já vou indo, então. Obrigada por me mostrar sua casa!

— Você quer uma carona? Já está tarde para pegar ônibus — eu disse, me esquecendo de que eu também não tinha carro. Agora era torcer para o Sr. Jones me emprestar o dele. Mas Cecília recusou, dizendo que gostava de andar e não morava tão longe assim. Parte de mim queria garantir que ela estaria segura e insistir na carona, mas eu sabia que já tinha avançado os limites dela demais por hoje.

Antes de ela sair, decidi arriscar uma última intromissão. Pegando um papel que estava na estante perto da saída, escrevi meu número de celular. Entreguei na mão dela, a abracei e abri a porta.

— Se você precisar de qualquer coisa, pode me ligar.

Cecília me deu um sorriso tão grande que eu percebi que talvez fosse tarde demais para não me apaixonar.

16

Feixe de luz

ELA

Eu estava cansada de olhar nuvens pela janela. Estava cansada do teto acima da minha cama, com alguns pedaços de tinta descascando. Estava cansada do barulho monótono dos carros na rua, dos pássaros nas árvores, da vida rotineira que continuava para além de mim. Eu estava cansada de tudo. E o pior não era só a canseira, mas olhar para todas essas coisas cotidianas, coisas que eu vi milhões de vezes antes, e sentir uma ponta de dor porque tudo agora é diferente. Esse mundo que parece tão exatamente igual, é extremamente diferente. Nada tinha mais o mesmo sabor, a mesma cor. Tudo era sem graça e eu me perguntava qual o objetivo de acordar todo dia, se acordar apenas significava mais 24 horas fingindo viver.

Me doía saber que o mundo não parou sequer por um segundo para se enlutar por minha irmã. Não. As pessoas continuaram suas vidas, como se as árvores, os carros e os tetos fossem os mesmos. E eram para elas, eu suponho, mas não para mim, e isso doía profundamente.

O que mais machucava eram os momentos em que eu via algo pela primeira vez desde a morte de Analu. Foi assim quando cheguei de volta à pensão. O prédio, meu quarto, as escadas, as plantas — da última vez que eu tinha visto tudo isso, Analu estava viva. Agora, por algum motivo que eu não sabia explicar, ela não estava mais. Estava morta, enterrada, se deteriorando. Minha irmã de olhos grandes e palavras doces. Minha dor interna era tão real quanto minha dificuldade externa de respirar. Meu peito doía, o ar custava vir. Essa vida era terrível e eu não sabia como vivê-la.

Sentei-me na sacada do meu quarto, feliz por Carina não estar em casa. Eu sabia que a essa altura ela teria recebido a informação do porquê da minha ausência e, se tinha uma coisa que eu odiava mais do que ver coisas pela primeira vez desde a tragédia, era ver pessoas pela primeira vez e ter que receber suas condolências.

O Sol queimava forte em minhas bochechas e eu me lembrei da última vez que me sentei aqui, tentando entender a coincidência da Biblioteca Municipal. Lembrei-me da minha teoria dos Pequenos Momentos de Alteração e percebi, pela primeira vez, o quanto a morte de alguém é um Grande Momento de Alteração. Fiquei me perguntando se algum dia eu iria me recuperar dessa alteração ou se o rumo da minha vida estaria mudado para sempre.

Deixei meus pensamentos voltarem àquela tarde pós-biblioteca. Existia tanta esperança em mim naquela época, tanta vontade de viver. Eu sentia falta daquele sentimento e queria ele de volta. Talvez eu pudesse forçá-lo, de alguma forma, e voltar a encontrar algum sentido na vida, ainda que pequeno. Será que Ian podia ser minha luz no fim do túnel, um motivo para continuar? Suas cartas foram tão doces, e pela primeira vez desde que nos conhecemos eu senti que talvez existisse algum tipo de interesse da parte dele. Era fato que isso não me afetava nem metade do que teria afetado antes da tragédia, mas eu ainda sentia uma ponta de satisfação em pensar que ele possivelmente gostasse de mim.

Então, lembrei-me de uma coisa: eu nunca o agradeci de fato por tudo o que ele havia feito. Desde levar os palhaços ao hospital, até me mostrar o jardim secreto, ter ido ao culto em memória da Analu e me enviado as cartas. Eu deveria estar imersa em escuridão para realmente me sentir mal ou com remorso pela falta de gratidão expressa, mas ainda assim sabia que isso precisava acontecer em algum momento.

Mas como? Eu não tinha o telefone dele, nem do Arthur. Nós tínhamos amigos em comum nas redes sociais, mas eu não queria algo tão vazio de sentimento assim. Me levantei, as bochechas queimadas e ardendo, e tentei encontrar no fundo da minha mochila o envelope da última carta. Em um momento furtivo de adolescência, levei o envelope até o nariz na esperança de sentir algum tipo de perfume masculino, mas tudo o que senti foi o cheiro do papel.

Não importava. Ali estava um endereço e essa seria minha maneira de me comunicar com Ian e tentar vislumbrar do fundo do meu poço um feixe de luz.

Quando cheguei em casa naquela noite, Carina estava de volta. Eu não queria conversar, precisava de tempo sozinha para processar tudo o que tinha acabado de acontecer, mas não consegui me esquivar dela.

— Cecília, querida! — ela me abraçou tão forte e pesado, que eu quase ignorei o bom senso e gritei que me soltasse.

Carina seguiu à risca a cartilha da boa vizinhança e me disse o quanto sentia muito por minha perda e que estaria ali se eu precisasse de qualquer coisa. Pensei em responder que eu precisava que ela *não* estivesse ali, mas me segurei por pouco. Sorri falso e sem vontade, e perguntei se ela tinha aula naquela noite.

— Não, eu ia me encontrar com o Sérgio num barzinho... Mas posso ficar se você precisar! — Foi a resposta.

Não obrigada, pensei. Mas disse:

— Imagina, divirta-se.

Uma vez sozinha, pude tentar colocar meus pensamentos no lugar e analisar com mais calma minha ideia de visitar Ian em sua casa. Decidi que isso era o certo a se fazer. Porém, ao chegar lá e tocar a campainha, aqueles longos minutos de espera me fizeram morrer de arrependimento e eu só queria voltar para a pensão e me esquecer daquela ideia estúpida.

Onde eu estava com a cabeça?

Mas, então, ele abriu a porta, e eu senti toda a realidade do que tinha escolhido fazer me encontrar de vez. Ele estava absolutamente lindo, como sempre. O cabelo loiro escuro jogado de lado, ainda que meio suado, e os olhos azuis profundos emoldurados de um cinza que revelava o cansaço de um dia cheio. Eu tinha razão, só o fato de vê-lo me trouxe um fio de alegria no qual me segurei por toda aquela visita. Toda vez que ele olhava para mim, o sentimento aumentava um pouco e eu sabia que teria que me agarrar a essa pequena esperança com tudo o que eu tinha se não quisesse afundar em mim mesma.

Entramos em seu quarto e eu passei os olhos por tudo, curiosa, sabendo que os quartos geralmente revelam muito de quem somos. Quando meus olhos pousaram na foto ao lado de sua cama, senti meu feixe de luz apagar quase que por completo. Na moldura, uma moça linda esbanjava um sorriso tão verdadeiro, tão não forçado, que meu coração se retorceu como se alguém o espremesse. Ela era tão parecida com Analu que eu quase perdi o chão. Tentei não pensar em como Analu seria quando fosse mais velha e decidi focar na dor um tanto mais amena de perceber que Ian tinha uma namorada.

— Ela é muito bonita, parabéns — eu disse com um sorriso torto e claramente forçado.

— Patrícia — Ian respondeu, os olhos pesados na foto, os sentimentos por Patrícia estampados neles. — Nós não estamos mais juntos.

As palavras demoraram um pouco para chegar dos ouvidos ao meu cérebro. Não estavam juntos? Então o que raios essa foto fazia ali? Ele deve ter sentido minha pergunta no ar, porque completou:

— Não desse lado da eternidade.

O que infernos isso significava eu não sabia, mas estava começando a ficar irritada com tamanha falta de clareza. Por que ele não me dizia logo quem era Patrícia e se eu teria ou não esperanças de continuar vivendo?

— Patrícia foi para o Senhor faz dois anos. Acidente de carro.

A resposta veio como um soco no estômago. Então Patrícia, a Analu crescida, também tinha sido vítima de um deus satírico. Não havia explicações na minha cabeça para um mundo em que pessoas tão lindas se fossem tão jovens, com uma vida toda pela frente arrancada delas. O choro começou a vir quente e eu não queria que Ian visse minha dor. Segui a cartilha da boa vizinhança e dei a ele meus sentimentos por sua perda. Me sentindo hipócrita, corri até o banheiro.

Chorei tudo o que eu precisava, mais do que tinha feito em muitos dias. Mas eu sabia que Ian me esperava, então deixei que o choro corresse por pouco tempo antes de me apressar de volta até ele na esperança de que meu rosto não deixasse muito óbvio o que tinha acontecido. Fracasso. Ele percebeu e se desculpou por ter me mostrado a foto. Parte de mim estava irritada por ele trazer o assunto de volta, mas parte de mim estava grata por perceber, ainda mais uma vez, seu cuidado por mim.

Agora ali, no silêncio do meu quarto sem Carina, eu segurava forte em minhas mãos o papel que Ian tinha me dado. Nele se lia o seu número de telefone e uma nota: "Sempre aqui para servir".

Numa tarde normal depois de uma aula chata e cansativa, depois de tomar banho e jantar, eu tive a maior crise desde a tragédia. Nada me preparou para aquilo e nada tinha realmente começado o problema. Simples assim, absolutamente do nada, eu me vi jogada no chão, chorando tanto que o ar não vinha e eu me sentia tonta. Não aguentando de dor, eu me coloquei em posição fetal, tremendo. Um suor frio descia pelas minhas costas, enquanto o choro quente encharcava o chão. Eu queria que Carina chegasse porque, por mais humilhante que aquilo fosse, meu medo era maior. Eu nunca tinha me sentido daquela forma e estava aterrorizada pelo que seria capaz de fazer se ficasse sozinha.

Desesperada, e com dificuldades de enxergar por causa das lágrimas, procurei meu celular. Tentei ligar para Flora, mas sem sucesso. Enviei mensagens e nada. Depois de uns quinze minutos, resolvi arriscar o número de Ian. Ele era a única pessoa em quem eu conseguia pensar, depois de Flora e Carina. Ligar para os meus pais estava fora de cogitação. Eu não podia assustá-los com isso.

Depois de tentar umas cinco vezes, Ian ainda não atendia. Todas as vezes caía na caixa postal e eu tentava buscar um pouco de consolo em ouvir vez após vez a mensagem: "Oi, você ligou para o Ian, infelizmente não posso atender agora. Mas deixe uma mensagem e te ligarei de volta." Na sexta tentativa sem resposta, joguei o celular na parede com um grito de frustração. Com as mãos ainda tremendo, comecei a escutar uma batida de música que vinha do primeiro andar da casa. Lembrei que as meninas do andar de baixo estavam dando uma festa no prédio naquela noite. Decidi que qualquer companhia era melhor que companhia nenhuma e, passando pelo banheiro para limpar o rosto, tentei me acalmar.

Assim que cheguei ao fim das escadas, a música se tornou incrivelmente mais alta, tão alta que eu mal ouvia meus próprios pensamentos, e isso me acalmou. Tentei ver se encontrava Isabelle, minha vizinha de quarto, na bagunça, mas tinha tanta gente naquele pequeno espaço que desisti. Saí e tentei respirar um pouco de ar fresco na varanda. Vi, de canto de olho, um grupo de rapazes que começou a me olhar. Me sentindo desconfortável decidi sair dali, mas um deles me alcançou antes que eu pudesse voltar para dentro.

— Oi — ele disse com um sorriso sugestivo. — Você quer uma?

Olhando dele para a garrafa em suas mãos, consegui pensar em mil motivos para recusar a proposta e apenas um para aceitar: esquecer minhas dores.

— Eu sou Caio — ele gritou por cima da música.

— E eu não me importo — gritei de volta, devolvendo também o sorriso sugestivo e pegando a garrafa.

Acordei com a maior dor de cabeça da minha existência terrena. Demorou para que eu conseguisse me situar e lembrar do motivo dessa dor que estava a ponto de explodir meu cérebro. Algumas imagens vieram, lentamente. Eu me lembrava de garrafas e música alta; me lembrava de cair na escada, e tinha um arranhão no joelho para comprovar essa memória; e me lembrava de Caio, com seu sorriso provocante.

Olhei para o relógio ao lado da cama — 12:33. Eu não sabia a que horas tinha ido para o meu quarto, nem como tinha chegado lá, mas com certeza tinha sido tarde se eu dormi tanto assim. De repente, mais memórias vieram — o barulho da festa, as luzes coloridas, Caio e seus lábios nos meus. Minha cabeça começou a doer ainda mais e senti meu estômago revirar. Levantando devagar para não cair, consegui chegar ao banheiro. Vomitei e isso fez com que eu me sentisse um pouco melhor fisicamente, mas emocionalmente eu ainda estava uma bagunça. Tentei forçar a memória, lembrar exatamente tudo o que aconteceu, mas nada mais vinha.

Inicialmente eu quis faltar na faculdade, mas imaginei que seria bom ter a distração. Ledo engano. A aula foi tão entediante que tudo o que eu fiz foi pensar em Caio e na festa. Na hora do intervalo, encontrei Flora na lanchonete.

— Ceci, que cara péssima, misericórdia! Você está bem, amiga? Vi suas ligações ontem, fiquei super preocupada, mas você não retornou minhas mensagens hoje.

Resolvi achar o celular dentro da bolsa para ver as mensagens dela e, em meio às quinze que Flora tinha realmente enviado, encontrei também outra que fez meu estômago embrulhar de novo.

IAN

> Oi, desculpa, eu não tenho esse número salvo. Vi que me ligou várias vezes ontem. Quem é?
> 10h15

— Cecília? — Flora agora parecia mais irritada do que preocupada.
— Oi, Flora, desculpa... Tá tudo bem, sim, eu tava entediada ontem, queria conversar. Foi só isso.
— Nossa, mas precisava ligar trezentas vezes? Quase tive um ataque hoje de manhã!
— Já pedi desculpas, ok?

Flora suspirou fundo, como se tentasse evitar sua própria frustração, e sorriu por fim. Eu sabia que todo mundo estava sendo cuidadoso ao máximo comigo nesses últimos meses e, por mais que eu soubesse que isso vinha de boas intenções, eu acabava ainda mais irritada com essa "atenção especial". Minha irmã morreu, eu sei, não precisa me lembrar toda vez que me trata como se eu fosse um bebê. Eu tinha a impressão de que até mesmo se eu desse um soco na cara de alguém, eles iriam relevar. Na verdade, de vez em quando eu morria de vontade de fazer justamente isso.

Aguentei Flora falando sobre as provas da próxima semana durante todo o intervalo e fingi interesse.

Quando voltei para a aula, meus pensamentos esqueceram de Caio e começaram a focar em como responder à mensagem de Ian. Como eu poderia explicar que era eu, sem parecer uma maluca por ter ligado para ele tantas vezes? Resolvi que uma mentira esfarrapada seria melhor que a verdade.

CECÍLIA

> Oi, Ian, aqui é a Cecília Petri. Desculpa tantas ligações! Eu tenho um primo que se chama Ian e salvei o número dele só com o primeiro nome, aí acabei ligando para você ao invés dele ontem... Foi mal.
> 14h36

A resposta veio menos de dois minutos depois.

IAN

> Cecília! Bom ouvir de você, ainda que acidentalmente :-)
> 14h37

Tentei segurar o sorriso bobo, mas não deu. Olhei para o lado, mas vi que ninguém se preocupava comigo e minha cara de tonta. Pelo olhar de todos, imaginei que estivessem criando universos paralelos em suas cabeças também, completamente entediados por aquela aula ridícula. Outra mensagem chegou.

IAN

> Espero que esteja tudo bem com seu primo Ian. Foram tantas ligações que imagino que você precisasse urgentemente falar com ele, né?
> 14h38

Uma vez no inferno, por que não abraçar o diabo, não é mesmo? Decidi continuar na mentira.

CECÍLIA

Ele está bem, é só que nós gostamos de irritar um ao outro com ligações no meio da noite. Somos idiotas assim.

14h39

IAN

Hahaha. Gostei da ideia...

14h41

Depois disso, eu consegui ver que Ian estava digitando, mas vez ou outra ele parava para depois começar de novo. Cinco minutos depois, chegou outra mensagem.

IAN

Você está livre hoje à noite?

14h46

Pisquei algumas vezes para garantir que tinha lido direito e respondi com o estômago embrulhado — se pelo rumo da conversa ou pela ressaca, eu já não sabia.

CECÍLIA

Na verdade, estou. Por quê?

14h46

IAN

Tem uma sorveteria que eu gosto muito perto da sua faculdade e eu não tenho provas esta semana (finalmente!), então não preciso virar a noite estudando :-) Está afim?

14h47

Eu devo ter dito sim em voz alta, porque umas cinco cabeças se viraram para mim. Decidi esperar uns dois minutos para responder, para que ele não me achasse desesperada, afinal de contas, minha classe toda podia ver a animação na minha cara, mas Ian não precisava saber disso...

CECÍLIA

> Acho que dá, sim... Me manda o endereço!
> 14h49

A animação foi tanta e meus pensamentos estavam tão cheios de Ian, que foi só quando cheguei em casa e vi a garrafa vazia de vodka ao lado da minha cama que eu me lembrei de Caio e de seus lábios nos meus em meio ao barulho ensurdecedor daquela festa. Precisei correr ao banheiro de novo para vomitar.

17
A voz

ELE

A imagem no espelho me encarava de volta com um olhar de julgamento. Parte de mim pensava ser cedo demais para estar fazendo isso de novo. Patrícia tinha ido ao Senhor fazia apenas dois anos, e eu tinha prometido a mim mesmo e a ele que não queria mais me envolver romanticamente com ninguém. Eu seria como o apóstolo Paulo, contente na solteirice, usando-a para a glória do Reino. Mas só de pensar em não ir me deixava triste, então eu sabia que era tarde demais para manter aquela promessa.

    Tentei achar minha irmã mais velha, Carol, para me dizer o que achava da roupa que escolhi, mas ela não estava em casa. Aparentemente, eu teria que ser o juiz da minha própria decisão. Eu tinha escolhido uma camisa branca de manga curta e botões, um short verde-escuro e chinelos. Eu sei que Carol não aprovaria os chinelos, ela era americana demais. Mas era Brasil e era uma sorveteria, então os chinelos seriam suficientes. Meu cabelo estava do mesmo jeito de sempre, com as ondas que eu não sabia domar. Respirei fundo. Teria que ser suficiente.

Enquanto me preparava para sair, meu celular tocou. Eu ia ignorar, mas vi quem era e já sabia que se eu ignorasse seria pior.

— Fala, Arthur!

— Cara, você tá de brincadeira que ia sair com a menina das sardas sem me contar! Eu pensei que a gente era amigo, Indiana!

Ótimo. Eu sabia que não devia ter contado ao James que, apesar de ser um rapaz de dezesseis anos, age como uma menina de doze quando se trata de fofoca. E Arthur também, quando invocava com uma coisa era pior do que criança. Agora ele não me deixaria em paz.

— Eu ia te contar depois que voltasse... Afinal de contas, vou ter mais detalhes do que tenho agora. Eu estava guardando o melhor pra você, babaca.

Arthur riu e eu sorri também.

— *Whatever*,[1] Indiana. Mas eu quero uma ligação assim que você entrar no carro para voltar, entendido? E vê se manda um emoji ou qualquer coisa durante para me falar como tá indo!

Ele só podia estar brincando. Até parece que eu ia parar minha conversa para mandar um emoji pra ele! Desliguei e, com um suspiro profundo, me dirigi ao carro. Era tarde demais para desistir, eu sabia, e agora só me restava torcer para que tudo corresse bem.

Cecília estava dez minutos atrasada. Se ela demorasse mais cinco, meu coração ia sair pela boca. A sorveteria estava vazia, o que me deixou ainda mais nervoso, sem nenhuma distração. Eu sabia também que não ter ninguém ao redor ia dar a esse encontro uma aura mais séria do que eu gostaria que ele tivesse. Comecei a ponderar se ela realmente viria. Reli as mensagens que trocamos. Céus, tudo o que ela tinha respondido foi: "Acho

---

[1] Tradução: "tanto faz".

que dá, sim". Me convenci de que ela não iria aparecer quando dez outros minutos se passaram. Comecei a me levantar para ir embora quando, então, ouvi uma voz atrás de mim.

— Eu sei que estou atrasada, mas não precisa ir embora!

Me virei e encontrei Cecília com o maior sorriso do mundo, ainda que meio envergonhado. Suas sardas mais preciosas que nunca, seu cabelo preso em um coque bagunçado. Ela estava absolutamente linda! Exceto que... quando passei o olho para além do seu rosto, percebi o vestido vermelho, curto e decotado. Pude sentir meu rosto queimar enquanto voltava meus olhos para o rosto dela o mais rápido que pude. Essa noite ia ser pior do que eu imaginava. Torcendo para que ela não tivesse notado o vermelho no meu rosto meio gringo, respondi sorrindo.

— Não, eu só estava me ajeitando na cadeira, claro!

Senhor, eu sei que devia ter orado antes de ter vindo, aliás, orado antes mesmo de ter convidado ela para este encontro, mas agora estou aqui, e já não sei mais se é uma boa ideia. Me ajuda a não pecar contra ti, Senhor. Mantenha meus olhos fixos em ti e permita que tenhamos um tempo agradável que glorifique teu nome. Me conduz, por favor.

— Você já veio aqui antes? — ela disse, sentando-se e colocando a bolsa no encosto da cadeira.

— Já sim, eles têm mais de cem sabores, uns meio estranhos. Meu preferido é o de queijo com goiabada.

Cecília contorceu o rosto e gargalhou.

— Credo! Sério?

Fiquei levemente envergonhado com sua reação, mais do que esperava. Patrícia amava os sabores estranhos dessa sorveteria, então acho que meu subconsciente não esperava qualquer reação senão a de animação diante do sorvete de queijo.

— Meu sabor preferido é baunilha — ela disse, colocando uma mecha do cabelo atrás da orelha direita. — Se os sabores de sorvete dizem qualquer coisa sobre as pessoas, eu já descobri que você é aventureiro e você descobriu que eu sou água-de-chuchu.

A essa altura eu sabia que ela era qualquer coisa, menos água-de-chuchu.

— Nós temos que ir lá pegar ou eles trazem na mesa? — ela perguntou, analisando o cardápio.

Eu sabia que era possível fazer qualquer um dos dois, mas quanto mais ela permanecesse sentada, melhor para mim. Já era difícil manter meus olhos no rosto dela assim, eu não precisava que ela ficasse andando pela sorveteria toda.

— Eles trazem — respondi, levantando a mão para chamar o garçom.

Eu não queria dar uma de fariseu julgador, mas estava realmente frustrado com a escolha de roupa que Cecília tinha feito. Muito frustrado. Eu tinha que ficar olhando ao redor dela, para evitar meus próprios pensamentos ruins, e podia perceber que ela estava começando a se incomodar, talvez pensando que eu não estivesse interessado no que ela tinha a dizer. Isso me irritava ainda mais, porque a verdade é que eu estava completamente interessado. Pensei em Patrícia e seu comportamento modesto e delicado, e minha frustração contra Cecília aumentou, provavelmente encorajada pela dor das memórias.

Pensei em inventar uma desculpa para remarcarmos, mas eu não podia mentir. Além do mais, ela poderia usar algo tão provocante quanto ou até pior da próxima vez. Depois de conversarmos sobre a faculdade dela e a minha, resolvi trazer a conversa diretamente para Jesus, talvez isso me ajudasse a pensar nele e não nela.

— Cecília, eu...
— Pode me chamar de Ceci.

Engoli seco e continuei, sorrindo.

— Certo, Ceci. Eu estava me perguntando... Como foi que você conheceu o Senhor? Eu gosto muito de ouvir testemunhos.

Por algum motivo que eu não conseguia explicar, o rosto de Cecília perdeu toda a luz. Ela abriu a boca para responder, mas fechou novamente. Tomou um gole do refrigerante, talvez para ponderar exatamente como responder, e disse por fim:

— Meus pais sempre foram cristãos.

Só isso, nada mais. Cecília baixou os olhos e continuou tomando seu sorvete água-de-chuchu de baunilha, me deixando na responsabilidade de decifrar o que aquilo significava. Meu coração pesou dentro de mim. Eu já tinha ouvido esse tipo de resposta antes e sabia bem o que ela significava. Eu mesmo a dei a algumas pessoas quando era mais jovem. É a nossa forma de dizer "cresci na igreja, mas ainda não conheço Jesus de forma pessoal". Um silêncio longo se seguiu, ela com um olhar distante, eu com um olhar triste. Então era isso: Cecília não era cristã?

Pai, o que isso significa? O que o Senhor quer de mim?

Uma tempestade começou a se levantar em meu coração. Senti-me culpado por ter começado esse envolvimento que agora eu teria que terminar. Eu não queria machucá-la e ao olhar em seus olhos eu sabia que já era tarde demais para que um dos dois (ou os dois) não saísse machucado.

De repente, como um sussurro audível que apenas eu percebi, tive uma impressão, como uma voz interna dizendo: *Olhe para ela como eu olho, filho.*

Tudo em mim estremeceu. Eu nunca tinha passado por uma experiência como essa, de ouvir Deus falar comigo de forma tão clara. Talvez tenha sido somente uma percepção baseada em tudo o que eu aprendi ao longo da minha vida cristã, mas de qualquer forma, foi o que ouvi dentro de mim.

— Como está o sorvete de queijo? — eu ouvi a voz de Cecília no fundo da minha mente, mas tudo em mim ainda tremia.

Quando consegui focar de novo em seu rosto agora confuso, eu a vi sob outra luz: não mais uma linda garota em um vestido provocante que eu precisava evitar, agora eu via uma menina perdida em seu luto, precisando de ajuda. Como por impulso, eu peguei sua mão que descansava sobre a mesa.

Cecília segurou a respiração por alguns segundos e, apesar de seu olhar de confusão, não tirou sua mão de dentro da minha. Eu disse por fim:

— Estou feliz que a gente esteja aqui.

— Como assim ela não é cristã?

Eu podia sentir a frustração de Arthur mesmo pelo telefone.

— Eu não tenho certeza, claro... Mas acho que não seja, pela forma como ela agiu e pelas coisas que disse.

Arthur fez uma longa pausa.

— Cara, Ian. Eu sinto muito.

— Não, tudo bem. Eu perguntei se ela queria se encontrar comigo semana que vem, ela disse que ia ver.

Uma pausa ainda maior se deu.

— Não entendi.

— Não entendeu o quê?

— Você vai se encontrar com ela de novo?

Eu sabia o que Arthur estava pensando e sabia que vinha de um coração de um amigo preocupado comigo. Arthur era meu parceiro de discipulado, o que significava que nós tínhamos dado um ao outro o direito de exortar em amor quando preciso fosse. Por isso, não me surpreendeu que sua próxima resposta fosse:

— Qual é, Ian? Você sabe que não pode fazer isso!

Mas Arthur não tinha ouvido a voz que eu ouvi, não entendia o que eu agora entendia. O Senhor me mandou olhar Cecília com os olhos dele e, através desses olhos, eu via alguém que precisava de ajuda. Por algum motivo, o Senhor escolheu a mim para isso, e eu não o desobedeceria. Ainda que isso significasse ter meu coração partido em milhões de pedaços ao tentar ajudar alguém por quem eu já tinha sentimentos tão fortes e que eu não podia ter para mim. Pelo menos não ainda.

— Não vai ser assim, Arthur. Eu quero ser amigo dela, ela precisa de ajuda.

— Concordo cem por cento! Mas será que essa ajuda não deveria vir de outra pessoa, sei lá, de alguém que não estivesse *se apaixonando* por ela? — Ouvi Arthur suspirar fundo e me senti mal por saber que estava colocando meu amigo em uma situação tão delicada. — Indiana, você sabe que eu te quero feliz, cara.

Eu sabia. Arthur esteve comigo durante todo o meu conturbado relacionamento com Patrícia, me segurou em pé no velório dela e desde então esteve ao meu lado nas noites em que a vida não fazia sentido.

— Eu sei, Thur. Mas o Senhor também quer, e se ele me mandou ir, eu vou.

Arthur desligou depois de conversarmos mais um pouco e eu prometer que o encontraria alguns dias depois, quando as provas da faculdade dele terminassem, para que pudéssemos conversar mais sobre isso. Eu sabia que ele não ia desistir tão fácil de me convencer de me afastar da Cecília, e parte de mim o agradecia por isso.

Duas noites depois da sorveteria meu celular tocou e eu vi "Cecília" na tela.

— Ceci! Bom ouvir de você...

Tudo o que eu ouvi do outro da linha foi um batuque alto e vozes que se mesclavam e confundiam.

— Cecília?

— Desliga! Desliga, doida! — Uma voz de mulher que eu não reconhecia disse ao fundo quase incompreensível em meio ao barulho, antes da chamada cair.

Tentei ligar de volta, mas ninguém atendeu. O que significava isso? Parecia barulho de festa e eu comecei a ficar preocupado. Retornei a ligação muitas vezes, mas sem sucesso. Eu não tinha como saber onde exatamente ela estava para ir até lá. Preocupado e com o coração na mão, decidi que orar era a única possibilidade ao meu alcance.

Senhor, tu sabes onde ela está. Protege, Pai. O Senhor colocou Cecília como um fardo sobre meus ombros e eu não creio que foi por acaso que permitiu que eu recebesse essa ligação. O que o Senhor quer de mim?

Esperei por uma resposta, torcendo para que ela fosse tão audível quanto da última vez, mas nada veio. Apenas silêncio e a angústia que consumia meu coração. Andei de um lado para o outro no quarto, tentando ligar e mandando mensagens. James ficou tão irritado com a minha incapacidade de fazer silêncio que resolveu ir dormir na sala.

Às quatro da manhã, acordei com outra ligação.

— Iaaaaaaaannnnnnnnnnn!

— Cecília? Onde você tá? Tá tudo bem? — A voz saía sonolenta, mas eu estava completamente acordado.

— Iaaaaannnnnnnnn! — era tudo o que ela dizia e ria. Depois disso um longo silêncio, me fazendo checar a tela do celular, com medo que ela tivesse desligado de novo, mas a ligação ainda estava rolando.

— Cecília? Cecília!

— O que você tá fazendo, Cecília, pelo amor de Deus, garota. Me dá isso aqui! — Ouvi uma voz que reconheci, mas não sabia exatamente quem era. — Ai, não acredito que você ligou para ele — foi a última coisa que ouvi antes que a ligação caísse.

Liguei de volta o que me pareceu infinitas vezes. Finalmente alguém atendeu.

— Oi, Ian... Cara, desculpa mesmo.

— Quem é? Cadê a Cecília?

— É a Flora... Ela tá bem, ela tá... fora de si.

Eu pude ouvir o embaraço que Flora sentia em dizer isso, e até parecia ter uma ponta de culpa em sua voz. Ao fundo, ouvi a voz de Cecília de novo.

— Iaaaannnnnn, deixa eu falarrrrrrr, Floraaaaaaa... Iannnnnn...

— Não, para. Solta! Ian, desculpa, viu? Pode ir dormir, eu vou tirar o celular de perto dela.

— Flora, talvez fosse melhor eu ir... — sentei-me na cama, sentindo no fundo do meu coração preocupado que eu precisava estar lá com ela.

— Ir pra onde? Pra cá? Não, sério, tá tudo bem!

— Me passa o endereço, Flora.

— Eu... Tem certeza? Eu juro que ela tá bem... Ai, droga, ela vomitou de novo. Ian, eu tenho que ir.

— Flora, me escuta! Me passa seu endereço por mensagem. Flora, você tá me ouvindo?

A ligação caiu e eu joguei o celular no chão, extremamente frustrado. Alguns minutos depois, recebi uma mensagem com um endereço.

Sem me dar o luxo de pensar duas vezes, peguei as chaves do carro do meu pai e saí.

18

Vergonha e culpa

ELA

A luz queimou meus olhos ainda fechados e eu senti a náusea chegando com toda a força que ela tinha. Consegui abrir as pálpebras devagar e, colocando a mão na boca, me segurei para não deixar tudo sair de novo. Flora não teve muita compaixão da minha dor de cabeça e chegou falando alto.

— Bom dia, bela adormecida! Até que enfim, hein, garota!

— Pelo amor de tudo que é sagrado, Flora, fala baixo e apaga essa luz — respondi com a voz rouca e quase inaudível.

— Não, não tô a fim. Acho que você precisa aprender a lição.

Olhei para ela com uma cara irritada, mas Flora não pareceu se importar, continuava sorrindo, encostada na porta. Ela se aproximou e colocou um balde ao lado da cama.

— Não quero ter que limpar de novo, então, se precisar, usa isso aqui, tá?

Minha irritação se derreteu em culpa.

— Flora… Desculpa… O que aconteceu ontem?

— Bom, por onde começar… — ela disse sarcasticamente, sentando-se na beirada da cama.

Pelo que Flora relatou, eu tinha dito que estava entediada e precisava sair, e ela sugeriu que fôssemos a uma festa de uma república no centro da cidade.

— Se eu soubesse o que você ia fazer, nem tinha te levado... — Flora disse baixinho e eu mordi meus lábios segurando a vergonha dentro de mim. A pior parte é que eu nem me lembrava do que tinha feito, só sabia que, pelo tom que ela estava usando, devia ter sido algo muito grave, a ponto de fazer Flora esquecer a paciência extra com que vinha me tratando desde a morte de Analu.

Decidi que talvez fosse melhor nem saber o que eu fiz, mas Flora me contou assim mesmo, focada em me fazer "aprender a lição".

— Bom, deixa eu ver. Teve os trezentos *drinks* que você bebeu, os caras que tentou beijar e que eu tive que tentar manter longe de você, a menina que quase te bateu, fora o vômito no táxi que me fez levar a maior bronca da minha vida e pagar extra pela corrida. Ah, e claro, o vômito no meu apartamento todo depois que a gente finalmente conseguiu chegar em casa...

Suspirei fundo e coloquei o rosto entre as minhas mãos, o choro começando a vir. O que estava acontecendo comigo? Quando a dor do luto vinha, tudo o que eu queria era esquecer, mas a que custo?

— E, na verdade, eu acho que a pior parte, Ceci, foi colocar o coitado do Ian no meio disso tudo.

Meu rosto saiu das minhas mãos rapidamente ao som do nome dele e meus olhos se arregalaram.

— Do que você tá falando?

Flora suspirou fundo e revirou os olhos.

— Você nem se lembra, né?

Eu estava com a boca aberta para demandar que Flora me explicasse exatamente o que aconteceu, quando a campainha tocou.

— Ai, eu não acredito que ele voltou mesmo! — Flora se levantou apressada e eu não tive forças para ir atrás dela.

Alguns minutos depois, minha amiga entrou no quarto de volta, fechou a porta atrás de si e veio bem perto de mim, sussurrando.

— Escuta, Ceci, é o Ian de novo. Eu vou te explicar rápido o que aconteceu, tá? E aí você vai pegar uma escova de dentes nova no armário do banheiro, vai lavar o rosto e vai lá conversar com ele. Cecília, presta atenção!

Flora estalou os dedos na frente do meu rosto, querendo minha atenção de volta, uma vez que meu rosto provavelmente refletia minha confusão.

— Ontem à noite você ficou doida, como eu já te expliquei, e no meio disso tudo você ligou pro Ian. Ele ficou extremamente preocupado e me fez enviar o endereço daqui por mensagem. Umas quatro e meia da manhã ele apareceu. Eu falei que não tinha o que ele fazer aqui, mas ele insistiu em ficar.

— Ficar?

— É, ele checou seu pulso, sentou-se aqui do lado da cama e ficou até umas seis da manhã. Me deu um milhão de instruções sobre, sei lá, te virar pra você não se engasgar no vômito, essas coisas.

Eu podia sentir meu rosto queimando de vergonha.

— Aí, depois disso, ele disse que precisava ir embora e devolver o carro do pai, mas que ia tentar voltar depois do almoço.

Céus, quanto tempo eu tinha dormido? Que horas eram?

— E agora ele tá aqui. Cecília, olha pra mim, eu vou falar sério com você agora — tentei focar no rosto de Flora o máximo que minha dor de cabeça e náusea permitiram. — Esse cara não é um cara normal. Você tá me ouvindo? Caras normais não fazem esse tipo de... coisa. — Flora parecia confusa em seu próprio discurso, mas continuou. — Eu sei que você tem passado por um monte de coisa difícil e que tá tentando se ajustar a essa vida nova sem... — Flora pausou, mas acabou por decidir não dizer o nome da minha irmã. — Mas eu não acho justo você arrastar um cara desses nisso. Mesmo porque eu sei do tal do Caio.

Meus olhos se arregalaram de novo. Quando foi que eu contei isso a ela? Flora respondeu sem que eu precisasse perguntar.

— Você me contou quando tava bêbada, Ceci... Só, sei lá, aproveita que ele tá aqui e dispensa ele, tá? Seja justa, mas seja gentil. Agora, levanta e vai dar um jeito nessa cara logo porque o coitado tá esperando faz tempo já.

Olhei meu reflexo no espelho e não me reconheci. Meu cabelo estava todo bagunçado, meu rosto, pálido, e círculos escuros emolduravam meus olhos. Pensei em Analu e um sentimento novo surgiu em relação à morte dela — culpa. Eu sabia que ela não teria orgulho de quem eu estava me tornando, mas eu não sabia mais ser quem eu era antes de perdê-la. O choro começou a descer quente e eu não queria adicionar "olhos e nariz vermelhos" à lista de coisas me fazendo parecer uma maluca, então empurrei os pensamentos de Analu para o fundo da mente e saí.

Encontrei Ian e Flora conversando baixo na sala. Quando me viu, ele se levantou e sorriu. Com a vergonha corroendo minha alma, tentei parecer o mais normal possível. Mas palavras não vieram. O que eu tinha para dizer além de, "por favor, vai embora porque, por algum motivo, sua presença na minha vida me faz me sentir pior"? Era como se as atitudes dele fossem uma lente de aumento para os meus erros. Quanto mais caridoso ele era, mais egoísta eu parecia. A única coisa pesando em minha alma mais do que a vergonha que eu sentia era a culpa. E eu me assustei ao perceber que meu cérebro já ansiava por mais álcool para esquecer esses sentimentos. Flora quebrou o silêncio.

— Eu vou até à padaria da esquina para deixar vocês conversarem melhor.

— Na verdade, eu preferiria que você ficasse, Flora — Ian disse, com um olhar suplicante.

Será que ele tinha medo de que eu fosse atacar ele também, como eu aparentemente tinha feito com os outros caras da festa? Aliás, o quanto ele sabia sobre a noite passada? Era sobre isso que eles conversavam antes de eu chegar? Senti a raiva subindo até minha cabeça, deixando meus pensamentos turvos.

— Eu não mordo — eu disse, finalmente. Flora me lançou um olhar de mãe, mas eu a ignorei.

Ian riu e Flora foi sentar-se à mesa, aparentemente decidindo ficar. Agora era ela quem provavelmente não me queria sozinha com esse pobre coitado. Sentei-me ao lado dele no sofá, sentindo como se estivesse diante dos meus pais e pronta para levar a maior bronca da minha vida. Mas o sorriso de Ian não tinha braveza, e sim doçura. Isso só me deixava ainda mais irritada.

— Como você está se sentindo?

— Ótima. Obrigada — respondi cruzando os braços. Quanto mais eu tentava parecer distante, mais o olhar dele parecia ler minha alma.

— Que bom. Eu fiquei... preocupado.

Tentei decifrar seus olhos. O que eu via era doçura ou... pena? Irritada, me levantei e decidi que era hora de acabar com essa intervençãozinha.

— Olha, Ian, eu vou te dar a real. O que é que você tá fazendo aqui? A gente mal se conhece! Eu não preciso que você fique preocupado comigo, entendeu? Eu estou bem, ótima, aliás! Nunca fui mais livre. Então, me deixa em paz — declarei, aparentemente fria e calculista.

— Cecília! — Flora disse alto, também se levantando, e eu continuei, mais alto que ela.

— Você entendeu, querido? — concluí firmemente, os olhos faiscando.

Ian mordeu os lábios e, por alguns segundos, olhou para o chão. Então, levantou-se lentamente.

— Entendi.

Caminhando até a porta, Ian pegou sua jaqueta que estava na cadeira ao lado de Flora.

— Obrigado por me receber, Flora.

Ouvi a porta fechando atrás de mim e meu coração afundou no peito, pesando mil toneladas.

— Você tá de brincadeira comigo? O que raios foi isso?

— Você queria que eu dispensasse ele, não queria? Então, pronto, tá feito.

Flora estava vermelha de raiva e confusão, mas, antes que ela pudesse dizer qualquer coisa a mais para me repreender, eu saí rumo ao quarto e comecei a arrumar minhas coisas que estavam espalhadas pelo chão. Tudo em mim torcia para que Ian voltasse, segurasse minha mão e orasse por mim, como eu sabia que ele provavelmente teria feito, se eu não o tivesse expulsado a gritos.

Mas ele não voltou.

Minhas semanas foram ficando cada vez piores. Flora deixou de falar comigo por uns dias, mas depois me mandou mensagem dizendo que queria conversar. Eu não estava a fim de levar mais bronca, então não respondi. Carina me tratava como uma boneca de porcelana que iria quebrar a qualquer momento, e eu me perguntava quanto de rispidez era preciso para que ela finalmente se irritasse comigo e também me deixasse em paz. Meus pais me ligavam todo dia e eu atendia de vez em quando para fingir que tudo estava bem e garantir que eles não viessem me visitar. As matérias da faculdade faziam cada vez menos sentido e eu não conseguia me concentrar o suficiente para estudar, o que provavelmente culminaria na reprovação em algumas matérias dentro de alguns meses.

E Ian nunca mais me ligou. Por algum motivo, essa realidade era a que mais doía. Eu vivia um constante misto de sentimentos — parte de mim estava feliz por não receber mais o olhar de pena dele, e parte de mim morria de saudades do seu doce sorriso. Nas noites mais solitárias e difíceis, eu pensei em mandar mensagem e me desculpar, mas sabia que tinha sido bom me afastar dele. Talvez eu dissesse para mim mesma que era bom para mim, mas no fundo eu sabia que era bom para ele. Ian merecia alguém tão incrível quanto ele, alguém como Patrícia.

Mas e se eu precisasse de alguém como ele?

Encontrei Caio em uma outra festa que as meninas do prédio fizeram. Estando sóbria dessa vez, eu pude ver que ele era muito atraente, na verdade. Talvez fosse disso que eu precisasse para esquecer Ian de vez. Me aproximei um pouco, apenas o suficiente para que ele me visse e viesse conversar comigo. Funcionou.

— Ora, vejam quem é! Sardinhas!

— Sardinhas? Que raio de apelido é esse?

Caio riu.

— Uau, então você não se lembra mesmo. Não achei que estivesse tão bêbada assim aquele dia...

Me senti ruborizar e fiquei com raiva por me sentir tão vulnerável. Eu não sabia conversar com alguém como Caio estando sóbria.

— Nossa, como você é engraçado — eu disse, sarcástica e provocativa. — Eu estava indo justamente para o bar. Você me acompanha?

Depois disso, tudo ficou nublado e, ao mesmo tempo, leve. Acordei com dor de cabeça e memórias distantes de dançar e cair nas escadas de novo, lembrei-me de ter recebido ajuda de mãos fortes para me levantar, e de repente, como *flashes*, tive pequenos vislumbres dessas mesmas mãos no escuro em minhas costas. Estiquei os braços, tentando acordar meu corpo.

Quando me virei, vi Caio dormindo ao meu lado.

Me levantei de um pulo. Meu corpo congelado, a cabeça correndo por milhões de direções. Por algum motivo bizarro, em meio a todos os sentimentos que começaram a vir até mim como um turbilhão enquanto eu encarava Caio dormindo, enquanto todos os meus maiores pesadelos se tornavam realidade, apenas um nome ecoava em minha mente: Jesus.

19

Nunca desistir

ELE

— Você ouviu a voz de Deus ou dos seus próprios sentimentos, Ian?

Foi no momento em que meu pai disse essas palavras que eu ponderei que talvez tivesse cometido um grande erro. Talvez eu nunca tivesse de fato ouvido a voz de Deus sobre a Cecília, talvez tudo tenha sido coisa da minha própria cabeça, fruto dos meus sentimentos humanos.

Mas agora era tarde demais. Eu havia me envolvido de forma profunda o suficiente para me machucar. De fato, machucado eu já estava. As palavras que Cecília proferiu cortaram fundo, mas ela tinha razão. Eu não a conhecia, ela não precisava de mim. Eu fui um tolo em me envolver e agora estava arcando com as consequências.

Meus pais declararam meu castigo de pelo menos um mês sem carro por ter ido ao encontro de uma menina no meio da madrugada e me fizeram prometer que tudo o que aconteceu foi que me sentei ao lado dela, observando ela dormir, garantindo que estava bem. E foi só isso mesmo — por fora. Por dentro, eu sabia que meus sentimentos cresciam a cada minuto que eu passava ali.

Quando eu decidi voltar lá depois do almoço, no mesmo dia, meu objetivo era contar a Cecília tudo o que se passava dentro de mim, tudo o que eu estava guardando, mesmo que eu soubesse que seria errado. E talvez tenha sido justamente esse o motivo de ela ter me expulsado aos gritos. Talvez essa tenha sido a forma de Deus garantir que eu não piorasse ainda mais a situação.

Decidi aproveitar meu castigo e realmente refletir sobre as consequências das minhas atitudes. Eu precisava agir como um cristão maduro e não tinha feito isso nos últimos dias. Nesses momentos difíceis, um versículo queimava em minha mente, o mesmo que queimou quando perdi Patrícia: "O Senhor deu e o Senhor tirou, bendito seja o nome do Senhor".

Arthur entrou no meu quarto fazendo o maior barulho e se jogando na minha cama.

— Fala, Indiana. Tá vivendo em cárcere privado, é?

Suspirei fundo.

— Você veio me zoar, Arthur? Não tô precisando.

Meu amigo sentou-se na cama, agora com um olhar sério no rosto, algo raro de presenciar vindo dele.

— Qual é, Ian. Eu tava só brincando. Eu sei que deve ser um momento difícil para você.

Ele não tinha ideia do quanto. Eu tentava me afundar nos estudos para ver se a dor passava, mas não adiantava. Aproveitei que Arthur estava ali e decidi me distrair com qualquer coisa que não fosse Cecília. Conversamos sobre o time de futebol da faculdade, do qual Arthur era o jogador principal, e falamos também dos projetos novos que tínhamos para os voluntários da Batista Central.

Na hora da janta, Arthur sentou-se à mesa conosco. Ele era filho único, então sempre achava curioso o jantar na casa dos Jones com tantos pratos e tanta gente falando ao mesmo tempo. Eu era grato por um amigo que estava pronto a me escutar e me amar, mesmo nos momentos difíceis. Sem comunidade é difícil viver.

Quando Arthur foi embora, minha dor tinha amenizado. Talvez por isso eu fui capaz de ignorar a vontade que tinha de ligar para Cecília.

Em uma terça-feira à noite, um dia aleatório como outro qualquer, senti um impulso forte de visitar Cecília. Como esses sentimentos iam e vinham, eu tentei ignorar, mas foi um dos mais fortes impulsos que já senti na vida.

Eu queria pegar o carro de novo e ir até a casa dela, mas a verdade é que eu nem sabia onde ela morava aqui em São José dos Campos. E eu estava de castigo, de forma justificada. Decidi que talvez devesse ligar. Se eu estava sentido um impulso tão forte assim, talvez ela estivesse com problemas e precisasse de mim.

De repente, a voz dela voltou alta em minha mente: "Eu não preciso que você fique preocupado comigo, entendeu? Entendeu, querido?" Entendi. Ignorando a outra voz que me mandava ligar, resolvi ir para a cama mais cedo e, resoluto, decidi que Cecília podia se explodir, eu não me importaria mais.

Dois dias depois, acordei com a boca amarga, como se me sentisse culpado, ainda que não soubesse o porquê. Fui ao banheiro e quando voltei, chequei o celular para ver que horas eram.

CECÍLIA

Você está acordado?

1h30

CECÍLIA

Posso te perguntar uma coisa?

1h44

CECÍLIA

Como foi que você conseguiu ser essa pessoa incrível? Você nasceu assim ou foi com o tempo?

1h46

CECÍLIA

Por que você não acorda????

2h30

CECÍLIA

Por que eu tenho que ser como sou???

2h33

CECÍLIA

Desculpa pelas mensagens ridículas. Vou apagar seu número.

9h14

Primeiro, senti algo como pena, que rapidamente se transformou em irritação. O que essa menina queria de mim? Ela que apagasse o meu número mesmo e me deixasse em paz.

— *Olhe para ela como eu olho, filho. Eu nunca desisti de você.*

A mesma voz, a mesma sensação que tive na sorveteria. Será que eu estava me enganando novamente? Será que era só a voz dos meus sentimentos? Dessa vez eu sabia que não, porque meus sentimentos eram de raiva, de deixar Cecília sofrer as consequências dos seus atos. Mas a voz na minha cabeça me mandava fazer o oposto e não desistir dela.

Ignorei a voz e as mensagens até à noite. Depois de um dia cheio, me permiti pegar o celular e olhei para a tela, relendo as mensagens até decorar o que elas diziam.

Por fim, juntei todas as minhas forças e, contra minha própria vontade, digitei.

IAN
> Eu pensei que você não precisasse de mim.
> 21h18

Quase apertei o botão de envio, mas quando estava prestes a clicar, reconheci o quão arrogante a mensagem soava. Apaguei e reescrevi.

IAN
> Em primeiro lugar, eu não sou incrível. Em segundo lugar, você não é tão ruim quanto pensa ser. E em terceiro lugar, eu durmo cedo, por isso não respondi.
> 21h20

Quando dez minutos se passaram e nenhuma resposta veio. Acrescentei:

IAN
> Você está bem?
> 21h33

A resposta veio alguns poucos minutos depois.

CECÍLIA

> Por que você é tão legal comigo? Você se lembra dos meus gritos, certo?
>
> 21h36

Eu não sabia o que responder. "Porque uma voz me mandou ser"? Não, eu soaria absolutamente ridículo. "Porque eu estou começando a gostar de você"? Não, eu soaria mais ridículo ainda.

IAN

> Todo mundo precisa de alguém que esteja disposto a compreender.
>
> 21h40

Cecília parou de responder. Chequei a tela do celular várias vezes até os olhos pesarem de sono, mas nenhuma resposta veio. Irritado, desejei que ela se explodisse de vez e adormeci.

Acordei com a seguinte mensagem na tela do meu celular.

CECÍLIA

> Se você soubesse o que eu fiz, não estaria tão disposto.
>
> 01h13

20

Como esquecer?

ELA

Eu me lembro distintamente da primeira vez que senti uma fascinação por festas. Estávamos na sétima série e um grupo de meninos se aproximou do meu grupo de amigas durante o recreio. De uma maneira bastante provocativa, eles nos convidaram a uma festa de aniversário que se daria na casa de um deles naquela noite. Eu me senti nas nuvens — notada, apreciada, convidada. Mas toda a minha alegria terminou quando cheguei em casa e recebi um alto e sonoro "não" dos meus pais.

Revoltada, corri até meu quarto e bati a porta o mais forte que pude. Pensei em milhões de planos de fuga, mas, como nenhum deles daria certo, desisti. No dia seguinte, eu me senti como um alienígena por ser a única que não tinha ido à festa, enquanto todo mundo conversava sobre o quão incrível tudo tinha sido. Muitas outras situações parecidas aconteceram conforme eu fui ficando mais velha, durante os anos do Ensino Médio especialmente. Eu era convidada, meus pais me desconvidavam. As desculpas eram sempre as mesmas — "festa não é lugar de menina cristã"; "nós estamos te protegendo"; "Deus tem coisas melhores para você". Me lembro de prometer a mim mesma nunca deixar de ir a qualquer festa que eu quisesse ir quando fosse adulta e dona de mim.

E agora aqui estava eu, uma adulta-dona-de-si com um estranho em sua cama.

— Acorda! — eu gritei e Caio abriu os olhos rapidamente, xingando baixinho.

— Credo, garota, tá gritando igual uma doida por quê?

— Sai da minha cama! Sai da minha cama agora!

Eu estava completamente descontrolada. Puxei os lençóis histericamente, praticamente obrigando o rapaz a sair da cama. Caio parecia confuso. Será que com outras meninas ele simplesmente acordava com beijos e café em uma bandeja? Será que era assim que a vida rolava para além das minhas paredes protegidas de anos de religiosidade? Ouvi alguém batendo na porta.

— O que tá acontecendo? Cecília, abre a porta!

Era Carina. Me perguntei onde ela tinha passado a noite. Será que tentou entrar no quarto e me viu com Caio, decidindo ir dormir em outro lugar? Me senti patética.

— Tá tudo bem! Eu vou parar de gritar, tá tudo bem!

Tive medo de que ela não desistisse, mas desistiu. Caio agora estava de pé, se vestindo. Fui me sentar no chão, abracei minhas pernas e apertei os olhos o máximo que consegui, na esperança de que tudo desaparecesse como naquelas cenas de filme e eu acordasse de novo com catorze anos, quando meus maiores problemas eram espinhas e não ter a calça que eu mais gostava lavada para usar no dia seguinte. Mas quando abri os olhos, Caio ainda estava ali, me encarando confuso.

— Você... Você tá bem?

— Sai daqui — foi tudo o que eu consegui responder.

Caio parecia querer falar mais, mas acabou saindo. Fiquei ali, jogada no chão com minhas lágrimas e o peso de milhares de toneladas nos ombros. Então era assim que tinha sido a minha "primeira vez". Sem eu me lembrar de nada, com um estranho que saiu apressado do meu quarto, cujo sobrenome ou cor preferida eu nem sabia. Meus pais tinham razão afinal. Eles estavam me protegendo. Isso aqui era o fundo do poço.

Eu queria esquecer. Mas como? O nome de Jesus ainda ecoava na minha cabeça. Eu queria esquecer isso também. Como foi que cheguei aqui? Até alguns meses atrás eu era uma boa garota, com ótimas notas e carteira assinada em uma igreja todo domingo. Agora eu era uma menina usada, manchada, jogada no chão como uma moeda de um centavo que ninguém precisa e, portanto, ninguém quer. Jesus. Eu me lembrava das histórias. Jesus me ama, é o que elas diziam. Como ele poderia amar alguém que dá sua maior virtude a um estranho enquanto bêbada? Jesus não me amava e, desde que Analu morreu, eu nem acreditava que ele existisse realmente, pois que deus mataria uma criança tão doce? Mas agora seu nome ecoava em minha cabeça. Eu queria esquecer. Mas como?

Dormir era impossível. A culpa me mantinha acordada noite afora. Eu precisava contar para os meus pais, mas com que pernas? Só de pensar na decepção que seria para eles, eu tinha vontade de vomitar. Não vi mais o Caio depois de tudo. Isso era realmente a vida no que chamam de mundo real? Você se entrega a alguém no nível de intimidade máximo que a humanidade conhece e a pessoa desaparece como se você nunca tivesse existido? Certeza que já deve estar em outra cama nessa noite. Ele também que se exploda.

E se eu estivesse grávida? O pensamento surgiu em minha mente durante uma de minhas muitas noites insones e me fez sentar na cama, os olhos arregalados. Céus, seria o fim de tudo. Meus pais ficariam de coração partido. Como eu pude ser tão inconsequente? De onde veio tudo isso? No começo eu só bebia pequenas doses para esquecer que vivia em um mundo sem Analu. Como foi que desci ao nível de uma possível gravidez?

Decidi descer à cozinha e tomar um copo de água, talvez isso me acalmasse.

Encontrei Carina sentada em meio a uma pilha de livros na mesa compartilhada da copa.

— Cecília! Está acordada a essa hora? — Carina checou o celular. Já devia passar da uma da manhã.

— Não consigo dormir.

Acho que minha preocupação estava nítida em minha voz porque Carina fechou o livro à sua frente e focou em meus olhos.

— Quer conversar?

Suspirei fundo e me deixei cair pesado na cadeira em frente a ela. Desabei em lágrimas por um tempo e Carina segurou minhas mãos. Quando o ar voltou aos pulmões perguntei:

— Você já se sentiu no fundo do poço? Tipo, como se não desse pra afundar mais?

— Já... Todo mundo com mais de dezoito anos já se sentiu assim — ela disse com um sorriso leve.

— O que a gente faz nessas horas?

Carina soltou minha mão e passou os dedos pelos longos cabelos escuros. Eu sabia que tinha perguntado algo difícil e ela parecia estar realmente preocupada em responder bem. Depois de muito tempo ponderando, simplesmente disse:

— Eu acho que a melhor coisa é ficar perto de quem te faz bem. Quem te lembra de que vai ficar tudo bem.

Talvez tenha sido o que Carina disse, talvez tenha sido o sono misturado com a culpa, mas quando voltei ao quarto, a primeira coisa que fiz foi pegar o celular e mandar mensagem para a primeira pessoa que surgiu na minha mente quando eu me perguntei "quem me faz bem?".

Eu não esperava que Ian fosse responder. Quando acordei no dia seguinte e reli minhas mensagens, mais sensata, eu até mesmo apaguei seu número de tão envergonhada que fiquei. Mas ele respondeu e aquilo revirou meu estômago. Ele era tão gentil. Lembrei as noites que passei só conseguindo adormecer se pensasse nele, se criasse cenários do nosso futuro juntos na minha cabeça. Quando ele era apenas um estranho por quem eu era obcecada. Aqueles eram dias bons. Ian irreal e perfeito; Analu viva. Mas agora Ian era real e eu o tinha afastado com a realidade de quem eu era; Analu morta. Ambas as realidades me faziam querer esmurrar a parede até que ela quebrasse ou minhas mãos estivessem sangrando. Isso ou beber até esquecer. Mas desde aquela noite com Caio o só pensar em álcool me dava tanto nojo que eu quase vomitava com a ideia.

Reli o que Ian escreveu.

IAN

> Não tem nada que você possa me dizer que vá me fazer pensar que você não merece ter alguém disposto a compreender.
> 08h22

Como era possível alguém ser assim eu não sabia, porque na minha cabeça Ian era um idiota que não entendia a realidade da vida. Eu tinha certeza de que se eu dissesse para ele, com todas as letras: "eu dormi com um estranho e acordei sem me lembrar de nada", ele ia correr para as montanhas ou me queimar em uma estaca como a bruxa que eu realmente era. Mas se ele era um idiota que estava disposto a me ajudar, eu ia me agarrar a essa âncora de esperança.

Resolvi que mensagens não eram mais suficientes. Decidi ligar.

O telefone chamou somente uma vez antes que ele atendesse. Nós dois ficamos em silêncio por alguns segundos, talvez ambos se perguntando quem deveria começar a conversa, ou como.

— Obrigada por atender — eu disse enfim.

— Como você tá? — ele respondeu depois de alguns segundos de pausa.

Eu não sabia se devia mentir ou não. Decidi que se eu queria a cura que ele podia me dar, era preciso reconhecer minha doença.

— Mal. Péssima, na verdade.

Ouvi o longo suspiro que Ian deu. A demora em suas respostas me deixava apreensiva.

— O que você quer de mim, Cecília? — ele disse finalmente, e eu podia ouvir a frustração em sua voz.

Meu orgulho me mandou desligar, mas, a essa altura, meu desespero era, no mínimo, duas vezes mais forte que meu orgulho.

— Eu preciso de ajuda, Ian. Eu... cheguei ao fundo do poço.

— E como você acha que eu posso te ajudar? — Foi sua resposta depois de mais um longo silêncio. Seu tom agora era menos ríspido.

— Eu não sei, para ser sincera. Eu... eu sei que não mereço, Ian. Eu ainda me pergunto "por quê?" toda vez que você responde a uma mensagem ou atende uma ligação minha. Mas, mesmo que eu não entenda, quero que você saiba que eu preciso. Eu menti naquele dia. Eu preciso de você.

A pausa que se deu foi tão longa que eu cheguei a tela do celular para me certificar de que ele não tinha desligado. Quando nenhuma resposta veio depois de quase um minuto, resolvi arriscar mais uma súplica, afinal de contas, eu não tinha nada a perder a essa altura.

— Eu queria te ver.

A resposta veio imediatamente.

— Cecília, eu não acho que vai dar certo a gente se encontrar sozinho de novo.

Senti o último pedaço da minha alma se quebrar como o resto de mim já havia feito. Uma lágrima quente desceu na minha bochecha, e quando eu estava prestes a desligar, ele completou:

— Mas talvez você possa me encontrar na reunião de jovens da minha igreja. É amanhã à noite. Você quer o endereço?

Meu corpo relaxou e foi só nesse momento que percebi o quanto eu estava tensa, enrijecendo todos os músculos. Ir à igreja nem me incomodava nessa hora. Se encarar minhas dúvidas sobre Jesus era a forma de ver Ian de novo, eu o faria com alegria. Com um alto suspiro de alívio respondi:

— Mais que tudo, obrigada.

21

Boas novas

ELE

Era uma noite escura, não havia muitas estrelas no céu. Na parte de trás da caminhonete do meu tio, eu abraçava Patrícia o mais perto de mim que podia, mas, por mais que ela estivesse perto fisicamente, eu podia sentir seu coração distante. Há certos erros que criam distâncias internas. O ar das montanhas era fresco e leve, contrastando com o fogo que queimava minha garganta.

Eu amava essa menina mais do que qualquer outra pessoa na Terra. Afinal de contas, era isso que tinha nos levado até ali, não? Eu sabia que ela me amava também. Então por que nos sentíamos tão mal? Talvez eu tenha subestimado o quanto a Bíblia é verdadeira. Eu sabia que pecado só traz morte e dor, mas alguns momentos atrás eu podia jurar que não tinha outro sentimento no ar além de imenso prazer. Entretanto a Palavra não mente e aqui estávamos nós, mortos por dentro.

Patrícia se afastou um pouco e eu senti minha garganta queimar ainda mais.

— Eu estou com frio... — ela disse enfim, quebrando o alto silêncio da mata.

Puxei a coberta para mais perto de nós, mesmo sabendo que o frio que ela estava sentindo era o mesmo que eu sentia subir em minha espinha. Era um frio interior, da alma.

— Acho melhor a gente se vestir e ir embora, Ian — ela disse, se levantando. E eu consegui ver, na luz do luar, uma lágrima descendo em seu lindo rosto, ainda que ela tenha tentado esconder.

Já passava das 19h40 e Carol olhava para mim com um ar de mãe. Eu sabia que a gente não podia esperar mais; precisávamos dar início ao culto de jovens, já contando dez minutos de atraso. Passei os olhos pelas pessoas nos bancos, algumas conversavam entre si, mas a maioria olhava para mim, como que dizendo: "e aí? Vai começar ou o quê?" Decidi que não dava para esperar mais e comecei a contagem para a banda tocar a primeira música.

Talvez tenha sido melhor assim, ela não aparecendo. Eu já estava começando a me cansar. Nesses jogos que Cecília jogava, ninguém sairia vencedor. Ainda assim, eu queria que ela tivesse vindo. Em parte por mim, mas principalmente por ela. Eu tinha contado ao meu pai tudo sobre Cecília, não escondendo nada para não deixar espaço algum no escuro para o pecado crescer. E sabendo que ela potencialmente nos visitaria hoje, ele decidiu pregar uma mensagem onde o evangelho seria exposto de forma clara e simples. Eu tinha escolhido músicas sobre a cruz para cantarmos e estava tudo perfeito para que ela não conseguisse ir embora sem ter ouvido as boas novas de Cristo de forma clara.

Era fácil me convencer de que eu fazia tudo isso por ela, mas no fundo eu sabia que vinha mais da minha vontade de ver ela salva para que eu pudesse finalmente declarar tudo o que estava escondido dentro de mim. Sentimentos que eu não sentia desde a Patrícia.

Distraído em meus pensamentos, acabei me perdendo na música e cantando as palavras erradas. Mirei Carol esperando um olhar de reprovação, mas ela riu e apontou com a cabeça rumo à porta.

E então eu vi Cecília entrando no prédio.

Dei um rápido "graças a Deus" interno por vê-la com uma calça jeans e uma camiseta de mangas cumpridas. Que bom que estava frio. E é engraçado que ela estava mais linda do que nunca. Talvez por isso vários rapazes tenham olhado duas vezes, curiosos. Senti uma pitada de ciúmes, mas o ignorei, engolindo seco. O coração pulou uma batida quando ela sorriu de leve e levantou a mão direita, me cumprimentando de longe. Sorri e acenei de leve com a cabeça, o que fez Arthur olhar para trás, tentando ver o recipiente do meu gesto. Quando viu Cecília sozinha na última fileira de cadeiras, meu amigo se levantou e foi se sentar com ela.

Enquanto as músicas rolavam, Cecília olhava para o chão. Eu tentei entender o que seu olhar dizia, mas era difícil de tão longe, enquanto tentava ao mesmo tempo não errar todos os acordes e letras. Arthur, ainda que perto, manteve sua distância. Ele focou em louvar, ainda que sem levantar as mãos como sempre fazia, provavelmente querendo evitar que a visitante se sentisse desconfortável, como se existisse um ritual do qual ela não fazia parte e não conhecia.

Mas então me lembrei que Cecília não era nova ao conceito de igreja. Ela me disse que cresceu indo aos cultos com seus pais. Por que será que não cantava nenhuma das músicas, então? Eu tinha me convencido de que ela não era cristã; não no coração ao menos, talvez nas palavras. Mas se esse era o caso, por que ela pelo menos não fingia estar confortável para que os outros a tratassem como uma de nós? Por que não tentar evitar o constrangimento? Era como se ela não estivesse interessada em esconder o quanto estava mal. "Eu cheguei no fundo do poço", foi o que ela me disse na noite anterior. Quando as músicas terminaram e eu fui me sentar ao seu lado, foi justamente isso que vi em seus olhos tristes.

— Que bom que você veio. Foi difícil de achar? — eu disse baixinho.

— Não, eu já tinha vindo aqui antes, lembra? — Senti meu rosto ruborizar. Claro que tinha, que idiota eu sou. — É que o táxi pegou trânsito.

Sorri e olhei para frente. Cecília fez o mesmo e senti Arthur me dando um tapinha nas costas. Quando olhei na sua direção, ele piscou para mim. Arthur sendo Arthur.

Meu pai começou a mensagem e eu tive dificuldades de focar. A cada frase que ele falava, eu me perguntava se Cecília estava prestando atenção, se estava entendendo. Por vezes, eu olhava para ela sem virar meu rosto e percebia que ela estava olhando para o chão. Será que estava distraída? Será que ela veio só para me ver e continuar seus joguinhos?

A mensagem chegou ao ápice e meu pai estava expondo o evangelho claramente.

— Olhe para a cruz e veja Deus morto. Morto por você. Sangrando por você. Ele escolheu isso por você. Por mim. Nós não merecemos, mas ele o fez. Por causa disso, agora podemos ser livres dos nossos pesos, das nossas bagagens, das dores que carregamos conosco todos os dias, por todos os anos da nossa vida. Venha, deixe tudo aos pés da cruz.

Notei que Cecília agora olhava para frente. Quando olhei para suas mãos, vi que estavam tremendo, que ela apertava uma na outra com tanta força que seus dedos estavam brancos. Me virei, pronto para perguntar se ela estava bem, mas ela se levantou.

— Dá licença, por favor — ela disse baixinho, passando por mim e Arthur, que se esforçava para encolher as longas pernas para deixá-la passar.

Algumas cabeças se viraram, mas quase ninguém percebeu, uma vez que estávamos na última fileira de cadeiras. Eu não sabia o que fazer. O que tinha acontecido? Olhei para o meu pai, com um olhar de súplica. Ele ainda estava focado na mensagem.

— Vai atrás dela, cara — Arthur disse, ainda com as pernas encolhidas.

Encontrei Cecília sentada na arquibancada da quadra ao fundo da igreja. Seu rosto estava entre as mãos e ela chorava. Eu não sabia o que fazer, o que dizer.

Senhor, me ajuda.

Me aproximei devagar, mas ela não me notou mesmo quando me sentei ao seu lado. Coloquei uma mão no seu ombro direito e ela deu um pulo de susto.

— Desculpa, não queria te assustar. Você... tá bem?

Cecília enxugou as lágrimas do rosto como pôde, com a manga da camiseta, mas ainda estava toda molhada, os olhos inchados.

— Eu não consigo fazer isso.

— Fazer o quê?

— Isso, Ian! Isso de me sentar no banco de uma igreja e fingir que sou normal. Minha vida está um caos, eu não tenho como me sentar ali e fingir pertencer àquele lugar, àquela galera.

Mordi os lábios. Meu cérebro em branco, nenhuma palavra vinha, nenhum consolo.

— Eu não sou como vocês. Eu era como vocês. Mas agora eu sou...

Ela pausou.

— O quê?

Cecília olhou nos meus olhos com tanta intensidade que eu tive vontade de evitar seu olhar.

— Suja.

Seu olhar continuou fixo no meu, como se tentasse ler minha mente, saber o que eu realmente pensava dela. Então era esse o problema? Cecília se sentia suja demais para se sentar com a gente no culto?

— E você acha que o resto de nós é o quê? Limpo? — devolvi a intensidade no olhar e ela finalmente desviou os olhos para as próprias mãos.

— Eu sei o que vocês são. Eu era assim também, ainda que agora seja difícil de lembrar. Nem faz tanto tempo, mas é difícil de lembrar. Eu me arrumava toda, ia para a igreja, encontrava todo mundo... Depois a gente ia para alguma sorveteria ou coisa do tipo... Eu era tão feliz. A gente só ria, se divertia. Era tão bom...

Ela dizia tudo com um ar tão angustiado, como se falasse de outra pessoa, de outra era, de outro mundo.

— E o que aconteceu?

Cecília começa a chorar de novo, escondendo o rosto nas mãos. Como eu poderia fazer ela entender?

Senhor, como eu faço ela entender?

— *Conta de você.*

De mim? Não, eu não queria ter que contar de mim. Parte de mim queria que Cecília continuasse pensando que eu era perfeito. Mas, conforme eu olhava para ela, para as lágrimas que não paravam de cair, para os ombros se movendo violentamente com o choro, eu entendi que ou eu contava de mim, ou deixava essa pobre alma afundar em desespero.

Eu sabia que Cecília tinha feito alguma coisa grave para se sentir tão quebrada assim. Para ser sincero, meu estômago embrulhava ao pensar nas possibilidades. Mas eu sentia o Espírito sussurrando, me lembrando de onde eu vim, de onde ele me tirou. Como eu poderia ser egoísta o suficiente de recusar contar a verdade que possivelmente a libertaria? Como eu poderia deixar ela pensando que era a única?

Suspirando fundo, juntei todas as minhas forças e comecei a confissão.

— Você acha que eu sou perfeito, né?

Cecília tirou as mãos da frente do rosto e olhou para mim com um olhar desconfiado.

— Nunca conheci alguém mais perfeito — ela respondeu sinceramente e eu senti meu estômago contorcer. Enquanto seus grandes olhos verdes me encaravam, eu percebia meus sentimentos crescendo com toda a força.

Senhor, me ajuda.

— Cecília, eu não sou nada perfeito. Eu... Escuta, eu vou te contar uma coisa e é difícil dizer tudo isso, então só me escuta, tá?

Seus olhos se cerraram um pouco, confusos e céticos.

— Cecília, eu e Patrícia... Não. Não nós, eu. Quando nós estávamos juntos, eu cometi um grande erro. Na época eu chamava aquilo de amor. Eu me convenci de que era amor. Não foi da noite para o dia, sabe? Foram várias coisinhas, pequenas portas que a gente foi abrindo para o pecado, até que ele veio como uma avalanche e a gente só percebeu o estrago quando ela já tinha passado.

Cecília agora tinha a boca ligeiramente aberta, mas eu ignorei seu olhar inquisitivo e, olhando para o chão, continuei meu discurso confuso e sincero, me sentindo tão vulnerável que tinha vontade de levantar e correr. Mas o Espírito me ajudou a continuar.

— Na manhã seguinte, minha ficha caiu. Não, acho que foi até antes, no caminho de volta para casa, enquanto eu dirigia. Eu senti o maior peso, a pior culpa, da minha vida, quase me quebrou por completo. Aquilo não era amor, Ceci. Eu a usava em nome do meu amor. Não foi assim que o Senhor me amou, eu não tinha o direito de ter feito isso com ela. Eu vi as lágrimas dela. Eu não a forcei, claro, nós estávamos juntos. O engano foi conjunto. Mas, no final, senti que a culpa foi toda minha. Eu devia ter protegido ela, eu devia...

Senti as lágrimas vindo. Tentei segurá-las, mas elas vieram assim mesmo. De que adiantava esconder a essa altura? Eu estava me quebrantando diante dela, minha alma completamente aberta, e eu só torcia para que minha dor não fosse usada como vantagem em seus joguinhos.

— Eu só queria que você entendesse... — eu disse por fim, com um suspiro pesado — ... que ninguém está tão perdido que Jesus não o consiga achar.

Finalmente juntei coragem para voltar a olhar em seus olhos. Eu esperava um olhar confuso ou de julgamento. Mas o que encontrei foi um sorriso aberto, escancarado, seguido de um abraço apertado e doce.

Eu tinha dito tudo aquilo na esperança de ajudá-la, contudo, enquanto eu me deixava ficar um pouco em seu abraço quente, senti que eram duas almas que estavam se curando.

22

Buscas internas

ELA

Desde a morte de Analu eu me senti em águas bravias. Era um sacolejar constante, um eterno subir e descer nas ondas — minha alma estava tão cansada. Em um momento inicial, tudo o que eu tinha era tristeza, angústia e um vazio profundo. Depois de um tempo, o desespero tornou-se em perguntas, e eu só queria entender. Eu comecei a buscar dentro de mim respostas, mas só encontrei escuridão. Quando busquei fora de mim, encontrei várias respostas, mas nenhuma delas me satisfez, nenhuma me trouxe a paz que eu queria. Eu já tinha começado a desistir da busca e aceitar, ainda que de forma amarga e sem cura, que minha irmã tinha morrido aos cinco anos e não havia explicação nem um porquê. Isso me trouxe um enorme medo, porque eu me senti à mercê de um universo do acaso, onde um desastre poderia acontecer a qualquer momento, me deixando ainda mais afundada em sofrimento.

Nessa eterna busca, eu encontrei alguns escapes: o álcool, as festas e os encantos da sedução, que me trouxeram alegria momentânea, mas culminaram no pior momento desde a morte de Analu. Foi naquela manhã que eu senti minha alma sedenta por algo a mais, algo que me desse satisfação completa e eterna, mas tal solução me parecia impossível. Foi naquela manhã que minha alma começou a gritar o nome de Jesus.

Eu sabia quem Jesus era, eu ouvi falar dele minha vida toda. Contudo, se crianças de cinco anos morrem e se existe tanto sofrimento no mundo para além até mesmo do meu sofrimento pessoal, como eu posso justificar a existência de um deus? Quer dizer, se ele existe e é bom, por que não para o mal? A única explicação é que ou ele não é bom, ou não pode parar o mal. Mas o Deus que eu conheci em anos de igreja se dizia bom e se dizia todo-poderoso; logo, se o mal continuava existindo, só era possível crer que esse Deus não existia.

Mas minha alma estava faminta, cansada e desesperada. Minhas dúvidas não me levaram para mais perto da paz, pelo contrário. Era como se eu estivesse em areia movediça — quanto mais eu me debatia, mais eu afundava. Quanto mais eu buscava, menos eu achava.

E então, me encontrei nos braços de Ian Jones.

Era como se a minha alma tivesse encontrado, pela primeira vez na vida, um pouco de luz.

Quando aceitei o convite dele de ir à igreja, eu esperava conseguir fingir normalidade, afinal de contas, eu fiz isso a minha vida inteira. Eu fingi salvação, fingi conhecer o Deus de quem falavam. Mas naquele sábado à noite eu não consegui fingir. Eu olhava ao meu redor, enquanto o pai de Ian pregava, e eu via pessoas perfeitas. Eu tinha certeza, absoluta certeza, de que, quando elas olhavam para mim, podiam ver meus erros escritos na minha testa, em letras vermelhas e garrafais. Eu imaginava que elas podiam sentir o cheiro da minha impureza, como se eu estivesse sem tomar banho há dias. E eu não podia me sentar ao lado do cara mais lindo — por fora, mas especialmente por dentro — que eu já conheci enquanto imaginava que ele pudesse me ver por quem eu realmente era.

Eu precisava fugir.

Mas quando Ian correu atrás de mim — de novo — e me contou do seu passado, do seu erro que foi exatamente igual ao meu, quando ele me abraçou, eu senti um pouco de... paz. *Pela primeira vez em muito tempo.* Talvez pela primeira vez na minha vida. O que eu tinha antes era forjado, era falso. Mas nesse momento eu sentia uma paz que vinha de fora de mim, que começava a me acalmar.

Eu ainda tinha tantas perguntas, claro. Eu ainda queria entender como Deus podia ter deixado minha irmã ir, por que as pessoas sofriam, por que eu precisei passar por tanta coisa para chegar até aqui... Mas se Ian Jones, a pessoa mais bondosa e sacrificial que eu já conheci, também tinha um passado e atribuía tudo o que ele era hoje a Jesus, então eu não conseguia evitar sentir uma curiosidade inexplicável sobre esse Jesus, sobre essa fonte de águas que, segundo Ian, saciava de verdade. Eu queria, necessitava, saciar minha sede interna.

Por muito tempo eu jurei que Ian seria a minha resposta. Mas ele jurava que essa resposta era Jesus e por isso eu me abri à possibilidade de escutá-lo, de ouvir sobre essa versão de Jesus do Ian que era tão diferente de todas as versões que eu cresci conhecendo. O Jesus do Ian era cheio de amor e graça, o que eu conhecia era cheio de julgamento. O Jesus que eu conhecia parecia sentar-se em um trono de perfeição longe de nós, humanos sujos. Mas o Jesus do Ian estava perto, sempre perto; tão perto que Ian jurava ouvir seus sussurros comandando seus dias, sua rotina, desde os momentos mais importantes até os mais corriqueiros.

Eu não vou mentir, conforme Ian e eu conversávamos, ainda que fosse em sua maioria sobre Bíblia e religião, eu fui me apaixonando mais e mais por ele. O curioso, o que eu não esperava de maneira nenhuma, é que, com o tempo, eu também fui criando uma curiosidade, uma afeição até, por esse Jesus que Ian tanto amava.

No começo, Ian era meu guia nessa nova jornada que eu parecia estar vivendo, mas com o tempo ele começou a atender menos às minhas ligações e responder menos às minhas mensagens. Quando eu o visitava nos cultos da Batista Central, ele me dava menos atenção, e esse distanciamento estava me machucando. Até que eu não aguentei mais e precisei esclarecer tudo.

— Oi, Cecília!

— Ian, eu não vou dançar ao redor do problema não, vou te falar logo de cara o que está no meu coração, pode ser?

Ian riu.

— Bom, vindo de você, eu não esperaria nada além de honestidade brutal.

Eu ri.

— Engraçado. Você é muito engraçado. Escuta, por que é que de umas semanas para cá você parece tão... distante? Eu falei alguma coisa errada? Porque eu tô tentando entender, você sabe, né? Eu sei que cresci na igreja, mas eu ainda tô aprendendo como se tudo fosse novo mais uma vez, e se eu disse alguma coisa errada que te ofendeu, ou fiz alguma coisa, eu juro que não foi de propósito e...

— Pera, deixa eu te parar aqui — ele disse, me cortando. — Você tem razão, eu me afastei mesmo. Mas, céus, não foi por nada que você fez, Cecília! Pelo contrário... — Ian pausou, como se ponderasse se devia continuar a frase. — Deus sabe que quanto mais nós conversamos, mais eu quero conversar.

Tudo em mim sorriu, mas eu mantive o silêncio.

— Mas, conforme eu orava e ponderava, comecei a pensar que talvez não seja prudente eu ser a pessoa a quem você vai com suas dúvidas sobre Jesus.

Surpreendentemente, isso não me zangou. Na verdade, eu entendia — eu sabia também que, quanto mais nos víamos, mais meus sentimentos cresciam, e para mim isso era ótimo. Mas, conhecendo Ian como eu conhecia até aqui, eu já deveria ter esperado que ele fosse chegar à conclusão de que isso não era saudável.

Eu podia ver em seus olhos azuis e profundos que ele gostava de mim também, mas estava... com medo de seus sentimentos? Eu achava que era isso. E eu, sinceramente, entendia. Ian perdeu quem pensou ser o amor da sua vida havia apenas alguns anos, então a última coisa que eu queria era machucá-lo. Bom, na verdade, isso era mentira. Essa era a penúltima coisa que eu queria. A última coisa mesmo era não o ter. E era aqui que o problema se dava porque eu queria muito ter o Ian todo para mim, mas ao mesmo tempo não queria fazê-lo sofrer.

Então, eu me vi surpresa ao perceber que eu era capaz de um ato altruísta.

— Eu entendo. E concordo.

— Sério? — Ian soava extremamente surpreso. E por que não? Se tudo o que eu fiz até aqui foi egoísta, pensando em mim e não nele?

Mas não dessa vez.

— Sim, sério. Mas, pra ser sincera, eu ainda tenho tantas dúvidas, Ian! E eu estou acostumada a ir correndo pra você com elas. Eu preciso continuar cavando. Eu sinto que estou cada vez mais próxima de entender, de aceitar...

Um suspiro profundo se deu do outro lado da linha.

— Glória a Deus por isso, Ceci! E eu jamais te abandonaria nesse momento, eu espero que você saiba disso. Por isso, tive uma ideia e eu creio que ela veio diretamente de Deus!

— Estou curiosa.

— Eu acho que seria muito bom se você começasse a se encontrar com a minha irmã Carol. Pode ser conforme der no horário de vocês, mas eu acho que semanalmente seria ótimo. Vocês já se conheceram um pouco na igreja, mas, Ceci, eu juro que ela é uma das mulheres mais incríveis que eu conheço! E eu acho que você precisa de alguém assim...

Ian pausou a frase, mas eu podia imaginar o que ele queria dizer. "Alguém assim... Do mesmo sexo que você, que não vai se apaixonar por você, que vai te mostrar o que significa ser uma mulher de verdade." Havia milhões de continuações possíveis para aquela frase e eu concordava com a maioria delas, porque queria ser cuidadosa com Ian e seus sentimentos. Eu sabia que já o tinha machucado demais, e eu ainda nem tinha contado sobre Caio com todos os detalhes. Eu tinha medo de que ele desistisse de mim e eu não poderia suportar mais essa perda. Então, eu queria concordar com suas condições para nossa amizade.

Só que, céus, encontros semanais com Carol Jones? Eu não conseguia pensar em nada mais intimidador. Carol era alta, loira, linda e... perfeita. Pelo menos era assim que eu a via. Além disso, ela era mais velha que eu uns sete anos, e eu não conseguia imaginá-la querendo passar seu tempo com uma pirralha cheias de dúvidas que cultivava uma forte paixonite por seu irmão.

— Espero que você não fique brava comigo, mas... eu já conversei com Carol. Ela está superanimada e disse que ia amar! Então, agora é mais sua decisão mesmo. O que você acha?

Ian não mentia, isso eu já tinha aprendido. Então, se ele disse que Carol estava animada, é porque ela realmente estava. Será que toda a família Jones tinha uma queda por ajudar os "pobres e oprimidos"? Será que todos eles eram meio idiotas e aceitavam se colocar nessas situações cansativas e desconfortáveis? Tudo isso só aumentou minha curiosidade. Imaginar alguém como Carol Jones querendo se encontrar comigo e me ajudar aumentou ainda mais minha afeição por esse Jesus. O Jesus do Ian e da Carol. Eu não tinha outra escolha.

— Eu acho incrível. Quando começamos?

23
Milhões de decisões

ELE

Diz-se que o cérebro humano realiza cerca de 35 mil decisões por dia. Somos uma máquina de escolher que não para. Era de se esperar que, tomando tantas decisões corriqueiras e irrelevantes diariamente, nós estivéssemos mais preparados para fazer aquelas escolhas gigantescas que mudam o rumo do nosso destino, quando fosse necessário. Mas não, as cerca de 95 milhões de decisões que foram tomadas pelo meu cérebro desde o começo da minha adolescência não me prepararam para essa.

A tela do computador me encarava de volta, como que gritando, "a hora é agora". Eu respirei fundo várias vezes. Andei de um lado para o outro do quarto, tentei focar, tentei me distrair, fui beber água, brinquei com minhas irmãs Missy e Beatrice, mas nada, nada adiantou. Meu coração não se acalmou. Não adiantava tentar continuar procrastinando, era hora de decidir.

O formulário estava todo preenchido com nome, endereço, cópia do currículo, cópia do histórico escolar, cartas de recomendação. Todo o material que eu juntei desde o começo da faculdade, tudo o que eu sonhei desde o primeiro ano do Ensino Médio. Uma decisão da qual eu não tinha sombra de dúvida naquela época e agora, aqui estava eu, sem conseguir juntar as forças necessárias para apertar o botão de envio. Se nem mesmo meu relacionamento de dois anos com Patrícia me fez vacilar em minha decisão, por que é que alguém que estava na minha vida havia poucos meses me tornava tão indeciso? Por que eu deveria planejar meu futuro ao redor de Cecília quando nem do mesmo lado da história nós estávamos?

Cecília não se posicionava pela cruz e eu sabia disso. Todos os dias, desde que ela começou seu discipulado com Carol, eu me convencia de que o momento chegaria. Mas, se eu queria poder apertar o botão de envio precisava me convencer, ainda que por alguns segundos, de que ela não aceitaria o evangelho e que, portanto, eu não tinha motivos para ficar no Brasil.

Encarei o computador por mais alguns minutos. O texto na tela me encarava de volta: "Inscrição para residência em Pediatria no St. Mark Christian Hospital, St. Louis, Missouri".

Tentei chegar cedo para conseguir vaga no estacionamento, mas minha mãe precisou sair, me deixando de babá das meninas. Então, como sempre, eu teria que parar longe do campo de futebol e andar naquelas ruas desertas e estranhas ao redor do campus. Sempre que Arthur jogava era o mesmo problema. Eu sabia que tinha cara de gringo. Isso me tornava um alvo mais interessante para assaltantes, os quais presumiam que eu tinha dinheiro, celulares ou câmeras caras comigo a todo momento. Já tendo sido assaltado duas vezes, eu realmente gostaria de evitar uma terceira.

Talvez tenha sido por causa do medo e do foco em observar meus arredores que eu tenha ficado tão surpreso quando alguém tocou meu ombro, a um quarteirão da entrada da quadra. Pronto para dar um soco ou sair correndo eu me virei em um pulo.

— Céus, desculpa! Eu não queria te assustar! — Cecília disse com um olhar terrivelmente assustado. Pudera, quase levou um soco.

Tive que pausar por alguns segundos antes de responder, colocando as mãos nos joelhos e respirando fundo. Meu coração estava acelerado, mas eu não sabia se necessariamente pelo susto — isso acontecia toda terça-feira quando eu chegava da faculdade e encontrava Cecília no sofá da minha casa.

— Não — eu disse, esbaforido —, eu que peço desculpas. Achei que era um assaltante.

Colocando a mão no ombro dela e tentando puxar ar para os pulmões, eu finalmente sorri. Ela sorriu também, o olhar assustado se dissolvendo devagar.

— Eu não sabia se você viria — ela disse. — Arthur disse que você tem focado bastante nos estudos. Como está indo na faculdade?

— Bem, obrigado — respondi. A pergunta sobre meus estudos fez meu coração afundar no peito, lembrando do St. Mark Hospital. Enquanto eu estava aqui, olhando dentro daqueles grandes olhos verdes, eu me perguntava se teria forças para realmente me inscrever.

Cecília e eu subimos até o terceiro degrau de arquibancadas e conseguimos ver quando Arthur entrou com o time no campo. Geralmente, eu assisto tranquilo e escondido, mas não dessa vez. Assim que viu nosso amigo entrando, Cecília gritou tão alto que eu quase fiquei surdo do ouvido esquerdo. Arthur olhou para trás com um sorriso aberto e mandou beijos e corações na nossa direção. Ótimo, agora teríamos que aguentar as gracinhas dele a cada gol — e seriam muitas, ele era ridiculamente bom no futebol.

Quando o jogo começou, eu percebi que era a primeira vez que Cecília e eu ficávamos sozinhos desde a noite em que nos sentamos juntos em uma outra quadra, nos abraçando e chorando emocionados com a beleza do evangelho. Já fazia mais de um mês que Carol e Cecília se encontravam toda semana. Desde então, ela pareceu precisar cada vez menos de mim. De minha parte, achei sensato, para o meu próprio coração, evitar mandar mensagens ou fazer ligações enquanto isso. Ela precisava de Jesus, não de mim. Mas a verdade era que a cada dia mais eu sentia que precisava dela.

— Estou feliz que você veio, Ian. Faz tempo que a gente não conversa — ela disse, como se estivesse percebendo o mesmo que eu.

Eu ia responder que estava feliz também, mas ela continuou.

— Eu não te agradeci ainda por ter me direcionado à Carol. Muito obrigada. Mesmo — ela disse, me abraçando. — Ela é realmente incrível.

Seus abraços ainda amoleciam minhas pernas, notei. Depois de alguns segundos me recuperando da bambeza inesperada, consegui responder.

— Fico feliz que vocês estejam gostando. Carol fala muito bem de você.

O rosto de Cecília se iluminou como se tivesse recebido um elogio importantíssimo. Eu podia ver o quanto ela admirava Carol e eu amava que essa conexão estivesse se formando. Primeiro, pelo motivo de que esses encontros garantiam que eu pudesse vê-la toda semana, ainda que não conversássemos. Segundo, e mais importante, porque eu sabia que Carol não estava apenas fazendo uma nova amizade, mas fazendo uma discípula de Jesus. Minha irmã era séria demais na fé para gastar horas toda semana apenas com fofocas ou conversas frívolas. Meu coração se encheu de esperança pela conversão verdadeira de Cecília.

— Ian, eu preciso te falar uma coisa. A Carol e eu, a gente conversa sobre muita coisa, sabe, e outro dia ela me falou sobre confissão e o poder que ela tem, e... — ela pausou, olhando para o campo e evitando meu olhar. — Eu sinto que preciso te confessar uma coisa.

Ouvi dentro da cabeça meu coração batendo mais forte. Eu pressentia que ela falaria sobre qualquer que tenha sido o pecado que a fez se sentir tão mal quando visitou nossa igreja. Mesmo não me julgando preparado, não importava o que eu estava sentindo, mas sim o que ela precisava fazer.

— Estou ouvindo...

Cecília alongou o pescoço de um lado para o outro como que se preparando para uma luta. Com um olhar muito sério, finalmente confessou.

— Eu menti para você sobre os vídeos. Eu não te vi pela primeira vez no perfil do João Dantas — uma pausa curta se deu, e ela olhou para cima tentando organizar seus pensamentos. — Quer dizer, eu te vi sim pela primeira vez lá, mas não foi só isso...

Meus olhos se cerraram e minha cabeça pendeu para um lado numa clara expressão de confusão. Do que ela estava falando?

— A verdade é que eu fiquei obcecada por você. Ai, que raios, quando eu falo em voz alta me sinto uma idiota! — ela disse, colocando o rosto entre as mãos. Em contrapartida, eu vasculhava a mente, tentando entender o que ela dizia.

— Eu assisti a todos os vídeos do seu canal tantas vezes que literalmente sabia a letra das músicas de cor e até podia antecipar todos os seus movimentos, tipo quando você tossiria ou moveria o dedo em determinada direção... Eu... Eu sinto muito.

Finalmente entendi do que ela estava falando. Quando nos vimos no hospital, eu perguntei como ela sabia meu nome quando nos encontramos na biblioteca e ela tinha dito que havia visto um vídeo meu no perfil do João Dantas. Agora ela estava me confessando que, na verdade, tinha nutrido uma obsessão, nas palavras dela, por mim.

O olhar de Cecília era tão penitente e a coisa toda era tão absurda que eu só consegui rir. Me senti tão leve em ouvir que essa era a confissão que ela queria fazer que tudo o que fiz foi rir.

— Então... — eu tentei dizer em meio ao riso. — Quer dizer que você era tipo... minha fã?

Cecília parecia confusa por alguns segundos, mas depois um sorriso sem graça surgiu em seu lindo rosto.

— Ah, Ian! Eu estou aqui confessando meus pecados e você tá rindo da minha cara? Seu babaca!

Ela agora ria também, claramente aliviada, e me dava soquinhos no braço.

Essa era a primeira vez que nós estávamos rindo sem pressão, a primeira vez que podíamos ser nós mesmos e agir com certa normalidade. Desde o nosso primeiro encontro na biblioteca, tudo foi tão estranho, tão inesperado. Com as visitas ao hospital, a morte de Analu, as cartas, os encontros, a descoberta da não conversão, os gritos... Nada em nossa história até aqui tinha sido normal e eu me sentia extremamente leve por ter um momento tão sincero e feliz com Cecília.

— Você não existe... — eu disse em meio aos risos e socos.

Cecília parou, me fitando. Percebi por seu olhar que meus sentimentos saíram mais claros nessa frase do que eu antecipei. Cecília sorriu de leve e, depois de uma pausa, começou a se mover em minha direção devagar. Demorou até que eu entendesse o que estava acontecendo. Cecília estava prestes a me beijar.

De repente a arquibancada toda se levantou em gritaria. Olhando ao redor, Cecília pareceu acordar de seu momentâneo devaneio e se levantou, como todo mundo, gritando e torcendo. Quando consegui me mover, vi Arthur correndo em nossa direção. Era o fim do jogo e ele tinha feito o gol da vitória.

— Vocês viram? Vocês viram? Céus, que golaço! — Arthur nos abraçou em um enlace tríplice e suado, com Cecília e eu nos encarando sem graça. Não, nós não tínhamos visto. Estávamos distraídos num quase-beijo que, eu sei, teria estragado tudo.

Por mais que minha cabeça soubesse o que era o certo, a verdade é que meu coração desejava aquele quase-beijo.

Naquele momento, eu tive certeza do que devia fazer.

Assim que cheguei em casa, finalizei minha inscrição para a residência nos Estados Unidos.

24
Inevitável

ELA

Eu era jovem demais para lidar com a morte de alguém que amei mais do que a vida. Foi a essa conclusão a que cheguei em uma de minhas muitas conversas com Carol. Eu não tinha estrutura emocional para lidar com esse luto. Meus dias desde a morte de Analu se dividiam em dois estados mentais: completamente anestesiada da vida, vivendo fora de mim, observando o mundo de longe; ou afundada em uma tristeza sem tamanho, que me embrulhava o estômago e me explodia a cabeça.

Analu não estava mais neste mundo. Essa realidade me encontrava como uma pedra, vez ou outra, caindo sobre mim, esmagando toda vontade de continuar vivendo. Não importa quanto tempo passasse, Analu não voltaria. Ela não existiria mais em nenhum momento da história da humanidade. Pior, não existiria mais na minha história. O tempo passaria, mas minha Analu estaria congelada aqui, aos cinco anos. Eu jamais saberia o quão linda ela seria como adulta, as crises que passaria como adolescente, com quem se casaria e dividiria a vida. Analu não existia mais. Como um personagem de livro ou filme, ela seria a Analu de cinco anos para sempre.

Certa tarde, me encontrei sentada no banco de um parque, desenhando prédios como gostava de fazer antes do Pequeno Grande Momento de Alteração que me levou Analu. Eu tentava resgatar a normalidade, tentava voltar a fazer o mesmo que antes, mas nada era igual. Eu me lembrava de estar nesse mesmo parque, de ter me sentado nesse mesmo banco, quando ela estava viva. Eu olhei ao redor e tudo era o mesmo — as árvores continuavam do mesmo tamanho, os pássaros ainda cantavam, as pessoas passavam, os prédios estavam lá. Eu olhei para dentro de mim e tudo era diferente, absolutamente tudo. Eu não me reconhecia mais. Quase tudo o que fui morreu com Analu e o que sobrou ficou na cama com Caio. Essa Cecília andando pelo mundo, tentando continuar a vida, era apenas uma carcaça. Mesmo cabelo, mesmos olhos, mesmo corpo, mas sua alma estava morta e enterrada.

Antes da morte de Analu, eu vivia uma vida confortável e simples. Minha fé parecia madura e eu me sentia crescendo nela. Com o golpe de não mais a ter, percebi que tudo não passava de vã filosofia. Pó de ideias. Nada que tivesse raízes no meu coração. Foi tão fácil deixar de acreditar, tão natural. Tão simples jogar tudo para o ar. No começo, foi uma ótima maneira de extravasar toda a minha raiva. Chutar um deus que eu não cria existir era minha maneira de lidar com minha dor. Mas, depois de um tempo, me encontrei mais vazia do que nunca, um defunto com pernas que funcionavam. Me sentia egoísta por estar respirando, desperdiçando o ar do mundo quando eu nem queria mais estar aqui.

Então vieram os Jones. Como uma única árvore florescendo e frutificando em meio a um deserto sem fim, os Jones se colocavam em minha vida como aberrações. Minha realidade, em preto e branco; os Jones, uma explosão de cores e vida. Eles eram como o Sol — distante, poderoso, quente. Assim como o astro, os

Jones geravam vida através do seu fogo interno, e não destruição. Por que pessoas tão distintas, tão raras, tinham interesse em mim, eu jamais conseguiria entender. Eu me sentia como uma doente sendo tratada por pessoas que nunca precisaram assoar o nariz. E a realidade é que no começo essa saúde me irritou, me fez gritar com Ian, me fez afastá-lo. Até eu perceber que não conseguiria mais continuar sem ele, sem o seu cuidado, sem a sua pureza.

Não satisfeito em me dar de si, Ian me deu também Carol. Ah, Carol. Como um anjo de luz, ela se colocava diante de mim, semana após semana, e eu vivia na expectativa desses momentos, como se todo o resto da vida fosse somente uma sala de espera até o nosso próximo encontro. Carol sempre começava com uma única pergunta: "como está seu coração, Ceci?". Era só isso que ela dizia, e partindo disso falávamos de morte e vida, de dor e alegria, de cor e penumbra. Como ela fazia isso eu não sabia, mas há tempos eu tinha parado de tentar explicar os Jones. Eles eram luz nas minhas trevas. Enquanto eles permanecessem comigo eu ficaria bem, eu tinha certeza disso.

— E como estão seus pais? — Carol disse, soprando o café que segurava nas mãos. Como boa americana, ela bebia várias xícaras por dia de um café aguado, sem graça, que eu apelidei de "chafé".

Eu sabia que essa pergunta se daria em algum momento de nossas conversas — e torcia para que demorasse mais. Mordi os lábios e engoli em seco. Olhando para o copo de suco nas minhas mãos, tentei visualizar o rosto dos meus pais. Vi os doces olhos do meu pai fechados, tentando segurar o choro. Vi o suave rosto da minha mãe contorcido de dor ao perceber a nova realidade da vida. Uma lágrima desceu dos meus olhos, mas Carol não retirou a pergunta. Agora olhando para mim, ela ainda esperava uma resposta.

— Eu não estou preparada para vê-los ainda.

— Já se passaram oito meses, Ceci. Tenho certeza de que eles sentem sua falta.

Oito meses depois e eu ainda me sentia tão vazia ao pensar em Analu quanto na primeira semana. Que diferença fazia o tempo? Minhas bochechas começaram a queimar. Por mais que eu gostasse de Carol, por vezes ela me deixava nervosa com suas perguntas, sua honestidade e seus versículos decorados sem fim.

Eu sabia que ver meus pais significaria não somente lidar com a dor profunda de ver minha casa vazia de Analu, mas também encarar a dor excruciante de confessar a eles sobre minha noite com Caio. Carol e eu falamos sobre confissão em um de nossos primeiros encontros e eu tinha entendido que relacionamentos baseados em segredos e mentiras não podem crescer. Por mais que eu odiasse a ideia de confessar meu pecado a eles, eu não queria basear nosso relacionamento em uma mentira. Por isso eu queria, e precisava, adiar minha visita o máximo possível.

— E se eu fosse com você? — Carol disse, pegando minha mão e quebrando o silêncio.

— À casa dos meus pais? Você... você faria isso?

Os Jones. Eu nunca os entenderia.

— *Absolutely!*[1] Eu posso pegar o carro do meu pai. Quando você estará livre da faculdade?

Pensei em mentir, em adiar. Contudo, uma hora ou outra eu teria que encarar a realidade. Ter Carol ao meu lado talvez me impedisse de me quebrar por inteiro no processo.

— Eu posso faltar essa sexta da faculdade e ficamos o final de semana todo. Posso te mostrar as belezas de Sampa! O que acha?

Carol sorriu com seus olhos azuis, como fazia sempre que percebia que o que ela tentava ensinar estava entrando em minha cabeça.

---

[1] Tradução: "com certeza".

Amanheceu sexta e eu fiquei na cama o máximo que consegui, até coloquei o celular no silencioso. Quanto mais eu dormisse, mais eu podia adiar esse final de semana difícil. Quando o relógio ao lado da cama marcou 11 horas, eu soube que não dava para evitar mais. Me levantei e comecei a arrumar as malas, jogando dentro da bolsa qualquer peça de roupa que encontrei. Afinal de contas, eu estaria com meus pais e Carol, então de que importava se eu vestisse uma calça amarela e uma blusa de oncinha?

Desci as escadas arrastando a mala atrás de mim. Toda vez que passava por essas escadas, meu estômago embrulhava um pouco, porque me lembrava do ralado na perna, da festa e de Caio. Dessa vez quase vomitei realmente, pensando na reação que meus pais teriam. Me posicionei do lado de dentro do portão, de maneira que ainda estivesse segura dentro da pensão, mas com vista para a rua para que pudesse ver o carro quando chegasse. O Sol estava quente. Fechei meus olhos como antigamente, sentindo o queimar do rosto, o esquentar da alma. Comecei a me lembrar de uma vida antes de tanta tragédia, de tanto arrependimento; uma vida leve e confortável, onde Deus existia e eu tinha apenas dezessete anos e um futuro lindo pela frente.

Absorta em mim, não vi o carro chegar. Quando abri meus olhos, dei um pulo de susto ao ver Ian Jones olhando para mim do outro lado do portão, o cabelo loiro brilhando ao sol.

— Oi, Ceci. Não achei justo te acordar do seu devaneio. Você estava sorrindo.

— Cadê a Carol? — perguntei quase desesperada. Tentei me acalmar. Ele provavelmente só estava ali para me dar uma carona até a casa deles, de onde Carol e eu iríamos para o meu final de semana fatídico. Carol e eu confessaríamos sobre Caio aos meus pais. Carol e eu. *Carol e eu...* Certo?

— Ela acordou com algum tipo de vírus, está fraca e indo ao banheiro constantemente. Não tinha condições de viajar. Mas você conhece a Carol. Ela se sentiu horrível por te abandonar nesse momento, então me enviou como substituto. Ela tentou ligar, mas você não atendeu... — ele disse sorrindo. Eu me perguntei se ele sabia o que esse final de semana implicaria e para o que exatamente tinha se voluntariado.

Não, eu não levaria Ian comigo, de maneira nenhuma. Absolutamente não.

Mas ele segurou minha mão em uma das suas e com a outra pegou minha mala. Levemente, começou a me guiar rumo ao carro. No caminho, começou a falar sobre as músicas que sua família gostava de cantar no Natal, e eu fiquei distraída com sua beleza e sua doçura. Quando dei por mim, já estávamos na estrada.

25

Não era sobre você

ELE

Quando Patrícia se foi, eu me lembro de ter ficado extremamente zangado com Deus. Eu me perguntava por que ele tinha permitido tal coisa, por que tinha levado uma vida tão nova, tão promissora. Passei por várias emoções difíceis naqueles meses, desde raiva até culpa, sentimentos que eu nutria por Deus e também por mim mesmo. Contudo, em nenhum momento, nem por um segundo sequer, eu duvidei que Deus existisse. Por mais que, por vezes, eu não conseguisse confiar a ele meu futuro, eu ainda cria que ele era real.

E talvez por isso eu tivesse tanta dificuldade em entender o luto de Cecília.

Nossa viagem foi rápida e tranquila; conversamos sobre várias coisas, desde as provas da faculdade até filmes da Sessão da Tarde. Mas, conforme chegávamos mais perto da rua em que seus pais moravam, eu pude notar a mudança de humor. Uma nuvem negra se instalou sobre sua cabeça, e era tão real que eu quase podia tocá-la. Cecília empalideceu e eu notei que ficou

muito mais quieta. Busquei respeitar seu silêncio. Quando viramos a esquina da rua certa, ela quebrou.
— Eu não posso fazer isso.
Estacionei o carro e olhei em sua direção. Cecília parecia uma menina desesperada que estava prestes a encarar um monstro embaixo da cama. De certa forma, eu entendia esse medo. Voltar para um lugar que era familiar pela primeira vez após a morte de alguém era extremamente dolorido. Me perguntei se devia manter minha guarda, mas decidi que era preciso deixá-la cair por um momento, pelo motivo maior, mais nobre, de ajudá-la.
Colocando minha mão na dela, eu disse:
— Você não está sozinha.
Chegamos à porta e Cecília ainda estava praticamente congelada. Apertei o interfone e ouvi a voz de Tereza nos mandando entrar e abrindo o portão. Assim que o portão se abriu e Cecília viu o interior da casa, desabou em lágrimas. Sem saber o que fazer, fiquei apenas observando por um tempo. Quando meu cérebro resolveu funcionar, pensei em abraçá-la, mas Tereza chegou mais rápido do que eu pudesse pensar e abraçou Cecília, que se derreteu como um bebê no colo de sua mãe.
A tarde foi difícil. Eu me senti completamente alienado, como um estranho que seguia Cecília como uma sombra. Seus pais foram gentis, mas claro que o foco estava em fazê-la se sentir bem. Decidiram que seria saudável que, logo de cara, eles caminhassem cômodo por cômodo. Cecília apertou a mão de seu pai e eles foram à frente, eu atrás. Eu podia ouvir seus altos suspiros e lágrimas, e não sabia o que fazer para ajudar. Depois de um tempo acompanhando-os, me reduzi a ir para a sala e esperar.
Comecei a me perguntar o que eu realmente estava fazendo ali. Carol, sim, teria sido de grande ajuda, ela sempre sabia o que dizer. Mas eu? Eu era só um estranho que estava invadindo um momento extremamente delicado e pessoal. Pensei se devia ir embora, talvez eles só notassem no dia seguinte. Mas não

achei justo. Se Carol me enviou com Cecília é porque ela tinha motivos fortes.

Ouvi da sala quando Cecília chorou tão alto que foi quase um grito. Me levantei rapidamente e quase comecei a subir as escadas, quando vi o pai dela que veio do corredor e acenando negativamente com a cabeça para mim. Percebi que eu não sabia o seu nome. Voltei ao sofá, sem entender nada, me sentindo mais desajustado e envergonhado do que antes. Seu pai veio depois e me explicou, baixinho, que elas estavam no quarto de Analu. Cecília chorava alto e a cada segundo que se passava meu desespero aumentava e minhas entranhas se corroíam. Lembrei de Patrícia e da dor que eu mesmo sentia por sua falta, e não consegui evitar uma lágrima de descer.

Senhor, por que precisamos enfrentar tanta dor neste mundo?

Uma frase que li em um livro na época do meu próprio luto voltou à minha cabeça, como uma resposta divina sussurrada aos meus ouvidos: "Deus também tem cicatrizes".

Não vi mais Cecília durante aquele dia todo. Ela ficou no andar de cima da casa com seus pais, e eu, no sofá. Vez ou outra, seu pai descia e me explicava que ela ainda estava lidando com a dor, que provavelmente desceria em breve, mas ela nunca desceu. Eduardo, descobri que era esse seu nome, me guiou até o quarto da própria Cecília onde aparentemente eu ficaria por aquela noite, já que ela tinha escolhido ficar com sua mãe. Eduardo dormiria no sofá. Ele era um homem muito gentil, de olhos doces e verdes, e eu podia ver muito de Cecília nele. Eu podia também ver, em seus olhares confusos vez ou outra, que ele se perguntava o que eu estava fazendo ali tanto quanto eu. Suspirei fundo antes de me deitar e, olhando para o teto, orei e pedi a Deus que me mostrasse a resposta para a pergunta que tanto eu quanto Eduardo estávamos fazendo.

Quando desci para o café, encontrei uma Cecília de pijamas e olhos inchados tomando chá. Quando me viu, sorriu com os olhos por detrás da xícara.

— Bom dia, Ian. Dormiu bem?

Até que eu tinha dormido, para alguém com tanta confusão na mente.

— Sim, obrigado.

— Está com fome?

Puxei uma cadeira e me sentei de frente a ela. Cecília ainda era linda, mesmo pela manhã, especialmente com a luz do Sol refletindo em seu rosto. Peguei uma torrada e comecei a passar requeijão. Eu podia notar olhos verdes seguindo cada movimento meu.

— Sua cama é muito confortável.

Assim que o disse, senti que o comentário era idiota, mas Cecília riu. Eu podia perceber, entretanto, que era um riso pesado, carregado ainda do sentimento de tristeza que pairava sobre sua cabeça.

— Onde estão seus pais?

— Eles têm um projeto com uma ONG local todo sábado de manhã.

— Que bacana, que tipo de ONG?

Cecília se levantou e foi colocar a xícara na pia. Ao voltar, me encarou com profundidade.

— Ian, eu preciso te confessar uma coisa.

Me encostei na cadeira e engoli seco. Cecília pausou, como se esperasse uma resposta, mas eu preferi me calar.

— A Carol tinha um motivo específico para vir comigo neste final de semana, não era só para visitar meus pais.

— Sim, eu sei — respondi. — Ela seria um auxílio nesse momento difícil de voltar à sua casa. Ela me contou.

— Não era só isso.

Não era? O que mais poderia ser?

— Ian, eu não sei por que a Carol te enviou, eu acho que ela achou que eu precisasse de ajuda para fazer o que eu vou fazer e realmente preciso! — Ela falava de forma confusa. — Mas... Sinceramente? Só tem uma coisa que eu quero menos do que fazer isso, e seria fazer isso com você aqui.

— Cecília, eu não estou entendendo nada.

Cecília respirou fundo, frustrada. Se comigo, com Carol, consigo mesma ou com todos, eu não sabia.

— Ian, eu vim aqui não só para me acostumar com a casa sem Analu. Eu vim também porque preciso... Confessar algo aos meus pais. Por favor, não me peça para explicar mais do que isso.

Ela se levantou rapidamente e me deixou na mesa, saindo para a sala. Eu não estava entendendo mais nada. Ela estava brava *comigo*? Frustrado, me preparei para ir atrás dela e confrontá-la. Mas Cecília voltou.

— Olha, desculpa. Isso não é culpa suà, nada disso é culpa sua. Mas eu preciso que você vá embora. Eu vou ter que fazer isso sozinha. Desculpa mesmo.

E lá estava de novo a menina perdida, cujos olhos gritavam por ajuda. Mas a boca me mandava ir embora. Resolvi ignorar o pedido dos olhos e obedecer ao da boca.

Frustrado, fiz minha mala e fui embora.

— Você não tinha o direito de ter feito isso, Carolyn!

Sentada no banco do passageiro ao meu lado, minha irmã estava tão calma que você nem imaginaria, ao olhar para ela, a altura dos meus gritos. Escolhemos conversar no carro justamente para que nossos pais não escutassem.

— Ela precisava de ajuda, Ian.

— E o que você achou que ia acontecer, Carolyn? — Eu estava tentando me acalmar, mas não conseguia evitar chamá-la pelo nome inteiro. — Como é que *eu* ia ajudar?

Tentei respirar fundo e, olhando nos olhos da minha irmã, eu sabia que ela tinha boas intenções em me enviar em seu lugar.

Mas ainda assim eu estava furioso. Não só Carol tinha omitido de mim algo seríssimo, como tinha, depois, resolvido me contar da forma mais casual possível quando voltei para casa mais cedo que o combinado.

Ela não entendia como doía ouvir o que aconteceu entre Cecília e esse... cara? Carol só me contou o suficiente para que eu entendesse a reação de Cecília, sem nenhum detalhe a mais, e eu também não os pedi. Quanto menos eu soubesse, menos doeria. Mas eu estava com raiva. De Cecília, pelo que me atingia como uma traição, e de Carol, por trair a confiança de Cecília. Mas, principalmente, eu estava com raiva de mim, por ter me apaixonado por alguém quando tinha prometido para mim mesmo e para Deus que não o faria.

— Você chegou a pensar com que cara eu ia ficar, sentado ao lado dela, diante dos pais, enquanto ela contava que dormiu com algum cara? O que é que eles iam pensar? Que era comigo que ela tinha dormido? Ou... ou que eu era o novo namorado que aceitou ser traído?

Meu tom de voz aumentou e eu não consegui ouvir a resposta que Carol deu.

— O quê? — perguntei.
— Eu disse que não importa. Não era sobre você.

Carol olhou para mim com a firmeza e a doçura de uma mãe.
— Mas Carol! Pelos céus! Você não entende nada mesmo.
— Você gosta dela.

Senti meus olhos arderem. Carol pegou minha mão. Sim, eu gostava dela. Saber que ela tinha passado a noite com alguém depois de ter me conhecido doeu muito. Mas a possibilidade de ter que ouvir isso da boca da própria Cecília, na frente dos pais dela, não teria só doído. Teria sido humilhante. Como é que Carol não entendia isso?

— Ian, gostar de alguém é fazer o que é o melhor para ela, mesmo que doa em você. Eu achei que Cecília não conseguiria passar por esse final de semana sozinha, e não confiava em mais ninguém para ajudá-la além de você. Amor sacrificial, Ian. Foi isso que Jesus teve por nós. É isso que devemos ter. Que devemos ser.

Puxei minha mão de volta.

— Não! Não tente me fazer sentir culpado. Você não tinha o direito, Carolyn! Eu ficaria humilhado! Eu... Eu...

Carol abriu a porta do carro e saiu. Mas, antes de entrar na casa, ela voltou e, se abaixando para me encarar pela janela do carro, me disse firmemente palavras que arderam na alma:

— Ian, eu te amo. Mas talvez você deva mesmo se mudar para os Estados Unidos.

26
Simples assim

ELA

Era a segunda vez que eu expulsava Ian Jones de algum lugar. E a segunda doeu tanto quanto a primeira, se não mais. Eu pensei ser fraca demais e precisar dele, mas percebi que era forte o suficiente para preferir sofrer sozinha a arrastar Ian comigo nessa situação. Talvez eu estivesse amadurecendo.

Não muito depois de Ian ir embora, meus pais chegaram. Pensei em adiar, esperar mais, evitar. E adiantaria? Uma hora ou outra eu teria que me abrir com eles. Sempre tive um relacionamento muito aberto com meus pais, nunca escondi nada. Discordamos muitas vezes, mas eu sempre me senti segura para falar sobre o que estava vivendo e sofrendo. Em respeito a esse relacionamento que sempre cultivamos, decidi que era preciso me abrir. Não dava para esperar mais. Eu precisava internalizar tudo o que Carol tinha tentado me ensinar nesses últimos meses e ser uma pessoa melhor. Por Analu.

Pedi que eles se sentassem à mesa comigo e servi chá a todos. Quem sabe aquecer o corpo de alguma maneira não aqueceria também a alma? Eu me sentia fria por dentro, tremia por fora e sabia que meus pais podiam perceber meu nervosismo. Talvez por isso não disseram nada enquanto eu não comecei.

— Eu... Eu preciso confessar uma coisa para vocês.

Meu pai engoliu uma boa parte da xícara de chá, enquanto minha mãe permaneceu congelada, quase sem respirar.

— Desde que Analu se foi... bem... o fundo do poço. Eu não disse nada para vocês porque eu sabia que se preocupariam.

— Ah, querida — mamãe disse, segurando minha mão. — Nós...

— Me deixa terminar, por favor.

Um silêncio amargo pairava no ar. Meu pai estava inquieto e minha mãe com um ar culpado. Como eu poderia fazer eles entenderem que nada disso foi culpa deles? Que era tudo culpa minha, e minha somente? As lágrimas que eu tentei segurar começaram a descer quentes.

— Eu fiz muita coisa errada nesse tempo.

Eu queria não ter que dar detalhes, mas sabia que só poderia me sentir realmente curada e pronta para seguir em frente se eles soubessem exatamente o que aconteceu. De onde estava vindo essa força para fazer o que era certo?

— Bebi, fui em festas, e... Sabe, eu poderia culpar a Deus, poderia culpar a morte da Analu, poderia culpar o Caio. Mas não, eu preciso assumir a responsabilidade do que eu fiz, eu preciso, eu...

As lágrimas vieram com força e eu não conseguia mais falar. Comecei a chorar descontroladamente e, por mais que eu tentasse me segurar, que eu quisesse terminar, não conseguia.

— Caio e eu, quer dizer, Caio foi... Eu...

Meu pai se levantou e virando as costas para mim saiu pela porta da cozinha. Comecei a chorar ainda mais descontroladamente. Minha mãe ficou parada por um tempo. Eles deviam me odiar. Eu já me odiava. Como pude fazer isso com eles que sempre me criaram tão bem, me ensinaram o que era certo? Como pude, especialmente agora, quando eles já estavam sofrendo tanto? Eu queria sumir, queria que Deus me levasse. Poucas coisas são mais pesadas na alma do que o luto, e a culpa era uma delas. Esse momento quase me doeu mais do que perder minha irmãzinha.

Coloquei o rosto entre as mãos e me esforcei para respirar. Ouvi meu pai voltando e sentando-se na cadeira que tinha deixado vazia. Eu não conseguia olhar para ele. De repente, ouvi sua doce voz quebrando o silêncio.

— "Visto que continuavam a interrogá-lo, ele se levantou e lhes disse: Se algum de vocês estiver sem pecado, seja o primeiro a atirar pedra nela. Inclinou-se novamente e continuou escrevendo no chão."

Levantei os olhos devagar. Do que ele estava falando?

— Você está ouvindo, Ceci? Escuta: "Os que o ouviram foram saindo, um de cada vez, começando com os mais velhos. Jesus ficou só, com a mulher em pé diante dele. Então, Jesus pôs-se de pé e perguntou-lhe: 'Mulher, onde estão eles? Ninguém a condenou?'. 'Ninguém, Senhor', disse ela. Declarou Jesus: 'Eu também não a condeno. Agora vá e abandone sua vida de pecado'."

Meu pai agora me encarava com seus grandes e doces olhos verdes, um sorriso enorme no rosto, a Bíblia repousando embaixo das mãos.

— Ah, meu amor. O que eu posso dizer? Se Jesus não te condena, eu também não te condeno.

Olhei descrente para minha mãe que, com lágrimas nos olhos, também sorria para mim. Devagar, ela se levantou e, segurando-me pelos meus cotovelos, me levantou também. Os dois me abraçaram e choraram sobre mim. Juro, senti como se um peso caísse dos meus ombros. Seria mesmo possível? Eles não estavam bravos? Não me odiavam? Minhas pernas começaram a ceder, e caímos juntos ajoelhados no chão. Em meio ao nosso abraço quente e cheio de lágrimas, eu balbuciei:

— Me perdoem! Eu sinto tanto, tanto!

Meu pai sussurrou de volta em meu ouvido:

— Não condene a si mesma, meu amor. "Vá e não peque mais", Jesus disse. Simples assim.

Simples assim. Seria possível? Simples assim?

Por mais que meus pais tivessem sido incrivelmente bondosos, eu ainda me sentia pesada. Percebi que eu ainda não tinha confessado a todo mundo, tinha uma outra pessoa que também precisava ouvir meu pedido de perdão.

Minha mãe dirigiu comigo até o cemitério e, quando chegamos à porta, perguntou se eu precisava que ela entrasse. Mas era hora de fazer isso sozinha. Não era mais sobre mim, eu precisava deixar de ser egoísta. Bem, talvez finalmente o que as outras pessoas fizeram por mim estivesse tendo efeito em mim.

Respirei fundo e saí do carro. Era um dia ensolarado, muito diferente dos filmes em que as cenas em cemitérios são sempre chuvosas. Era irônico que o dia estivesse tão quente e colorido enquanto eu estava tão fria e cinzenta. A cada passo que dava para mais perto do túmulo, meu coração pesava no peito. Eu tentava seguir as direções que minha mãe tinha escrito em um papel, mas eu o havia amassado sem querer com meu nervosismo e suor. Tentei abri-lo e ler novamente. Virar à direita depois do túmulo de azulejos azuis com dois anjos. Contar três, ela seria o quarto. Ela seria isto: um túmulo, uma pedra. Era a isso que tinha se reduzido o meu amorzinho.

Mal consegui chegar ao quarto túmulo, quando caí de joelhos.

"Aqui jaz o corpo de Ana Luíza Marcondes Petri, nossa Analu. Ela, entretanto, está viva com Jesus, seu Redentor".

Lágrimas não vieram. Eu achei que esse seria o momento em que elas viriam com a maior força, mas não. Ajoelhada no concreto quente, encarando aquele pedaço de pedra, eu não consegui evitar crer. Não tinha como não crer. Uma certeza absurda me inundou. "Viva com Jesus". Como eu poderia não crer? Como eu pude evitar a verdade por tanto tempo? Passei os dedos pelas letras gravadas na pedra fria: "Seu Redentor".

Como uma onda brava, as memórias vieram. Analu viva, Analu morta. Ian Jones me segurando e orando por mim. Caio na minha cama. Minha culpa que quase me quebrou por completo. Meus pais me dizendo que não me condenavam. Qual era a linha que ligava todas essas experiências? Eu não tinha mais como evitar.

Comecei a ouvir como que um sussurro em meus ouvidos.

— *Eu sempre estive contigo, amada.*

Como eu não vi antes? Então, as lágrimas vieram como uma enxurrada. Ajoelhada, olhando para o céu ensolarado, me encontrei chorando e rindo ao mesmo tempo.

— Jesus? Jesus! Como eu pude não crer? Como eu pude ser tão cega?

Eu não sabia se as palavras estavam realmente saindo da minha boca ou apenas do meu coração, em uma conversa íntima com um Deus que agora se fazia tão real, mas tão real que eu quase podia tocá-lo.

— Me perdoa, me perdoa. Eu sou a mulher prestes a ser apedrejada, Jesus. Eu tenho tantos pecados! Eu... Eu te xinguei. Eu te chutei. Ah, Jesus me perdoa.

Então, a alegria em perceber a realidade de Deus se tornou em temor e eu senti todo o peso do meu pecado sobre meus ombros. Percebi que meu rosto estava encostado no concreto quente do chão. Me senti como uma pessoa suja, diante de um Deus tão limpo. Tive medo.

De repente, uma outra memória foi trazida à minha mente. Ian Jones chorando na quadra atrás daquela igreja, me contando sobre a sua própria sujeira. E as palavras que ele disse voltaram aos meus ouvidos, mas dessa vez em outra voz.

— *Ninguém está tão perdido que eu não consiga achar, amada.*

Então, ali estava eu. Finalmente eu tinha entendido o que passara a vida ouvindo e os últimos meses, ignorando. Jesus era real. Ele me queria apesar de tudo o que eu fiz, de tudo o que eu era. Ele me queria. Ele não me condenava.

Ah, a ironia! Ali, no chão quente de um cemitério, eu finalmente encontrei a Vida.

27

Maré quente

ELE

No meu quarto, eu chorei. No silêncio da noite, eu chorei. As palavras de Carol tinham doído porque eu sabia de onde elas vinham. Eu estava sendo egoísta com Cecília, minha irmã tinha razão. Mas o que eu podia fazer? Desde que ela entrou com seu lindo rosto confuso na Biblioteca Municipal, minha vida ficou de cabeça para baixo e eu já não sabia lidar com tudo isso de maneira sensata e madura. Eu tinha amado uma vez e, para mim, tinha sido suficiente. Eu não precisava amar de novo. Mas Cecília veio e Deus mudou meus planos. Desde os abraços no hospital até as cartas, as risadas e o quase-beijo no jogo do Arthur, essa menina me tinha na palma das suas mãos. Como em um jogo de autoflagelação, eu, mais uma vez, me encontrava amando alguém que eu não podia ter.

Então, chorei amargamente por mais um futuro que eu não viveria.

Se Cecília não era uma opção, eu precisava encarar a realidade. Me levantando, tentei alcançar o envelope dentro da gaveta da escrivaninha sem fazer barulho. Quando o encontrei, saí do quarto devagar, evitando acordar James.

Tentei chegar ao banheiro sem esbarrar em nada. Em uma casa com tanta gente, qualquer barulho no meio da noite era garantia de alguém acordar. Fechei a porta atrás de mim e encarei o envelope em minhas mãos. Fazia três dias que eu o tinha encontrado em meio a contas e papéis de propaganda dentro da caixa de correspondências, mas não tive coragem de abrir.

Deus, agora é a hora. Me dê paz quanto ao que estiver escrito nessa carta, por favor.

Silêncio total, a não ser pela minha respiração. Quanto mais eu encarava o envelope na minha mão, mais uma paz começava a me inundar. Abraçando o envelope contra o peito, eu disse baixinho *"Pai, meu futuro é teu"* e rasguei o lado do papel.

> *O Hospital St. Mark tem o prazer de informar que sua inscrição para Residência em Pediatria foi aprovada! Aguardamos a sua vinda no começo do outono para o início das aulas.*

Acordei sendo empurrado, cutucado e abraçado.

— Que raios?

Consegui identificar quem me atacava por causa dos cabelos loiros e compridos que entravam na minha boca.

— Carol, o que você tá fazendo?

Se essa era a maneira que minha irmã escolhera para se desculpar pela noite passada, ela estava começando mal.

— Aconteceu, Ian! Aconteceu! — Lágrimas desciam por seu rosto e um sorriso gigantesco iluminava suas feições. — Ah, *praise God*![1]

---

[1] Tradução: "Deus seja louvado".

Colocando os braços embaixo de mim mesmo, tentei me sentar na cama, desvencilhando-me do abraço molhado que me envolvia. Carol levantou e começou a andar pelo quarto, de um lado para o outro, ainda com um rosto abobalhado.

— Do que você tá falando?

— Cecília! No chão de um cemitério, você consegue acreditar? De todos os lugares no mundo! Deus é muito criativo mesmo, ele deve estar sorrindo e achando graça em tudo isso!

Tudo começou a fazer um pouco de sentido. Mas seria possível? Me levantei e, colocando as mãos na cintura de Carol, fiz ela se virar para mim e parar o seu andar apressado. Focando em seus olhos, eu permaneci com meu olhar inquisidor. Carol deve ter percebido que eu ainda não tinha total clareza do que ela dizia e finalmente parou, respirou fundo e colocou meu rosto entre as suas mãos longas e frias.

— O Senhor a encontrou, Ian. Finalmente, ele a encontrou.

Talvez Deus estivesse rindo, realmente, mas deveria ser de mim.

Um sentimento misto e poderoso tomou conta do meu ser. Lágrimas de gratidão começaram a rolar e eu me perguntei quanto delas também eram lágrimas de desespero. Seria possível que Jesus tivesse chamado Cecília para si, meu maior desejo dos últimos meses, justamente no mesmo dia em que me deixou claro que meu futuro seria em outro país? A ironia de tudo me deixou pesado e tonto, e precisei me sentar.

— Ian, você está bem? — A voz da minha irmã parecia distante.

O que eu faria? Era tarde demais para cancelar minha inscrição. Será que eu estava destinado a nunca ter o que desejava? Ignorando a voz de Carol atrás de mim, corri ao banheiro, escovei os dentes da forma mais automática possível, coloquei uma camiseta, desci as escadas rapidamente e, pegando as chaves em cima da mesa da cozinha, saí.

Dirigir sempre me ajudou a pensar e eu precisava processar o que estava acontecendo. Nem sei quantas placas de "Pare" eu estava ignorando, apenas torcia para não causar um acidente. Minha mente estava tão nublada que era difícil pensar com clareza. Meu celular começou a tocar, eu nem tinha notado que o havia trazido. O nome na tela me trouxe foco imediato, como em um susto. Parando o carro no estacionamento de uma farmácia, respirei fundo antes de atender.

— Ian! Que bom que você atendeu — a voz de Cecília fez um calafrio subir pela minha espinha. Era como se todos os sentimentos que eu afoguei dentro de em mim desde a morte de Analu, tentando respeitá-la, tentando cuidar dela, tentando fazer o que era certo, tivessem acordado com força total.

— Oi... — foi tudo que saiu, engasgado.

— Ah, Ian! Você nem vai acreditar!

Estava realmente difícil de acreditar. Todas as barreiras que antes existiam entre eu e minha felicidade pareciam ter caído, com exceção, claro, da minha mudança para os Estados Unidos. Cecília agora era de Cristo e nada mais me impedia de estar com ela. Exceto, obviamente, minha estúpida, maldita mudança para os Estados Unidos.

— Onde você tá?

— O quê? Onde eu tô? Na rodoviária, acabei de chegar. Mas escuta! Eu preciso te contar uma coisa!

— Eu sei. Mas seria melhor me contar ao vivo. Posso te buscar?

Silêncio e hesitação.

Eu não tinha considerado uma outra possibilidade. Talvez Cecília não gostasse de mim dessa maneira. Nesse caso, mesmo que não houvesse jugo desigual nem Estados Unidos, eu ainda não a teria. A possibilidade me atingiu como um soco no estômago.

— Eu... ia amar.

Aquela resposta doce me inundou como uma maré quente acalmando tudo em mim. Céus, meus sentimentos realmente estavam fora de controle. Eu queria ser sensato, queria fazer o certo, mas a possibilidade de ser feliz que se abria, finalmente,

diante de mim, tirou toda a minha razão. Então, decidi ir com essa maré e ver para onde ela me levaria. Decidi ir rumo à Cecília e agarrar com todas as minhas forças minha chance de ser feliz.
— Estou a caminho. Me espera.

28

Mais forte que o tufão

ELA

Inferno. A ideia da minha pele queimando em eterno desespero, um eterno doer, me deixava atordoada. Ao redor de mim, pessoas tão incrivelmente desesperadas quanto eu, seus gritos eternos em minha cabeça. Uma eternidade no escuro. Ou será que seria claro, uma vez que teria fogo? A ideia do inferno me acordava no meio da noite quando eu era mais nova e eu corria suada para o quarto dos meus pais, tentando encontrar embaixo da coberta deles refúgio de imaginar tais tormentos.

Agora, naquele ônibus de volta para a minha vida normal (e completamente diferente), eu me perguntava por que os pregadores que ouvi a vida toda gritavam tanto sobre o inferno quando o que realmente me levou a colocar minha fé em Deus tinha sido algo tão absurdamente contrário — sua bondade. Não que o inferno não fosse real ou necessário. Mas será que não deveríamos ouvir tanto sobre a beleza de Deus quanto sobre os terrores de sua ira? O medo do inferno nunca foi suficiente para me fazer abandonar meu amor por mim mesma, meus desejos e prazeres. Mas entender a beleza do amor de Jesus? Ah, me tirou do chão e me levou rumo aos céus, ainda na terra.

O ônibus sacolejou ao passar por um buraco e meus pensamentos voltaram à realidade. Notei que o rapaz sentado ao meu lado estava me olhando e, percebendo meu olhar em sua direção, disfarçou. Ele era bonito, com feições fortes. Voltei a olhar para frente, mas ele decidiu puxar conversa.

— Você está gostando desse livro? — ele disse apontando com os olhos minha cópia de *As primaveras*, de Casimiro de Abreu, que estava visível dentro da minha mochila aberta. Meses atrás, eu havia alugado o livro da Biblioteca Municipal simplesmente porque as mãos de Ian o haviam tocado. Já que havia perdido o prazo de devolução há tanto tempo, eu preferia ser vista como uma criminosa que havia roubado o livro da biblioteca do que enfrentar a vergonha de ter que voltar lá com um atraso tão grande.

Como um relâmpago repentino, as palavras que eu tinha lido nesse livro meses atrás voltaram à minha mente.

> *Que pode haver de maior do que o oceano*
> *Ou que seja mais forte do que o vento?*

O poema de Casimiro, que há tantos meses me significou uma lembrança superficial de uma religião que eu apenas confessava com a boca e sem o coração, agora significava tudo. Eu agora cria na resposta da mãe do poeta de todo o meu coração.

> *Um ser que nós não vemos,*
> *É maior do que o mar que nós tememos,*
> *Mais forte que o tufão, meu filho, é Deus.*

O rapaz ainda aguardava uma resposta. Eu reconhecia o olhar que ele me dava, o mesmo que Caio tinha em seu rosto atraente pouco antes de usar meu corpo intoxicado de álcool para seu próprio prazer egoísta. Há dois dias, eu talvez tivesse respondido ao seu flertar com um sorriso provocativo e sentiria meu ego se inchar com o privilégio da atenção de um cara tão bonito. Mas agora eu me importava em agradar um Ser mais forte que o tufão. De alguma maneira, essa era minha nova realidade. Eu não queria desagradar ao Deus tão bom que me aceitou depois de tudo o que eu fiz.

Eu podia, claro. Meu corpo ainda formigava com o pensamento do flerte, meus olhos percebiam os músculos desse rapaz e meu nariz sentia seu cheiro amadeirado. Eu podia fazer o que teria feito no passado. Surpreendentemente, dessa vez eu não queria.

— Sim, é um ótimo livro — respondi, enquanto me abaixava para encontrar meus fones de ouvido na mochila bagunçada.

Quando eu os coloquei nos ouvidos, o rapaz pareceu perceber a dica e me deixou em paz.

Eu vi o carro cinza virando a esquina da rodoviária e senti meu coração palpitar um pouco. Eu estava tão animada sobre o que Deus tinha feito por mim junto ao túmulo de Analu que queria gritar para o mundo ouvir. Os primeiros a ouvirem a notícia foram meus pais, que choraram, me abraçaram e louvaram a Deus em alta voz pela ovelha perdida que ele tinha trazido de volta ao lar. Carol foi a próxima, e eu ouvi seus gritos do outro lado do telefone, com seus muitos *"praise God"*. Ian seria o quarto a saber.

O carro parou bem na minha frente e Ian desceu. Assim como com o rapaz no ônibus, eu percebi que o Espírito de Deus habitando em mim não me cegava para a atratividade dos homens ao meu redor. Ian era lindo. Talvez a beleza realmente estivesse nos olhos de quem vê. Possivelmente, para o resto do mundo, ele fosse normal e menos obviamente lindo do que o musculoso-cara-do-ônibus. Mas, para mim, Ian Jones era um rapaz absolutamente excepcional. Ele sorriu para mim com aquele tipo de sorriso que te faz imaginar seu nome ao lado do dele em um convite de casamento.

Então, eu ouvi uma voz interna, clara como o som dos ônibus ao nosso redor:

—*Você me ama mais do que a ele?*

Com uma certeira noção de que não tinha sido somente minha consciência sussurrando, percebi que minha nova fé aparentemente vinha acompanhada de diálogos internos com a Divindade. *Se eu te amo mais que a ele? Bom, sim, eu creio que sim, mas... o que isso quer dizer?*

— Ceci? Posso te ajudar ou não? — Ian diz, os olhos azuis me interrogando e olhando para a minha mala.

— Ah, claro! Desculpa. Obrigada!

Sento-me no banco do passageiro ainda tentando entender o que Deus estava dizendo. Ian se manteve em silêncio e, ainda que ele geralmente tivesse esse olhar de quem está segurando muitos pensamentos dentro de si, naquele momento ele parecia mais reservado do que o normal.

— Você sabe chegar na minha casa daqui? — eu pergunto, tentando quebrar a tensão.

— Sei, sim. Mas eu estava pensando... Você toparia ir comigo em outro lugar?

Olhei para ele com grande curiosidade. Já era bastante fora do comum que Ian quisesse estar sozinho comigo em um carro, mas irmos a algum lugar juntos? O que estava acontecendo? Comecei a imaginar vários cenários negativos. Será que tinha acontecido alguma coisa e ele queria me contar? Carol estava bem? Ou será que... Não. Será que ele estava namorando e, sabendo da minha queda por ele, resolveu que o certo seria me contar pessoalmente? Meu coração pesou no peito com o pensamento dessa possibilidade e ouvi novamente Deus me perguntar:

— *Cecília, você me ama mais do que a ele?*

— Está tudo bem? — arrisquei. Talvez ele parasse com aquela tortura e me dissesse bem ali o que estava acontecendo.

Outro pensamento negativo me encontrou. E se Carol tivesse contado a Ian sobre Caio, tentando explicar a confusão toda do final de semana, e agora ele me odiasse? Meu estômago começou a embrulhar. Será que ela teria feito isso? Será que teria contado uma história que não a pertencia? Ian não respondeu pelo que pareceu uma eternidade.

— Sim, mais do que bem. — E veio o sorriso que faz imaginar o nome dos seus futuros filhos.

Me acalmei. Aparentemente, o que ele queria me contar seria... positivo. Tentei agir naturalmente o resto do caminho, sem perguntar nada mais. Ian pareceu confortável no silêncio e eu decidi tentar fazer o mesmo.

Chegamos a um parque. Ian abriu a porta para mim e estendeu a mão para que eu saísse do carro. Céus, cavalheirismo, olhos claros brilhantes e cabelo ondulado: esse menino era tudo no mundo.

Caminhamos em silêncio até chegarmos à entrada do parque.

— Você vai me dizer o que está acontecendo?

— Boas coisas aguardam os que sabem esperar... — Maldito sorriso.

Chegamos ao topo de um morrinho, onde já não estávamos acompanhados de corredores e ciclistas. Ian parecia animado e nervoso ao mesmo tempo. Eu podia perceber que seja lá o que fosse que ele quisesse dizer, ele não tinha tanta certeza se devia. Viramos a esquina de uma árvore e ele apontou com a mão para que eu me sentasse em um banco. Sentei-me e, quando olhei para frente, encontrei a mais linda vista diante de mim. De onde estávamos, podíamos enxergar fundo no horizonte da cidade, em que todos os prédios e casas viravam uma linda silhueta contra o Sol.

— Carol me disse que você gosta de desenhar prédios, achei que ia gostar de saber desse lugar.

Seu sorriso foi cortado pelo barulho do celular vibrando no seu bolso. Eu pude ver rapidamente o nome na tela, ainda que ele tenha tentado esconder. "Big sis". Ian apertou o botão que ignorava a chamada.

Com o alaranjado do Sol em seu rosto, Ian Jones era a perfeição encarnada. Ele mordeu o lábio e continuou seu diálogo na voz mais doce que eu já tinha ouvido.

— Bom, agora que eu te trouxe até aqui e te mostrei o que eu queria... O que é que você queria me dizer no telefone?

Como é que eu começava a explicar? Minha mente estava turva com a beleza do lugar, a beleza de tudo que Ian era e, sinceramente, a beleza de Jesus parecia... menor, levemente diminuída, talvez, em comparação.

— Ele me achou. Jesus, quero dizer — tropecei nas palavras. — No túmulo da Analu.

Um sorriso gigantesco ocupou todo o rosto de Ian. Eu pude ver o olhar furtivo que deu em direção à minha mão e me perguntei se ele planejava segurá-la.

— Tenho que confessar que Carol já tinha me contado. Ah, Ceci, eu nem sei como explicar a alegria que estou sentido, nem tenho palavras... Acho que tudo que posso dizer é "bem-vinda à família"!

Família. A sensação de fazer parte da família de Deus me encheu de um aconchegante calor. Eu, uma moribunda comendo as migalhas que caíam da mesa, agora tinha sido convidada a me sentar ao lado do Pai. Me imaginei em um salão gigante, dourado pela luz das velas ao redor de uma mesa cheia de guloseimas, com belos e lindos pratos extremamente apetitosos ao paladar. Olhei para o lado e, em meio ao barulho de risadas e música, vi meus pais, Carol, Arthur, Ian e... Analu. O pensamento encheu meus olhos de lágrimas. A beleza de Jesus, da sua graça, do sacrifício que comprou meu lugar à mesa, voltou à minha mente com força.

Então, senti um enlaço quente ao redor de minha mão. Aparentemente, Ian finalmente tinha decidido segurá-la.

Seu sorriso agora era mais do que apenas algo que me fazia derreter. Agora ele era uma carta que trazia em si uma mensagem muito clara. Pela primeira vez desde que nos conhecemos, eu não precisei me perguntar se Ian Jones gostava de mim. Seus sentimentos estavam pintados em seu rosto como um quadro tão bem desenhado que era impossível confundir a mensagem do pintor.

Seus olhos me declaravam seus sentimentos ao mesmo tempo em que me perguntavam: "você sente o mesmo?".

E então, pela terceira vez, eu ouvi o Salvador dizer:

— *Querida, você me ama mais do que a ele?*

29

Ponderar por quê?

ELE

— Você sabe que Carol não me chamaria aqui se a coisa não estivesse tensa, Indiana.

Arthur tinha esse dom de falar de assuntos sérios enquanto fazia coisas superficiais. Aquele papo todo de "nosso corpo diz o que as palavras não dizem" não funcionava com ele. Naquele momento, por exemplo, as palavras de Arthur me diziam que ele estava preocupado comigo, mas seu corpo estava jogado na minha cama, enquanto despretensiosamente jogava minha bola de tênis na parede, pegando e jogando de volta vez após vez. Irritado com aquele barulho, peguei a bola e a joguei debaixo da cama.

— Ei!

Ao contrário de Arthur, meu corpo dizia o que minhas palavras silenciavam. Ele percebeu meu olhar de irritação.

— Relaxa, Indiana. Céus.

— Eu realmente não preciso de mais uma pessoa na lista de gente me condenando.

Desde que sumi por algumas horas no dia em que Carol me contou da conversão de Cecília, ela me dava olhares de reprovação toda santa vez que me via. Cecília contou para ela de nossa manhã no parque e de como meus sentimentos ficaram claros em meu rosto, ainda que minha boca nunca os tivesse confessado de fato. Provavelmente também tenha contado que foi ela quem se levantou e decidiu continuar andando, provavelmente para evitar o beijo que eu provavelmente teria iniciado.

— Está cedo demais, você está sendo precipitado! — Minha irmã havia me dito em inglês, idioma que ela só usava quando estava extremamente feliz ou extremamente irritada. Precipitado? Será que ela tinha noção de por quanto tempo eu sufoquei esses sentimentos, evitando-os?

E agora Carol havia recrutado Arthur para o Time dos Desapontados com Ian.

— Eu não estou te condenando, cara. Só estou tentando te fazer pensar de maneira mais sóbria. Eu sei como é estar com os pensamentos enevoados por causa de sentimentos.

Quis rir alto. Não, ele não sabia. Arthur nunca teve namorada, nem sequer tinha paixonites. As meninas, essas sim, caíam aos seus pés. Afinal, ele era atlético, engraçado, bonito. Mas Arthur nunca ligou. Ou será que...? Bom, isso não me importava no momento. Voltei o foco para mim.

— Me diz o que raios pode estar errado em demonstrar meus sentimentos pra ela? Agora ela é de Cristo, está claro no rosto dela! Eu também sou. Ela é solteira, eu também sou. Ela é adulta, eu também sou.

— Grande coisa! A pergunta é: é isso que Jesus quer de você? O resto que se exploda, Indiana!

Ora essa, e por que Jesus não iria querer? Cecília era dele, eu também era. Ela era solteira, eu também era. Ela era adulta, eu também era. Não tinha por que Jesus não querer; tudo se alinhava. Ele me mandou olhar para ela como ele olhava, e eu o fiz. Eu cuidei dela, me preocupei, até mesmo me afastei quando ele mandou. Agora a porta estava aberta, nada me impediria.

— Sabe o que eu acho? Eu acho que você não quer orar sobre isso porque está com medo de Deus dizer não. Você escolheu por si mesmo o caminho que vai tomar.

Revirei os olhos. Por que é que todo mundo tinha se virado contra mim? Isso não fazia sentido nenhum! Será que não queriam me ver feliz?

— O que é que vocês querem de mim? — eu respondi, me levantando exasperado. — Querem que eu fique de luto, sofrendo a morte da Patrícia para sempre, é isso? Que saco!

Arthur suspirou fundo, provavelmente engolindo a resposta que queria dar. Se levantando, ele colocou a mão no meu ombro e apertou os dedos na minha pele.

— Pelo contrário. Você não entende, cara? Carol e eu não queremos é te ver chorando nesse quarto de novo por causa de um coração partido. A gente não quer ter que te assistir se quebrando mais uma vez quando a última quase te arruinou.

Senti as lágrimas quentes descendo pelo meu rosto. Junto com meus pais, Carol e Arthur foram as pessoas que mais me viram chorar quando Deus levou minha Patrícia para si. Eu entendia.

— Olha para mim, Indiana — me virei, tentando encarar meu melhor amigo. — Tempo, cara. É só isso que eu tô sugerindo, mais tempo! Espera um pouco mais, fica amigo dela primeiro; depois disso, se joga nesse amor todo que você diz estar sentindo…

Fechei os olhos, relembrando da realidade que me apertava o peito. Me desvencilhando dos dedos apertados de Arthur, fui até a gaveta da minha escrivaninha, peguei um envelope aberto e amassado e o joguei em cima da cama. Arthur o pegou, confuso, e, lendo a carta, me lançou um olhar surpreso.

— Eu não tenho mais tempo, cara.

As longas noites nos hospitais durante o meu internato me ajudavam porque entre milhões de pacientes e problemas eu não tinha tempo para pensar em nada. Mas pensar foi o que prometi a Arthur que faria — pensar na situação toda e só tomar uma decisão depois de orar muito. "E aí, se depois disso tudo, você decidir seguir em frente, eu vou te apoiar". Nem todo mundo tinha o privilégio de ter amigos como ele.

Durante uma das intermináveis noites no hospital, quando eu não tinha tempo para nada ao mesmo tempo em que cada hora parecia uma eternidade, recebi uma mensagem.

CECÍLIA

> Estou orando por você. Espero que a noite não seja muito longa! :-)
>
> 23h47

Pausei e sorri. Ponderar por quê? Eu sabia o que queria. Eu sabia como me sentia sempre que ela se sentava perto de mim nos cultos, ou que sorria em minha direção nas noites de discipulado com Carol, ou que me mandava mensagens dizendo orar por mim. Eu sabia o que queria e isso seria suficiente.

Me olhei no espelho uma última vez. O cabelo estava domado com um *spray* da Carol, as olheiras das longas noites no hospital foram amenizadas com o velho truque de botar uma colher gelada sobre elas e a camisa estava bem alinhada, ainda que eu tivesse arriscado passá-la sozinho.

Minha mãe queria tirar foto, coisa de mãe de americano, e eu tive que sorrir bonitinho em frente à parede mais bem conservada da casa. Meu pai sorriu, confiante na minha capacidade de decisão, ainda que tivesse passado horas orando por mim. James e minhas irmãs mais novas nem ligaram. Johnny ficou feliz quando mandei mensagem. E Carol... Bom, Carol ainda parecia desapontada. Mas eu sabia que ela iria mudar de ideia uma hora ou outra.

Pensei em dirigir sem o cinto de segurança, para evitar amassar a camisa que eu tão penosamente passei, mas decidi que quebrar a lei não era a coisa certa a fazer. Além disso, essa seria uma péssima noite para morrer. Parei no supermercado da esquina de casa e comprei o buquê de flores mais caro que eles tinham, mas era supermercado de vizinhança e o mais caro ainda era meio sem graça. Paciência, teria que ser suficiente. Coloquei a mão dentro do bolso do terno para garantir que a caixinha ainda estava lá. Liguei no restaurante francês cujo nome eu não sabia pronunciar para confirmar a reserva.

Tudo certo, nada poderia dar errado.

Quando cheguei na pensão, uma moça alta e morena abriu a porta para mim e me mandou esperar na sala. Depois disso, correu escada acima e eu esperei o que pareceu ser uma eternidade. Então, eu a vi descendo as escadas.

Com o cabelo solto e cacheado, um vestido rosa e salto alto, o sorriso e as sardas cobrindo o rosto todo, presenciei a coisa mais linda que já tinha visto na vida. E eu soube — não descansaria enquanto Cecília não fosse minha.

PARTE 3
O FIM

30
Grande Momento de Alteração

— **VOCÊ ENTENDE** o que o texto está dizendo, Ceci?

Carol me encarava com aquele olhar de mãe. Nessas horas, eu esquecia que ela era apenas sete anos mais velha que eu. Seus cabelos loiros e lisos presos em um coque davam a ela um ar mais velho, mais sábio. E isso eu sabia que ela realmente o era.

— Eu acho... — me corrigi antes de terminar a frase, lembrando-me de que Carol não gostava quando eu começava uma frase com "eu acho". — Quer dizer, olhando para o verso, eu penso que ele queira dizer que Deus é poderoso para fazer coisas que nos parecem impossíveis?

Terminei minha pseudoexplicação com um tom interrogativo porque quando se tratava da Bíblia eu achava muita coisa, mas tinha certeza de quase nada. Contudo, Carol não desistia de mim. Uma de suas sobrancelhas loiras se levantou, como que dizendo "continue":

— O texto diz "Bem sei que tudo podes" — continuei, obedecendo o olhar de minha discipuladora e amiga. — Sei lá, isso é meio óbvio. Ele é Deus, é claro que ele pode tudo.

Carol riu.

— Sim, é meio óbvio mesmo. Mas lembre-se do contexto: Jó tinha perdido praticamente tudo o que ele algum dia amou. Você não acha que seria um pouco menos óbvio para ele que Deus podia todas as coisas?

Imediatamente me lembrei de Analu. De seu sorriso escancarado e sua pele cor de chocolate.

— Eu acho que entendo o que você tá querendo dizer... Talvez Jó se perguntasse por que Deus não tinha impedido que ele perdesse tudo já que o Senhor podia todas as coisas.

— Exatamente. Então, talvez, para Jó, dizer "bem sei que tudo podes" tenha sido uma declaração de fé maior do que seria para pessoas que não perderam tudo. Confiar em Deus em meio às alegrias é fácil...

—Mas, em meio à dor, é dificílimo — completei.

Carol sorriu e apertou minha mão. Segurei as lágrimas que queriam descer. Fazia tempo que eu não chorava por causa de Analu, e eu sabia que se começasse iria continuar por muito tempo. Carol parecia conseguir ler meus pensamentos e mudou de assunto.

— Bem, chega por hoje. Leia o capítulo 42 todo e semana que vem continuamos. Você quer um copo de suco?

Aceitei a proposta na esperança de ver Ian pela casa antes de precisar ir embora. Quando chegamos à cozinha, minha amiga leu meus pensamentos novamente. Ou talvez meus olhares furtivos para o corredor não fossem tão sutis quanto eu pensava.

— Ele está de plantão hoje. Só volta amanhã cedo.

Tentei me fazer de desentendida, mas de que ia adiantar? Carol sabia dos meus sentimentos, eles estavam escritos na minha testa.

— Carol, por que você sempre parece desapontada quando fala dele pra mim?

Minha amiga se sentou no balcão da cozinha, segurando o copo de suco com ambas as mãos. O olhar de mãe voltou ao rosto.

— Ceci... Você sabe que eu amo você. E, céus, eu amo o Ian demais. Eu só... não quero que ninguém se machuque.

Eu não entendia o que ela queria dizer, mas podia sentir a sinceridade em suas palavras. Eu quis interrogá-la sobre o que Ian tinha dito a ela sobre mim exatamente, queria saber dos seus sentimentos de forma clara. Mas eu sabia que, quanto mais eu perguntasse, mais ela ficaria chateada. Então, apenas sorri e mudei de assunto.

Engraçado como ter o Espírito de Deus habitando em mim mudava tudo. As aulas que eu antes achava incrivelmente tediosas e tinha prazer em faltar ou ignorar checando meu celular agora me pareciam interessantes, ou ao menos eu tinha respeito suficiente pelos professores para tentar prestar atenção. E isso também se aplica ao resto da minha vida. Eu não tinha me tornado perfeita da noite para o dia, longe disso, as tentações ainda estavam lá, a vontade de fazer o que eu não queria. Mas agora eu tinha um sentimento forte da presença de Deus a todo tempo, e isso me motivava a ao menos tentar fazer o certo. Era como se, pela primeira vez na vida, eu pudesse de fato dizer não a mim mesma.

Quando meu celular vibrou no meio da aula de Imunologia Básica, eu ignorei, em um primeiro momento, tentando focar. Mas, quando ele vibrou uma segunda vez, resolvi ao menos checar quem era. Quando li "Ian" na tela, decidi que Professor Doutor Carlos Falcão teria que me perdoar porque eu precisava atender. Ao menos tentei sair da sala sem fazer muito barulho.

— Ceci, tudo bem? — Ah, como ouvir aquela voz me fazia bem!

— Melhor agora, que você me salvou de uma aula longa e cheia de nomes difíceis.

— Ótimo — ele riu. — Eu queria te perguntar uma coisa: você está livre hoje à noite?

Direto ao ponto.

— Bom, eu diria que depende de quais seriam minhas opções. No momento, eu tenho nos planos assistir comédias românticas e comer pizza da semana passada. Você tem algo melhor para me oferecer?

— Você é impossível... — ele disse, e eu podia imaginar o sorriso pela sua voz. — Minha proposta é um jantar comigo no Patisserie 43, mas, agora que sei suas outras opções, tenho a impressão de que vou perder para a pizza da semana passada.

Afastei o celular do rosto e tampei a parte do microfone para dar um contido gritinho de alegria. Suspirei fundo e, com o ar mais sério que consegui, respondi à sua proposta irresistível.

— Vendido para Ian Jones, senhoras e senhores!

Conferindo o espelho pela última vez, não consegui evitar pensar que foi naquele quarto que eu vi Ian Jones pela primeira vez naquela foto pós eliminação da Copa do Mundo. Agora, aqui estava eu, pronta para um encontro romântico com ele. Nem parecia real. Claro, tivemos aquele quase-encontro na sorveteria, mas meu coração estava bagunçado com tantas outras coisas na época. Agora eu sabia como me sentia e tinha certeza de que Ian sentia o mesmo.

Meu reflexo não escondia minha alegria — meu sorriso cobria meu rosto todo. Coloquei a blusa mais nova que eu tinha, toda florida, e minha calça preta preferida. Carina tinha descido para abrir a porta para Ian, pois eu ainda precisava terminar de calçar minhas sandálias. Ela voltou abrindo a porta feito uma doida.

— Ternoooooooo!

— O quê? — Levantei meus olhos das sandálias o suficiente para ver Carina abrindo o guarda-roupas do lado, onde minhas coisas ficavam.

— Ele está de terno, Cecília! — ela disse, esbaforida. — Tira essa roupa *agora* e coloca um vestido!

Terno? Céus! Que tipo de homem era esse? Troquei o mais rápido que consegui e saí.

Desci o primeiro degrau da escada e um sentimento forte tomou conta de mim. Ian Jones estava me esperando ao final dessas escadas. O Ian Jones que cantava em vídeos. O Ian Jones que há alguns meses era como o sol para mim; um sol que eu me permitia absorver aos poucos. Antes distante, forjado na minha imaginação, mas agora perto, tão real. Eu o sentia próximo emocionalmente tanto quanto o sentia próximo fisicamente; seu coração estava aberto. Eu sabia que ele tinha esperado minha conversão genuína a Cristo para mostrar seu interesse, e agora suas intenções estavam claras em seu olhar. Desci um degrau de cada vez, respirando fundo a cada passo. Quando me viu, Ian se levantou do sofá. Me aproximei devagar, o peito apertado de tanto sentimento.

— Você está linda — ele disse e me entregou o buquê de flores coloridas que segurava. Como em cenas de filmes românticos, Ian me ofereceu seu braço. Entrelacei meu braço no dele e o apertei forte com os dedos, com medo de cair.

Tinha chegado. A realidade distante de meses atrás com as quais eu apenas sonhava tinha finalmente chegado. Essa era nossa hora de ser feliz.

A leve melodia de um piano tocava ao fundo, acalmando meus nervos, enquanto o cheiro delicioso de comida boa esquentava minha alma. O restaurante que Ian tinha escolhido era elegante, com garçons vestindo ternos e gravatas borboleta, e mesas com toalhas brancas e sedosas. Tentei ser o mais elegante que podia, sentando com as costas retas e cruzando os tornozelos, como eu tinha visto em um filme de princesas. Ian parecia estar em casa, completamente confortável com o ambiente.

Sua beleza iluminava todo o salão. Não só suas ondas loiras e seus olhos azuis-acizentados, mas seu sorriso, sua educação, seu cuidado. Tudo em Ian Jones reluzia beleza.

Depois que o garçom trouxe o menu e Ian me ajudou a escolher um prato entre os muitos nomes em francês, começamos a conversar sobre minhas semanas de discipulado com Carol.

— Eu acho que nunca a vi tão interessada em alguém. Sério mesmo. E olha que ela já discipulou muita gente.

— Bom, me sinto honrada — respondi sorrindo sinceramente. — A Carol tem sido essencial na minha nova vida com Jesus.

O rosto de Ian se iluminou ao som do nome de Jesus.

— E o que vocês têm estudado?

— Carol achou que seria legal passarmos pelo livro de Jó... Talvez para me ajudar a entender o sofrimento de uma perspectiva bíblica.

Por alguns segundos, nossos olhares se cruzaram e nos permitimos permanecer ali, naquele momento compartilhado. Ian sabia o que era sofrer. Talvez o livro de Jó também o tenha ajudado alguns anos atrás quando ele, como eu, disse adeus a alguém que amou tanto quanto a vida. Sua mão alcançou a minha e a apertou carinhosamente.

— Sabe, Ceci, tem um versículo no livro de Jó que me vem à cabeça agora...

— Com licença — disse o garçom, colocando os pratos à nossa frente. — Vocês precisam de mais alguma coisa?

Ian soltou minha mão e respondeu educadamente que não. Quando o garçom se afastou, ele fez uma rápida oração agradecendo pela comida. O risoto à minha frente era provavelmente o prato mais elegante que eu já havia visto na vida e me distraí tentando descobrir como comê-lo sem destruir completamente o design meticuloso que o chef criara.

— Bem sei que tudo podes e nenhum dos seus planos pode ser frustrado.

Levantei meus olhos do risoto e encontrei Ian com uma caixinha aberta diante de mim. Dentro dela, um anel prateado brilhava com uma pequena pedra em cima. Ao lado, um outro anel; maior, mas também prateado. Quase engasguei com a comida.

— Quando eu te vi pela primeira vez na Biblioteca Municipal, senti que alguma coisa tinha acontecido dentro de mim. Alguma coisa especial, que tinha alterado minha vida. Conforme os dias passaram depois daquele encontro, me senti idiota por estar pensando em uma estranha nos momentos mais aleatórios do dia. Então, como um sonho materializado, lá estava você na minha cozinha. Cecília, o que mais pode ser tudo isso? Como explicar essa nossa história bizarra e linda, senão pela mão de Deus?

O anel refletia a luz das velas em cima da mesa. Eu não sabia o que dizer, como preencher o silêncio da pausa que Ian fez. Ele decidiu continuar.

— Deus tudo pode, foi o que Jó disse. E ele te trouxe para mim. Depois da Patrícia, eu achei que nunca mais fosse me apaixonar, mas eu estava errado — seus olhos procuravam os meus, tentando perceber qualquer sinal de uma inclinação da minha parte, mas eu estava petrificada. — Bom, é assim que me sinto. Cecília, se você deixar, eu prometo tentar te fazer feliz.

— Eu... Eu...

Ian virou a caixinha para si e, pegando o anel com a pedra, o segurou na ponta do meu dedo anelar da mão direita.

— Cecília, você quer ser minha namorada?

E, como se o gelo do meu cérebro tivesse derretido de uma vez, as palavras pareceram vir mais rápidas do que eu as podia conter.

— Me desculpa, mas... não, eu não posso.

# 31

Uma sombra melancólica

SEUS OLHOS, tão profundos, me encaravam com grande confusão. Por alguns segundos, eu não conseguia escutar nada além do meu coração batendo na minha cabeça. Minhas mãos estavam suando. Ian ainda segurava o anel, apesar de eu ter retirado a minha mão de dentro da dele. O tempo que se passou entre minha resposta e sua próxima fala pode ter sido segundos, mas a impressão que tive é que durou anos.

— Não pode?

Uma pergunta simples e que condizia com a reação natural que era de se esperar dele. Entretanto eu sabia, pelo tom, que o que Ian realmente queria perguntar era "não pode, ou *não quer*?" E a essa pergunta eu não sabia responder. Eu queria, claro, estar com ele. Não foi isso que desejei durante meses, nos segundos antes de cair no sono, enquanto eu criava universos paralelos em minha mente, onde éramos felizes? Mas, ainda que eu *quisesse*, uma certeza de que eu não *deveria* me inundava.

Era como se eu estivesse presa em um aparelho de tortura medieval, onde amarravam meus braços em cordas e me puxavam tanto para a direita quanto para a esquerda. Enquanto meu corpo se esforçava para aguentar a dor de ser rasgado ao meio, eu tentava respirar fundo e entender qual lado puxava com mais força e se seria, talvez, mais fácil ceder a ele, qualquer que fosse. Puxando uma das cordas estava Ian, com seus olhos azuis cinzentos, seu coração paciente e sua aliança prateada. Do outro, eu pensei, estavam meus medos de abrir meu coração depois da tragédia que vivi com o estranho em minha cama e com a morte da Analu. Ou seria algo mais profundo que isso?

Meus pensamentos foram interrompidos pelo barulho da caixinha com as alianças se fechando.

Por eu não saber o que dizer e não querer dizer algo que piorasse a situação, terminamos nossa comida em silêncio, depois que Ian desistiu de me encarar esperando uma resposta. Eu acabei deixando mais da metade do delicioso risoto no prato, o que me fez sentir culpada quando ele se levantou para pagar a conta no balcão.

Quando voltou, Ian puxou minha cadeira para que eu pudesse me levantar, e sua gentileza só pesou mais minha culpa.

— Você não precisa... — sussurrei de forma quase inaudível, mas ele já tinha seguido rumo ao carro.

O caminho de volta para casa também foi um tanto silencioso. Enquanto nossas bocas permaneciam fechadas, nossas mentes gritavam milhares de pensamentos. Eu me perguntava o que estava passando por sua cabeça. Será que ele me odiava? Será que estava envergonhado? Meu coração sofria por tê-lo colocado nessa situação.

— O que você está pensando? — resolvi perguntar baixinho, receosa.

Ian tirou uma das mãos do volante e a colocou na cabeça, segurando-a como se pesasse toneladas. O barulho da rua encheu o carro quando paramos em um semáforo vermelho, quebrando o silêncio que ele insistiu em manter. Desconfortável com a falta de resposta dele, vomitei a primeira coisa que me veio à mente.

— Você sabe que eu gosto muito de você, né?

Ian olhou para mim com uma expressão que eu nunca tinha visto em seu rosto. Uma mistura de dor e raiva.

— Por favor, Cecília. Não.

A rispidez que nunca antes tinha se mostrado em sua voz me fez morder os lábios e manter o silêncio até chegarmos ao portão da minha pensão. Como se ácido corresse em minhas veias, senti tudo queimar. Eu queria explicar, queria tirar a dor que eu sabia ter implantado dentro dele, mas eu não sabia como. Metade de mim, sendo puxada pelos sentimentos que tinha por Ian, queria abraçá-lo, pedir perdão por ter sido idiota e colocar aquela aliança linda no meu dedo, declarando que eu agora era sua. Mas Ian permanecia olhando para frente, os dedos apertados no volante, uma raiva fervilhando tanto, que eu sentia quase que fisicamente.

Então, a outra metade de mim parecia estar vencendo no puxar das cordas, a parte que me dizia que eu não podia estar com ele, pelo menos não agora. Decidi sair do carro sem dizer mais nada, mas Ian finalmente quebrou o silêncio, ainda sem olhar para mim.

— Eu só preciso saber por quê.

— Você acreditaria se eu dissesse que não sei? Só sinto que não posso.

— Tão vago... Me parece um tanto cruel.

Estava escuro, mas eu podia jurar ter visto uma lágrima descendo seu rosto. A culpa veio como duas mãos no meu pescoço, apertando, sufocando.

Senhor, o que eu faço? Ele tem razão, é cruel. Por que é que eu não consigo simplesmente aceitar? Não era isso que eu queria? E o Senhor finalmente me deu. Estou sendo mimada, recusando seu presente?

Nenhuma voz, nenhuma resposta. Apertei os joelhos e evitei olhar para Ian, que agora me encarava. Sua tristeza me quebrava em milhões de pedaços. Eu queria uma resposta, qualquer resposta, que justificasse minha mudança repentina de sentimentos. Mas eu não tinha e seria ainda mais cruel inventar qualquer mentira para amenizar minha culpa.

Ian pareceu desistir. Como se soubesse que eu não tinha mais nada a dizer, apertou o botão que destrancava o carro e eu entendi o que ele queria. Abri a porta e comecei a descer devagar, a parte de mim que puxava para Ian não me deixando sair de uma vez. Fechei a porta, mas a janela estava aberta e Ian começou a falar. Parei e olhei para ele, uma sombra melancólica dentro do escuro do carro; eu mal podia ver seu rosto. Então, como se quisesse propositalmente encravar uma faca nas minhas costas para que talvez eu sofresse tanto quanto ele, Ian disse suas últimas palavras antes de dirigir rumo ao nunca mais.

— Talvez você devesse saber que eu estou me mudando para os Estados Unidos em algumas semanas. Vai ver foi melhor assim mesmo.

O carro desapareceu no horizonte da rua antes que eu pudesse reagir. Com a boca entreaberta, fiquei como uma estátua encarando o nada. Paralisada na calçada, sozinha no escuro da noite, eu desejei ouvir a voz de Deus, um sussurro que fosse, um consolo. Mas nada veio além de uma dor crescente, sufocante, que me inundou.

32

Adeus

DIZER NÃO a si mesmo é algo completamente não natural. Tudo em mim gritando por qualquer coisa que seja, e eu resolvo silenciar todas essas vozes internas para ouvir a uma única voz que não é minha. Como é que o cristianismo faz sentido, numa lógica natural? Não faz. Ele é sobrenatural e eu precisava aprender isso.

O mais difícil, nessa nova vida com Jesus, era esse morrer para mim. Desde que comecei a me encontrar com Carol, notei essa necessidade de constantemente ignorar meus próprios desejos. E não somente desejos, mas também hábitos negativos que eu precisava aprender a matar diariamente. O processo era cansativo e Carol precisava me lembrar, vez após vez, de que se eu não descansasse no poder do Espírito de Deus em mim, não conseguiria matar a carne. "Alimente o Espírito", ela dizia, e eu tentava. Muitas tentações aconteceram desde a minha conversão. Em muitas eu fui vitoriosa, e em outras, nem tanto. Mas nenhuma situação colocou meu amor por Jesus à prova tanto quanto dizer não ao meu maior desejo humano — Ian Jones.

Já fazia duas semanas desde aquela noite fatídica e eu ainda estava tentando compreender exatamente o que acontecera. Eu não sabia de onde vieram as forças para dizer não a Ian. E confesso que nem tinha certeza do porquê. Durante esses últimos quatorze dias, eu perguntei a Deus, insistentemente, em meio a muitas lágrimas, por que ele me disse não. E isso era o que doía mais: eu tinha certeza absoluta do não, mas certeza nenhuma do motivo.

Me parecia cruel. Eu me sentia confusa como uma criança que ouve "porque sim" do pai. Meu desejo era aparecer na porta dos Jones e, de joelhos, implorar a Ian por perdão. Contudo, alguma coisa me impedia toda vez.

Por volta da meia-noite, recebi uma mensagem de celular que me deixou ainda mais turbulenta.

CAROL

> Ceci, ponderei muito se deveria te dizer isso, mas acho que é o certo. Amanhã, às 13h, teremos uma festa de despedida para o Ian. Não sei se você quer vir; na verdade, nem sei se ele quer te ver, mas achei que você deveria saber. Fica bem, querida. Estou em oração.
>
> 00h14

Eu não tinha visto Carol desde então porque evitei ir à casa deles em respeito a Ian, mas nós conversávamos constantemente pelo celular e eu contei a ela todo o meu lado da história. No começo, tive medo, pensando que ela me odiaria por ter machucado seu irmão, mas Carol compreendeu e pareceu quase aliviada com a forma como tudo terminou.

Reli a mensagem várias vezes no escuro do quarto antes de finalmente conseguir dormir, vencida pela exaustão.

A música estava tão alta que eu podia ouvi-la de dentro do táxi. O senhor de cabelos grisalhos me encarava pelo vidro retrovisor.

— Tem alguma coisa errada, moça?

Eu já tinha pagado a viagem, mas minhas pernas não conseguiram sair do carro, então fiquei sentada ali durante um tempo, o que provavelmente deixou o pobre motorista confuso. Eu não queria ser rude e impedi-lo de ir para seu próximo cliente, mas não queria sair de jeito nenhum. Será que era melhor voltar para casa?

— Estou sem coragem de encarar um cara. Eu... Eu acho que ele não quer me ver.

A confissão saiu rápida, sincera. Eu já nem ligava mais; muito do meu ser era ocupado pela ansiedade, não havia muito espaço para o bom-senso. O senhor de cabelos grisalhos virou-se para mim. Talvez eu esperasse uma palavra sábia advinda da maturidade de seus anos vividos, feito uma cena de filme romântico. Mas tudo o que ele disse foi:

— Se quiser voltar de onde veio, vai ser mais vinte reais.

Sua insensibilidade inesperada era o que eu precisava para finalmente sair daquele carro.

De frente ao grande portão de entrada da igreja, contemplei minhas opções. Eu poderia entrar e explicar ao Ian que meus sentimentos por ele ainda estavam fortemente vivos em mim. Essa possibilidade me dava uma alegria inexplicável dentro do peito, mas ao mesmo tempo eu tinha o não de Deus tão claro como o dia. A outra opção era tentar pedir perdão mais uma vez, mas me parecia cruel vê-lo novamente apenas para confirmar minha rejeição. Ir para casa era a terceira, e última, possibilidade.

O portão me encarava de volta. Passei os dedos de leve por eles, lembrando que foi exatamente aqui que eu tinha percebido, pela primeira vez, que veria Ian Jones face a face. Foi aqui que quase desmaiei, tamanha foi a emoção daquela percepção. Sorri torto e uma lágrima desceu quente em minhas bochechas.

Jesus, o que eu faço?

Eu sabia que deveria juntar todas as minhas forças e ir embora. Mas eu também sabia que essa seria a última oportunidade de ver Ian... para sempre? Eu não tive coragem de perguntar a Carol por quanto tempo ele planejava ficar nos Estados Unidos e ela deve ter decidido que seria mais sábio não me dizer. Talvez fosse algo temporário, talvez fosse para sempre. No final das contas, não importava. O divino já tinha decidido o final desse triste jogo de amor, e meu destino não era com Ian, independente do quanto eu desejasse que fosse.

Jesus, me perdoe. Mas se eu vou ter que viver sem Ian para sempre, eu quero ao menos vê-lo uma última vez.

Ignorando o bom senso e a voz de Deus, abri o portão devagar.

Entrei pela porta da sala, ainda sem nenhum plano. Eu queria ao menos encontrar Carol. Talvez abraçá-la e chorar fosse suficiente para me dar a força de que eu precisava para ir embora e obedecer a voz divina que gritava em meus ouvidos. Apertei os olhos com força tentando silenciá-la, mas o *não* ressoava insistente.

A casa estava tão lotada de gente que eu quase não conseguia me mover. Fazia sentido, Ian era querido por muitos. Muitas meninas lindas passavam por mim. Meu estômago se retorcia cada vez que via uma delas, pensando no quanto Ian era amável e no quão fácil seria para ele encontrar outro alguém. Me senti idiota por ter recusado o homem mais incrível que eu já tinha conhecido.

Tentei chegar à cozinha, mas a multidão me apertava e decidi ir me infiltrando em qualquer pequeno espaço que aparecesse na minha frente. Quando consegui uma abertura maior, estava de frente à escada. Pensei que fosse melhor subir, talvez tivesse menos pessoas no andar de cima, e eu estava começando a ficar sem ar. Era difícil ser baixinha em um mar de gente.

O andar de cima me deu uma visão panorâmica de todos na sala. Ao fundo, próximo ao piano, eu finalmente vi Ian e meu peito se apertou como se um elefante houvesse se sentado nele. Não dava para ver muito, mas as ondas douradas dos seus cabelos eram inconfundíveis. O elefante se sentou com mais força ainda quando vi que ele falava com uma das moças que vi anteriormente. As lágrimas voltaram e pensei ser melhor ir ao banheiro. Graças a Deus, esse andar estava vazio.

Me encarei no espelho por um tempo, tentando, de certa forma, encarar Deus. O que ele queria de mim? Nenhuma resposta veio. Eu estava cansada desse sentimento de rancor contra o divino. Eu sabia que Deus me amava, tinha sentido isso muito claramente diante do túmulo de Analu. Porém, nesse momento, era difícil acreditar. Sentei-me no chão e me permiti chorar pelo que pareceu muito tempo. Talvez fosse melhor ir embora.

Quando finalmente saí do banheiro, vi Arthur subindo as escadas. Eu não queria que ele me visse; meu plano era ir embora sem ser notada. Entrei na primeira porta aberta que encontrei e, escondida atrás dela, pude ver quando Arthur entrou no banheiro. Já estava pronta para sair despercebida quando notei onde estava.

Me virei devagar e inspirei fundo, tentando absorver a fragrância do lugar. Passei a mão pelas paredes, pela cama. No porta-retrato em cima da escrivaninha estava uma foto de Ian e James, e eu podia ver seus sorrisos escancarados pela fresta de luz vinda do corredor. Toquei de leve o vidro gelado, desejando poder tocar seu rosto verdadeiro. Seu rosto impresso me encarava de volta e eu quase podia ouvir sua voz dizendo: "Por que, Cecília? Por quê?"

— Eu não sei — sussurrei de volta. A dor me sufocou com força, as lágrimas voltando quentes. Eu precisava sair dali.

De repente, a luz se acendeu e eu virei com um pulo.

— Cecília?

Arthur me encarava confuso. A visão de alguém conhecido misturada com o ácido correndo em minhas veias me fez correr e abraçá-lo com tanta força que ele fez um som de dor.

— O que tá acontecendo? — Arthur perguntou, me abraçando de volta.

Sem conseguir explicar e também sem vontade nenhuma de o fazer, eu fiquei ali no seu abraço, em silêncio. Quando as forças voltaram, decidi que era preciso ir embora, sair dali.

Soltei Arthur e tentei enxugar o rosto com as mangas da camisa. Desci as escadas o mais rápido que pude e adentrei a multidão sem dó de dar cotoveladas para abrir caminho. Quando finalmente cheguei à porta, dei um suspiro de alívio.

Eu estava pronta para sair, quando senti que alguém me encarava. Com a mão ainda na maçaneta da porta, olhei para trás e vi Ian, de longe, me olhando.

Senti tudo em mim estremecer. Seu olhar não era doce, como de costume, nem raivoso, como na última vez que o vi. Era apenas... triste. Era como se me dissesse adeus em silêncio. A multidão parecia ter se congelado, e o tempo, parado por alguns segundos. Éramos só Ian e eu no mundo. Me permiti olhar de volta por um tempo, torcendo para que meus olhos dissessem "me perdoa" claramente. Então, girei a maçaneta e corri, deixando naquela sala parte de mim.

33

Febril e insana

AMAR. Há algo intenso sobre encontrar-se completamente necessitada de outra pessoa, alguém com quem você não teve nenhum contato na vida até então. Como é possível que precisemos de alguém como nunca antes, quando esse alguém conhece apenas cerca de um vigésimo da nossa vida ou, talvez, nem isso? Quando não nos viu crescer, não estava conosco em nossas primeiras palavras, nossos primeiros erros, nossas primeiras vitórias?

Amar parece ser se identificar, de forma pessoal, com os homens do passado que lutaram guerras e ousaram ir contra costumes, somente para estar com aquela a quem suas almas tinham se submetido. É entender por que eles decidiram que fazia sentido arriscar seus tronos, suas reputações, e até suas vidas, para ter apenas mais um toque.

Amar é loucura. Não há nada que explique. Como você sabe se o ama? Não há resposta. Você apenas sabe. Eu assisti a essa cena em filmes várias vezes, mas nunca imaginei que a realidade também fosse tão incerta. Eu não sabia explicar por que Ian Jones era o homem certo para mim ou por que eu parecia amá-lo. Eu apenas sabia. O quão irônico era que eu finalmente tinha entendido o que significava amar no momento em que disse adeus ao único homem que amei?

Era cansativo viver nessa certeza incerta. Eu sabia que amava Ian, mas não sabia por quê. Eu sabia que não podia estar com ele, mas não sabia por quê. Me parecia, então, que a vida adulta era uma série de certezas incertas, e eu não sabia se queria viver assim. A única certeza que permanecia inabalável era a confiança de que Jesus me amava. Talvez eu aprenderia, com o tempo, que isso era suficiente.

Mas, por agora, tudo doía.

Minha vida continuou a mais rotineira possível depois da partida de Ian. Por vezes, eu tinha dificuldades de dormir, apertando no peito uma vontade absurda de conversar com ele. Eu queria poder desabafar sobre as provas da faculdade e sobre minhas dúvidas bíblicas. Sobre grandes problemas e pequenas frustrações. Mas me reduzia a orar, recebendo a paz de que precisava. Mas a paz não removia a dor, apenas a fazia suportável. Era ainda mais difícil sobreviver à perda de Ian, quando toda vez que eu pensava nele, meu cérebro também pensava em Analu, como se ambos os lutos estivessem conectados.

Então, eu sofria em dobro.

Meus encontros com Carol eram como um oásis em meio ao deserto dos meus dias. Quer dizer, isso depois de eu explicar a ela minha frustração sobre meu segredo da noite com Caio ter sido revelado a Ian por ela, e não por mim. Ela entendeu, se desculpou, e continuamos nos encontrando semanalmente.

Mas recentemente minha amiga parecia distante, como se estivesse em seu próprio mundo paralelo. Eu me perguntava se ela, como dizia ter feito, realmente tinha me apoiado em minha decisão, ainda que tenha machucado Ian, ou se guardava rancor secretamente.

— E como está sua vida devocional, Ceci? — Carol disse, misturando seu chá com creme e batendo a colherzinha na beirada da xícara com certa violência, num batuque irritante.

— Está bem... Mas você já me perguntou isso hoje.

Os olhos azuis cinzentos me encararam confusos por um tempo antes de responder.

— Ai, Ceci, me perdoa. Minha cabeça está em outro lugar hoje.

Tentei ser compreensiva, mas ainda estava com medo de que sua repentina incapacidade de se concentrar fosse por causa de Ian e eu.

— Está tudo bem? Você sabe que pode me contar qualquer coisa... Quer dizer, eu não sou a única que pode vomitar emoções nesses encontros — sorri.

Mas Carol permaneceu enigmática, me pedindo apenas que eu orasse por ela. Achei melhor ir embora e deixá-la, então, com seus pensamentos. Quando estava a caminho da porta, notei que em cima da mesinha no corredor estava um celular pequeno, com uma capa protetora amarela.

— Ele... não levou o celular? — perguntei, a garganta fechando como fazia toda vez que eu pensava em Ian.

— Oi? — Carol demorou a entender o que eu estava dizendo. Céus, ela realmente estava com a cabeça em uma dimensão alternativa. — Ah, o celular. Ele ia comprar outro por lá, o número não funcionaria de qualquer forma.

Movimentei a cabeça afirmativamente, fingindo desinteresse. Contudo, quando Carol me ultrapassou para destrancar a porta, me permiti pegar o pequeno objeto amarelo por alguns segundos, como se tocar algo que ele tanto tocara me mantivesse mais próxima dele. Era só isso que eu queria — uma oportunidade de sentir, mesmo que de forma forjada, que Ian ainda estava perto de mim.

Quando cheguei em casa, encontrei Carina jogada na cama, pilhas de livros ao seu redor. Desejei, por alguns segundos, uma vida que fosse simplesmente dedicada aos estudos como a dela. Uma vida sem essa montanha-russa de emoções.

— Cecília! Como foi seu dia? — ela disse, quando finalmente me notou no quarto.

— Bom, obrigada — foi tudo o que eu quis responder. Eu tinha muito a falar, mas Carina não era a pessoa certa para processar meus pensamentos.

Peguei meu celular e, deitada em minha cama, comecei a olhar todas as poucas fotos que tinha com Ian. Nós dois abraçando Arthur no dia de sua grande vitória no futebol; Ian e Carol fazendo *cookies* em um dia que visitei os Jones para jantar; e, minha preferida, Ian lendo a Bíblia no sofá de sua casa com sua irmãzinha Beatrice no colo. Eu havia tirado essa foto sorrateiramente poucos dias antes do Grande Momento de Alteração na Patisserie 43.

As lágrimas desceram quentes. Então, como um relâmpago vindo diretamente dos céus, uma ideia surgiu em minha mente. Lembrei-me do celular amarelo em cima da mesinha do corredor, o que remeteu a todas as noites que passei mandando mensagens a Ian quando meus sentimentos estavam em erupção. Conversar com ele acalmava minhas tempestades. Agora ele estava a 8.018 quilômetros de distância (eu sabia porque tinha perguntado ao Google) e era realmente impossível me comunicar com ele.

Abri o aplicativo de mensagens no celular. Cliquei em seu nome. Encarei as mensagens do homem que eu amava, meu melhor amigo, as palavras que ele tinha dito quando me amava de volta, e meu coração passou a bater mais acelerado. As últimas palavras que Ian tinha me enviado brilhavam intensamente no escuro do quarto, agora que Carina tinha apagado as luzes para dormir.

IAN

Estou a caminho, estarei aí em 10 minutos.
Can't wait[1] :-)

18h20

---

[1] Tradução: "Mal posso esperar".

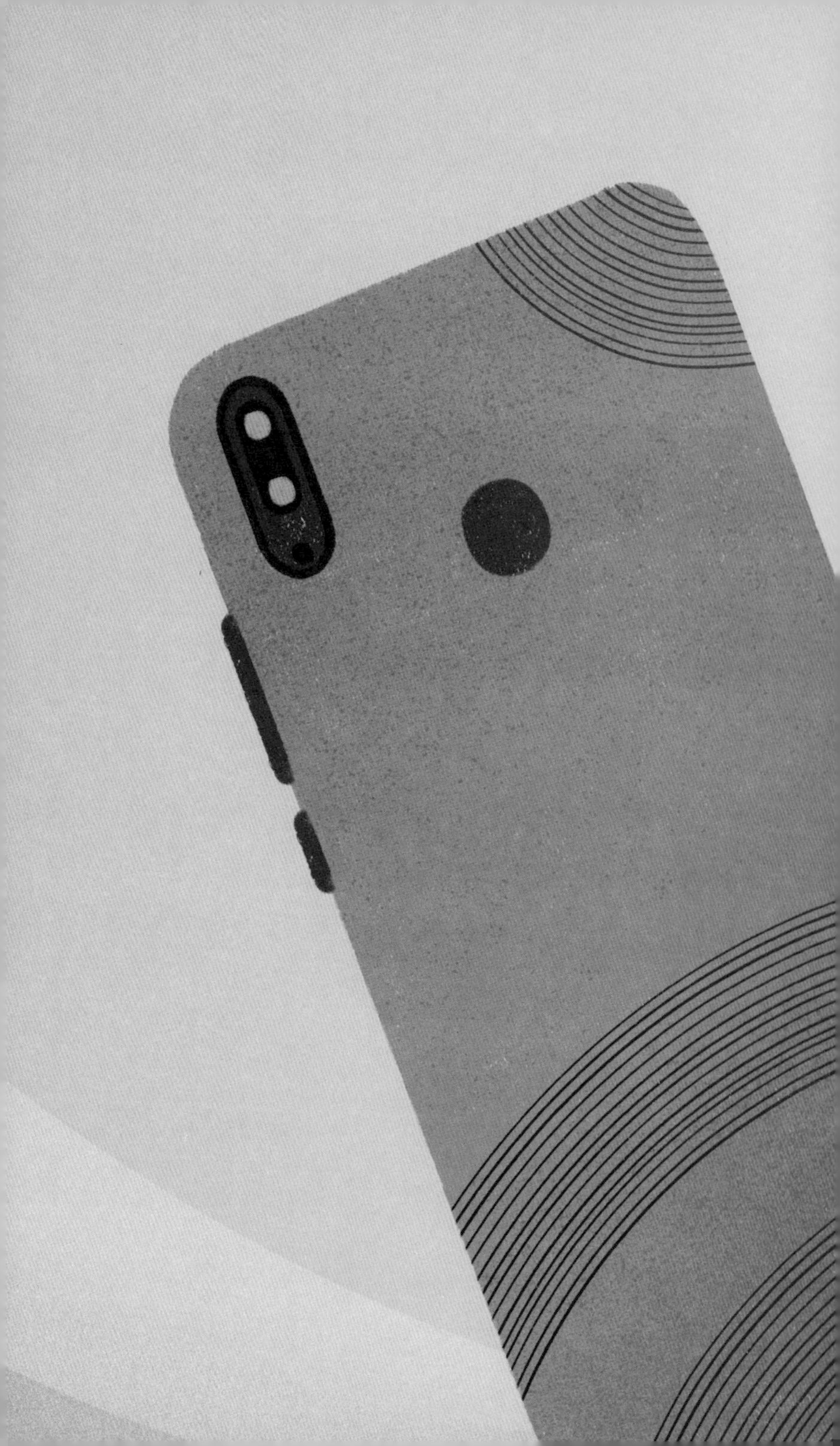

Ele "mal podia esperar" porque não imaginava que naquela noite eu pegaria seu coração e o partiria em milhões de pedacinhos. Comecei a digitar.

CECÍLIA

> Céus, como eu queria poder voltar no tempo e mudar tudo.
>
> 22h56

Apaguei e reescrevi.

CECÍLIA

> Ian, como eu queria poder simplesmente dizer sim para você. Você não sabe a falta que me faz. Parte de mim sente falta das suas mãos nas minhas, do seu sorriso doce, dos seus olhos profundos. Mas o que mais me faz falta, na verdade, é não ter o meu melhor amigo. Eu sinto falta da forma como você me lia inteirinha, mesmo quando eu tentava me esconder. Sinto que só você me entende de verdade. Agora, eu me agarro a Jesus, o Jesus que você me apresentou. Tá vendo? Até mesmo minha salvação eterna está conectada a você. Céus, que falta você me faz.
>
> 22h59

Cliquei no botão de envio. Talvez esse amor negado estivesse me fazendo febril e insana, mas, se mandar mensagens a um número inativo fosse me fazer sentir um pouco menos de dor, um pouco mais próxima de Ian, então louca eu seria. Fechei os olhos e dormi em paz.

34

Perdão

ACORDEI COM A LUZ do Sol queimando minhas pálpebras. Abri apenas um olho, o outro ardendo enquanto ainda fechado. Com o cérebro funcionando devagar, tive dificuldade para reconhecer meus arredores. Forcei o outro olho a abrir e, pouco a pouco, fui notando a mobília ao meu redor, percebendo onde estava. Com o braço embaixo de mim, forcei meu corpo a sentar-se no sofá onde aparentemente eu tinha passado a noite.

Me levantei e fui buscar um pouco de água na cozinha, torcendo para encontrar uma aspirina no armário. Ouvi um barulho atrás de mim e me virei assustada. A figura descabelada me encarou como um fantasma de outras vidas. De repente, me lembrei de porque de eu estar ali.

— Flora… Oi.

— Está procurando remédio para a cabeça?

Apertei os lábios e movi afirmativamente a cabeça. Minha amiga se aproximou de mim, ainda no vestido brilhante que provavelmente usara noite passada, e abriu a porta do armário acima da minha cabeça.

— Você tá bem? — ela diz com um olhar quase piedoso. — Te encontrei aí no sofá quando voltei de uma festa ontem. Você quase me matou de susto.

A noite passada voltou em *flashes*. Lembrei-me da dor que senti no meio da noite, da falta de Analu e de Ian gritando em meus ouvidos. Lembrei-me da necessidade de esquecer. Lembrei-me de ter pensado na única pessoa que eu conhecia que guardava álcool em casa. Lembrei-me do táxi, da chave escondida embaixo do tapete e do sofá onde bebi até que a dor diminuiu conforme a garrafa se esvaziava. De repente, um barulho vindo do quarto interrompeu minhas lembranças.

Meu sangue desceu todo para os pés quando vi um rapaz sonolento saindo do quarto e se escorando na parede do corredor. O cabelo bagunçado, a barba por fazer, os grandes olhos negros e o corpo moreno que eu tinha tentado esquecer com todas as minhas forças. A realidade de tudo me atingiu feito um trem. Seu nome chegou até minha boca, mas não conseguiu sair. O que veio em seu lugar foi a necessidade de botar para fora o álcool da noite passada.

— Sardinhas? — ele disse, sorrindo.

Eu desejei desmaiar. Era tão comum para mim que isso acontecesse, e nesse momento era exatamente o que eu queria: desmaiar e desaparecer dentro da escuridão. Esquecer por um tempo. Mas meu corpo estava acordado, sóbrio e forte.

— Vocês se conhecem? — Flora disse, olhando para mim.

Mas Caio pareceu perceber meu desespero e teve o bom senso de não trazer à tona a pior noite da minha vida. De repente, seu olhar também ficou caído, triste. Talvez tenha se lembrado do estado em que eu estava quando ele me deixou naquela manhã fatídica.

— De umas festas — ele disse, e Flora pareceu satisfeita. Ou talvez sua ressaca fosse mais forte que sua curiosidade.

— Eu preciso ir ao banheiro — ela respondeu e de repente estávamos sós.

Apertei o copo, tentando forçar meu corpo a fugir para a escuridão de um desmaio, mas ele ainda insistia em sua sobriedade. Ouvi passos em minha direção e senti uma mão nos meus ombros.

— Escuta... Eu queria te falar...

Afasto sua mão do meu corpo com certa violência.

— Garota, o que foi que... — ele diz, exaltado. Porém, de repente, para e contém sua irritação depois de um suspiro alto.

— Olha, eu não sei o quanto você bebeu naquela noite, mas eu tenho a impressão de que você acha que eu te... Que você não... Sei lá, você ficou esquisita depois e... Mas eu nunca teria...

Consegui juntar forças para encará-lo.

— Foi... foi comigo de novo? — eu disse baixo, interrompendo-o.

Ele pareceu não entender. Decidi ser mais clara.

— Você dormiu aqui. Foi comigo? — repeti, dessa vez alto e firme.

— Não! Eu... Eu nem sabia que era você a pessoa jogada no sofá ontem à noite, Sardinhas.

Soltei todo o ar dos pulmões com um alívio profundo. Caio ainda me encarava, meio sério, meio rindo. Completamente confuso. Eu queria ir embora, mas fugir dos meus problemas de novo não traria nenhuma solução. Aqui estava eu, frente a frente com o único homem que me conheceu por completo. Ao menos fisicamente. Eu sabia que, por completo mesmo, apenas um outro homem me conhecia. Mas eu tinha perguntas e dessa vez queria respostas.

— Você sequer sabe meu nome verdadeiro? Porque, adivinha só, não é Sardinhas.

O rosto moreno pareceu corar. Aparentemente ele tinha ao menos um pouco de sensatez por trás da fachada de canalha bem resolvido.

— Você dorme com uma menina por noite, Caio?

Ouvi o barulho do chuveiro, parece que Flora ainda estava tomando banho. Meu tom de voz começou a aumentar a cada pergunta.

— Isso te faz feliz, Caio?

Eu podia sentir as lágrimas descendo dos olhos e, por mais que eu quisesse controlá-las, era tarde demais. Quase gritando, proferi minha última facada.

— Você sabia que foi o meu primeiro?

O maxilar de Caio se movia a cada pergunta, mas ele continuava em silêncio. Minha vontade era de esbofeteá-lo, chutá-lo, fazê-lo entender com dor física que ele tirou de mim algo que eu nunca mais teria de volta. Que, se não fosse Jesus, minha dor emocional teria me destruído por completo.

Jesus.

Olhei dentro dos olhos escuros de Caio, procurando uma resposta. O que eu vi não foi vaidade, egoísmo, luxúria. Eu só vi... vazio. Ele não se movia, talvez petrificado com tão inesperada situação. Ou talvez ponderando, pela primeira vez, o tipo de vida que vivia.

E ouvi, como um sussurro em minha mente:

— *Olhe para ele como eu olho, filha.*

— Escuta, eu... — ele pausou, colocando a mão direita sobre a testa. — Qual é o seu nome?

— Cecília.

— Cecília. Eu sinto muito, Cecília.

Olhando para seu rosto incomodado, eu não vi mais um cara de ressaca, cujas roupas estavam cada noite no chão de uma casa diferente. Eu vi um cara quebrado, vazio, solitário. E foi como se Jesus tivesse colocado um espelho diante de mim.

— Eu te perdoo.

Ouvimos o barulho do chuveiro desligando, e o silêncio repentino nos acordou do transe. Terminei de beber o copo de água que ainda segurava. Caio, agora extremamente sem jeito, voltou lentamente para o quarto de Flora, provavelmente para se vestir.

Meu peito estava leve, talvez pela liberação de perdão. Mas meu coração estava extremamente pesado pela culpa de voltar aos velhos hábitos.

— Jesus, me perdoa — orei em silêncio enquanto as lágrimas desciam devagar.

— Ah, você ainda tá aqui! — Flora disse, me abraçando. Eu não havia notado ela se aproximar. — Eu... senti sua falta, amiga.

— Eu também — respondi sinceramente, abraçando-a de volta.

Eu não tinha notado o quanto me afastei de Flora desde que Carol entrou na minha vida. Céus, como eu queria compartilhar a esperança que achei em Jesus para que ela não tivesse mais que viver dessa forma, acordando com Caios em sua cama toda manhã. Mas agora eu me sentia inválida, inútil e indigna de Cristo. Como eu poderia falar para Flora de Jesus quando ela me encontrou bêbada em seu sofá? As mãos da culpa apertaram minha garganta.

— Ceci, eu...

— Não, deixa eu falar primeiro. Escuta, me desculpa. Desculpa por ter sumido. Desculpa por ter te ignorado. E principalmente, desculpa por ter invadido sua casa desse jeito.

Flora sorriu.

— Eu entendo, não se preocupa — suas mãos apertaram as minhas. — Eu só acho que... Olha, não me leve a mal mas, eu acho que você precisa de ajuda. Médica, sabe? Tipo, terapia? O que você passou não é fácil, Ceci, e você não pode continuar ignorando.

É claro que Flora diria algo assim tão sério de forma tão direta. Sorri, feliz por ter ela de volta em minha vida, mesmo que por vias tão erradas.

— Você tem razão, amiga. Demorou, mas eu entendi que não consigo superar isso sozinha.

Já havia algumas semanas desde que eu havia começado terapia e, apesar da minha recaída na noite passada demonstrar o contrário, meu processo de cura mental estava sendo profundamente beneficiado por ela. Flora pareceu aliviada em saber.

Caio saiu do quarto, agora vestido e ainda parecendo culpado e sem graça por me ter por perto. Decidi que era melhor dar fim à sua agonia.

— Flora, eu preciso ir — eu disse, me levantando. — Não sumir mais, tá? Prometo. Te mando mensagem amanhã.
— Promete mesmo, Ceci?
— Prometo.

Peguei minha bolsa que estava no chão e me dirigi à porta. Quando estava prestes a sair, ouvi a voz grossa de Caio.
— Tchau, Cecília.

Me virei e sorri para ele, ainda surpresa com a forma como minha amargura tinha se derretido em compaixão.
— Tchau, Caio — respondi, fazendo internamente uma oração silenciosa por sua alma.

CECÍLIA

> Ian, quanta coisa eu tenho para te contar. Queria tanto que você fosse real e não só um número de celular inativo. Hoje eu precisava da sua sabedoria e do seu olhar cheio de graça. Hoje eu me odeio. Me sinto a pior pessoa do mundo. Ontem bebi de novo, esqueci até onde estava. Será que Jesus ainda me ama? Às vezes eu queria simplesmente morrer e estar no céu com ele, onde eu vou ser perfeita e não terei mais que errar. Mas, sei lá, talvez esse seja só um desejo egoísta de ser perfeita, não com a intenção de agradar meu Senhor, mas porque eu simplesmente gostaria de não precisar mais lidar com as consequências dos meus erros. Faz sentido? Hoje também perdoei o Caio. Ainda não me perdoei por ter dado a ele algo que, bem, eu gostaria de ter dado a outra pessoa. Mas eu o perdoei e é um primeiro passo, eu acho. Oro por você todos os dias. Espero, de coração, que esteja feliz. Ceci.
>
> 22h13

35

Ela faz falta

O CHACOALHAR do automóvel combinado ao calor inacreditável subindo do asfalto estavam me deixando enjoada. Dentro da perua, todo mundo ria e cantava músicas bobas de acampamento, e eu também tentava me distrair na alegria, me permitindo ser contagiada. Mas meu coração estava pesado, sabendo que uma confissão a Carol teria que acontecer, cedo ou tarde, a respeito da minha escapada para a casa de Flora.

Agradeci a Deus por ter encontrado um lugar na janela e aproveitei a oportunidade para apreciar a beleza ao redor. As árvores floridas na rua e o céu azul sem nuvens nos agraciavam, mas quase ninguém notava, pois todos estavam absortos em suas cantorias e risadas. Minha admiração idílica foi interrompida por Arthur gritando qualquer tipo de baboseira para um dos rapazes no fundo da perua. Carol, que estava tentando ler ao meu lado, levantou os olhos do livro, frustrada. Eu pude ver o olhar incisivo que ela lançou a Arthur pelo retrovisor. Meu amigo murchou como uma flor delicada sob o sol do meio-dia.

— O que você está lendo? — tentei distraí-la da bagunça ao redor.

— Um livro sobre o Espírito Santo — Carol respondeu rapidamente, colocando uma mecha dos longos cabelos loiros atrás da orelha. Eu sabia que ela não estava bem, alguma coisa a incomodava. Mas eu também tinha meus próprios segredos me corroendo por dentro, então preferi deixá-la em paz.

Cerca de dez minutos depois, que mais pareceram uma hora dentro daquela sauna, chegamos ao nosso destino. Eu fui a última a descer do carro, mas isso não me impediu de receber vários abraços logo na entrada. Eu mal conseguia andar.

— Ai... Oi! — Tentei sorrir enquanto tinha meus pés pisoteados por pequenos pés e minhas pernas esmagadas por bracinhos surpreendentemente fortes. Tentei achar meus amigos, mas todos nós estávamos perdidos no mar de pequenos.

— Crianças, vão com calma. Misericórdia, eles são uma bola de energia! — Uma senhora de cabelos brancos disse enquanto saía do prédio e tentava desgrudar algumas das crianças das pernas dos jovens voluntários.

Carol tomou a frente do evento, liderando as crianças em músicas e contação de histórias bíblicas. Arthur preparou o campinho para seu habitual jogo de futebol, apesar de parecer bem menos animado do que de costume. Outros amigos se dividiram entre a preparação das gincanas e do lanche. Eu tentei acompanhar todo o ritmo, sendo minha primeira vez ali, e ajudava onde era requisitada. Nosso grupo de jovens da igreja fazia esse projeto uma vez por mês com crianças de uma vizinhança um pouco distante da cidade, e Arthur insistiu que eu precisava participar. Então aqui estava eu.

A correria foi tanta que eu mal consegui parar para pensar no que estava sentindo. Era a primeira vez que eu me colocava ao redor de tantas crianças desde a morte de Analu, e dizer que isso não me afetou seria mentira. Mas eu só percebi realmente o impacto quando uma das pequenas se sentou no meu colo enquanto comíamos cachorros-quentes. De olhos e pele claros, ela não se parecia com Analu fisicamente, mas seu jeitinho, sua doçura, seu encostar-se em mim enquanto comia como se estivesse segura ao meu lado, partiram meu coração.

    Uma vontade de chorar se apossou de mim e precisei de todas as minhas forças para contê-la. Hoje não era sobre mim, era sobre eles. Brinquei com Sofia — descobri que era esse seu nome — enquanto comíamos, fazendo perguntas banais como "você já está na escola?" e "quantos irmãos você tem?". A tristeza foi se transformando em gratidão por estar ali, servindo, amando. Quando eu já estava bem mais calma, o choro já distante, Sofia virou-se para mim e disse:

— Tia, cadê o tio Ian?

A pergunta, tão simples, fez com que o choro controlado voltasse com força dobrada. Eu não imaginei que fosse me doer tanto ouvir aquele nome, mas talvez tenha sido pior por vir de uma criança que lembrava tanto minha pequena.

— Ele foi viajar, querida... — Arthur respondeu, do outro lado da mesa. Olhei para ele, as lágrimas embaçando meus olhos e agradeci silenciosamente. Ele respondeu com um sorriso.

— Quem quer sorvete? — Meu amigo falou da forma mais animada possível, guiando a multidão de crianças agitadas rumo à parte da frente do salão em que estávamos.

Dei graças a Deus pelo silêncio. Quando me vi sozinha, permiti que as lágrimas viessem com a força que precisavam ter. Escondendo o rosto entre as mãos, me lembrei de Analu e do orfanato do qual a tiramos, e de Ian com nariz de palhaço a animando no hospital. Será que algum dia essas dores não me acertariam como um soco no estômago em meio a atividades triviais e cotidianas? Ou eu estava fadada a passar o resto da vida chorando em supermercados, cinemas e igrejas toda vez que alguma coisa me trouxesse lembranças doídas?

— Ei, você está bem? — A senhora de cabelos brancos agora se sentava do meu lado, com um pacote de lencinhos de papel nas mãos.

— Sim, obrigada — respondi, tentando limpar a bagunça do meu rosto.

— Você é nova, né? — ela disse, mudando de assunto, o que me trouxe grande alívio. — Meu nome é Amália. Qual o seu?

— Cecília Petri, prazer.

Amália sorriu e virou o rosto para encarar as crianças que se divertiam com seus sorvetes roxos e laranjas. Apesar dos cabelos brancos, Amália não parecia ter mais que cinquenta anos. Rugas emolduravam seus olhos e se faziam mais proeminentes quando ela sorria, o que me parecia ser quase sempre.

— Cecília, Carol me contou de você. Sinto muito por sua irmã — tentei agradecer mas a garganta fechou. — Deve ser difícil se colocar em meio a tantas crianças. Obrigada por ter vindo mesmo assim.

— Elas são todas órfãs?

— Não, não. Todas elas têm famílias, na verdade.

Eu não entendi. Se elas tinham família, por que estavam aqui? Amália pareceu decifrar minha dúvida.

— A gente começou esse projeto quando a Patrícia viu a necessidade das crianças da vizinhança terem um lugar para passar as horas depois da escola e nos finais de semana. Demorou um tempo, mas conseguimos o espaço e começamos com cinco crianças. Hoje temos esse monte que você tá vendo.

Parece que hoje seria um dia muito mais emocionalmente carregado do que eu imaginava.

— Patrícia? A Patrícia do Ian? — eu disse mais para mim mesma do que para Amália. Ela respondeu assim mesmo.

— Sim... Ela faz falta — Amália respondeu, voltando a olhar para mim. — Ele também.

A conversa se encerrou antes que eu pudesse perguntar qualquer outra coisa porque as crianças correram de volta em nossa direção, com mãos, línguas e roupas em tons roxos e laranjas.

— Foi um prazer te conhecer, Cecília — Amália disse, se levantando e juntando as crianças para lavarem as mãos e rostos.

O trajeto de volta à igreja foi o completo oposto da ida — todos estavam cansados e silenciosos, alguns até mesmo dormiam encostados nos ombros dos amigos. Arthur guiava a perua devagar, provavelmente por causa do escuro e dos buracos da estrada. Ele andava tão sensato ultimamente, tão... diferente.

— E então... o que achou? — Carol sussurrou, tentando não acordar ninguém.

— Foi bom, difícil por um tempo, mas depois fiquei bem.

Ela apertou minha mão com ternura e voltou a olhar para frente.

— Como ela era, Carol?

— Como quem era?

— Patrícia.

Mesmo no escuro do carro eu pude ver seu olhar confuso.

— Ela era... doce. Bem doce. Por que a pergunta, Ceci?

— Conheci Amália e ela me contou que o projeto começou por causa da Patrícia.

— Sim, ela tinha isso de ajudar. Era uma das pessoas de coração mais servo que eu conheci e amava sua comunidade com muita força. Ela faz falta...

"Ela faz falta". Era a segunda vez que eu ouvia isso em menos de duas horas. Eu sabia que era errado, e incrivelmente egoísta, mas parte de mim desejava que Patrícia fosse uma pessoa ruim.

— Ele era feliz com ela, né?

Carol respirou fundo, provavelmente ponderando como responder a essa pergunta.

— Não faz sentido pensar nisso agora, Ceci. Não te faz bem. Patrícia se foi, está com Jesus. Ian está... feliz. Você precisa tentar ser também.

O ar-condicionado batendo no meu pescoço aumentava meu nervosismo, e eu já não sabia se tremia de frio ou de ansiedade.

As sessões de terapia já haviam começado há meses, mas estar em um ambiente remotamente parecido com um hospital ainda me causava fragilidade emocional. A recepcionista chama meu nome, e adentro o agora familiar escritório. Priscila me recebe com o habitual sorriso.

— Oi, Cecília, sente-se. Como foi sua semana?

Quando eu tinha acabado de começar as sessões, eu respondia "bem, e a sua?", mas logo percebi que Priscila não queria a resposta que eu dava a todo mundo automaticamente. Ela *realmente* queria saber como eu estava. Quer dizer, ela era literalmente paga para se importar. Contudo, meses depois, eu ainda achava estranho passar 50 minutos em um monólogo sobre minhas tempestades internas.

— Melhor, eu acho. Melhor que semana passada. Mas ando pensando muito em Patrícia.

— A ex do Ian, a que faleceu?

— Isso. É bizarro se comparar a alguém que já morreu? — pergunto com sinceridade. A melhor parte da terapia é poder externalizar todo e qualquer pensamento, sem medo nenhum de ser julgada.

— Não quando essa pessoa ocupava um espaço tão grande na vida de tanta gente que você ama.

Priscila sempre sabe o que dizer. O que é óbvio, já que, novamente, ela é paga para isso. Passamos os 45 minutos seguintes processando a vida de Patrícia e o quanto ela pode impactar a minha, sem que se torne algo pesado para meus ombros carregarem. A verdade, Priscila me diz, é que eu não sou Patrícia, nem preciso tentar ser. O legado que ela deixou é lindo e ela deu cores à vida de Ian, Carol, Arthur e muitos outros, que eu não consigo dar. Mas ela também não pode dar a eles o que eu posso, e isso me encoraja. Patrícia não era perfeita, e ainda assim foi profundamente amada. Isso me enche de esperança. Há espaço na vida dos meus amigos tanto para a memória dela quanto para a minha presença.

Quando entro no táxi para voltar para casa, percebo que a amargura e inveja contra Patrícia que eu sentia ao entrar no escritório de Priscila se transformaram em algo completamente diferente. Penso que poderíamos ser amigas, se ela ainda estivesse deste lado da eternidade. E noto em mim algo novo e inesperado. Meu desejo de ir ao céu agora não se resume somente em abraçar Jesus e ver minha Analu. Agora eu também anseio pelo dia que verei o lindo sorriso de Patrícia, e quem sabe? Talvez ela queira ser minha amiga também.

CECÍLIA

> Ian, eu achava que, se pudesse voltar no tempo eu mudaria a morte de Analu, ou a nossa noite no Patisserie 43, ou a sua ida para os Estados Unidos. Mas se Analu estivesse comigo, eu não estaria com Jesus, e eu não mudaria isso. E percebi que, se eu pudesse realmente alterar o passado, eu não desejaria te ter comigo, mas preferiria que você pudesse ainda estar com Patrícia. Eu nem a conheci, mas sei que ela seria melhor para você do que eu. As pessoas sentem falta dela e eu imagino que você também sinta. Eu aprendi recentemente que não preciso me comparar a ela, nem querer ser como ela foi. Por mais difícil que seja realmente acreditar nisso, a verdade é que Deus me fez única e há beleza em ser eu mesma. Ainda assim, não consigo evitar pensar que você seria mais feliz com Patrícia do que comigo. Me pergunto se vocês estariam casados hoje em dia... Provavelmente. Se ela não tivesse morrido, você e eu nunca teríamos nos conhecido. Céus, no final das contas, eu agradeço por não poder mudar o passado. Sou feliz que Deus é Deus e eu não. Sinto sua falta. Todo dia.
>
> 23h11

36

Tempo de viver

O INVERNO em São José dos Campos estava especialmente quente esse ano, contradizendo sua natureza. Eu podia sentir o suor se formando em minha testa, pequenas gotinhas que me lembravam da minha humanidade. Há algumas semanas eu vivia como um robô, afogando sentimentos e dores a fim de sobreviver. Mas, sob o teto de metal dessa quadra no sol do meio-dia, eu sentia minha humanidade tanto no suor quanto no coração dilacerado dentro do peito.

Era quase impossível ir a qualquer lugar onde Ian e eu não havíamos compartilhado momentos. Fosse nessa quadra, na igreja, na sorveteria da esquina ou até mesmo na faculdade. Tudo estava carregado de memórias, de emoções que eu gostaria de poder evitar. Até mesmo em nossos amigos que inevitavelmente falavam de Ian vez ou outra, lançando-me um olhar penitente em seguida. Por isso a necessidade de ser robô. Petrificar sentimentos era mais fácil do que revivê-los. E eu já não aguentava cutucar essas feridas.

Ignorando minha própria dor, tentei focar em meu amigo e suas dificuldades. Arthur estava tão abatido, tão diferente de quem eu tinha conhecido há mais de um ano. As olheiras esculpidas sob seus olhos revelavam que ele havia chorado ou dormido mal. Talvez os dois.

— Obrigado por me encontrar aqui, Ceci. Eu não sabia com quem mais conversar.

Seu tom de voz era contido, calmo. Era como se uma tempestade o tivesse atingido e agora ele se encontrasse paralisado diante do estrago feito, sem forças para reagir.

— Eu não sei se você já sabe o que vem acontecendo, duvido muito, Carol é tão reservada... — deixei ele falar sem interrupções, ainda que eu já tivesse várias dúvidas. — De qualquer forma, a questão é que nós estávamos conversando e orando sobre... nós. Já deve fazer uns cinco meses desde que confessei a ela meus sentimentos e desde então ela me botou nessa quarentena de oração. Sei lá, eu sei que tá certo, mas foi um saco esperar! Quer dizer, precisa me fazer esperar por uma resposta por tantos meses?

Seu rosto se contorceu e ele começou a dar pequenos socos em suas pernas.

— Aí, tá vendo? Foi exatamente por isso que ela não quis nada comigo! Eu sou tão imaturo!

Eu podia jurar ter visto uma lágrima descendo. Talvez fosse suor. Pensei ser a hora certa para interromper.

— Você e Carol? Por que é que eu não sabia de nada?

Comecei a voltar na memória e perceber pequenas nuances e momentos entre eles que me passaram desapercebidos. Não me surpreendia, entretanto, que ninguém soubesse. Arthur tinha razão, Carol era reservada, sempre ponderando as coisas em seu coração, levando-as ao Senhor e não a homens "que não podem realmente me ajudar", como ela sempre dizia.

— Não importa — respondi à minha própria pergunta. — Quer dizer que ela decidiu, depois dessa quarentena de oração, não estar contigo?

Me arrependi instantaneamente da minha escolha insensível de palavras. Agora eu tinha certeza: eram lágrimas que desciam pelo seu rosto.

— Sim. Decidiu não estar comigo. Exatamente.
— Eu sinto muito.

Por que Arthur tinha vindo até mim? Eu não era sábia, meu conhecimento bíblico e de aconselhamento era incrivelmente limitado, ainda que Carol me dissesse que eu havia crescido muito nos últimos meses. Não era, tampouco, por minha influência em Carol. Por mais que fôssemos amigas, nosso relacionamento era bem delimitado, e se uma de nós era a influenciada, com certeza seria eu.

Nos sentamos no silêncio suado pelo que pareceram intermináveis minutos. O robô em mim começou a se derreter. Era possível, ainda que difícil, calar minhas próprias dores. Contudo, quando as dores de alguém que eu amava eram adicionadas a elas, eu não conseguia segurar a onda de amargura. Por mais que Carol seja tão especial para mim, eu não conseguia evitar o ressentimento que começava a me preencher. Por que ela não me contou? Será que não confiava em mim? E por mais que eu soubesse, na pele, que às vezes nós precisamos dizer não para quem nos ama, era difícil ver a dor de Arthur sem culpar Carol. Me pergunto se os amigos de Ian pensaram o mesmo de mim.

— Como você seguiu em frente, Ceci?

A pergunta, tão sincera e direta, me pegou de surpresa. Então era esse o motivo de eu estar aqui, e não outro alguém. Arthur queria aprender comigo como sobreviver à dor de dizer adeus a quem se ama. Ora, e eu por acaso tinha resposta? Não tinha segredo. Eu só vivia um dia de cada vez, uma hora de cada vez, um minuto de cada vez. Ou melhor, sobrevivia.

— Jesus é suficiente — ouvi minha própria voz responder, como se tivesse saído de outra boca. A confissão, ainda que sincera, era nova até mesmo para mim. O Espírito tinha falado, e não eu. E ele tinha razão.

Esse reconhecimento me trouxe, inesperadamente, uma profunda paz, uma certeza de que eu ficaria bem. Cada canto escuro da minha alma, cada pedaço ainda não rendido aos pés da cruz, se iluminou em um instante com a luz da verdade. Jesus é suficiente. Sobreviver não era mais preciso. Com ele ao meu lado, eu podia *viver*. E viver abundantemente.

— Você vai ficar bem, Arthur. Nós vamos — declarei.

Sorri largo; um sorriso tranquilo vindo de alguém que, como Arthur, já tinha ficado boquiaberta diante do estrago feito pela tempestade, mas que agora podia ver que outro Alguém limpava a sujeira deixada. A passagem de Jesus acalmando a tempestade sob os olhares assustados de seus discípulos veio à minha mente. Abracei meu amigo querido, meu amigo cuja gargalhada ocupava qualquer espaço, meu amigo que agora chorava silencioso no meu ombro, e compreendi. Jesus acalmaria nossas tempestades também.

Ah, o amor... Tanta alegria e tristeza em um só sentimento avassalador, dominador. Quem poderia sobreviver à sua perda? Agora eu sabia. Quem tem Jesus. Ele é tão suficiente. Apertei os ombros fortes de Arthur, deixando-o ser vulnerável e fraco ao menos uma vez, fazendo-me forte pela primeira vez.

Por tantos meses eu fui fraca, ao sabor da minha natureza vacilante. Eu aceitei que a minha condição natural pós-perda seria de sofrimento constante e me submeti a isso. O mundo a aceitava, e me dizia que era preciso viver o luto. E eu o vivi, tanto o da Analu quanto o do Ian. Mas nessa condição infeliz eu abafei a voz da verdade que o Espírito sussurrava.

Jesus não me salvara para que eu vivesse naturalmente. Ele me salvou para que existisse em mim um poder sobrenatural, vindo diretamente dele, para encarar a morte e, maravilha das maravilhas, sorrir! Para gritar "Ó, morte, onde está teu poder?" e explodir em adoração ao meu Deus que tinha matado a morte. Era tempo de florescer. Todos os meus frutos, minhas alegrias, tinham caído no chão e morrido. Agora, aquelas sementes estavam prontas para germinar nova vida.

Era hora de seguir em frente sem mais sobreviver em pedaços. Era tempo de viver inteira.

— Eu tenho certeza, meu irmão — sussurrei em seus ouvidos. — Nós vamos ficar bem.

CECÍLIA

> Querido Ian, esse é meu adeus. Se eu pudesse ao menos te olhar nos olhos, te dizer com os meus aquilo que palavras não sabem traduzir... Mas essa mensagem há de bastar. Um adeus para mim mesma, claro, uma vez que você não o receberá. Mas, ainda assim, um adeus, tão necessário e importante quanto seria caso você o ouvisse. Eu te amei desde o primeiro momento que te vi e, por mais inacreditável que isso seja, você precisa acreditar em mim. Claro que o amor cresceu conforme eu conheci seu cuidado, sua força, sua fé; conforme senti seus braços físicos e espirituais me segurarem nos momentos mais difíceis (e que lar seus braços me foram!). Mas foi amor desde o começo, ainda que inicialmente fraco, superficial.
>
> E agora te declaro não a morte desse amor, mas um renascer, um transformar. Esse amor que era meu (nosso, talvez?) agora cai na terra e sacrifica-se a fim de germinar algo novo. Não é lindo isso, Ian? Morte que gera vida — não é essa, afinal, a mensagem da cruz? Céus, e pensar que demorei meses (já faz sete que você se foi, mas quem está contando?) para compreender essa verdade tão primária, tão básica. Pode ir. Não que você precise da minha autorização,

você se foi há muito, e sem meu consentimento. Mas agora abro mão daquele pouco de você que eu teimosamente segurava em mim.

Faço coro, finalmente, com o autor de Hebreus (carta que, providencialmente, Carol e eu estamos estudando): "Livremo-nos de tudo o que nos atrapalha e do pecado que nos envolve, e corramos com perseverança a corrida que nos é proposta, tendo os olhos fitos em Jesus, autor e consumador da nossa fé. Ele, pela alegria que lhe fora proposta, suportou a cruz." Façamos o mesmo, irmão amado. Suportemos a cruz de nunca estarmos juntos, com os olhos na alegria que nos é proposta. Floresça onde Deus te plantou, Ian. Eu farei o mesmo, pela graça. Agora eu sou, como sempre deveria ter sido, somente de Jesus.

Obrigada por tanto.

Sua irmãzinha e, de certa forma, filha na fé, que para sempre estará em dívida contigo, Ceci.

00h20

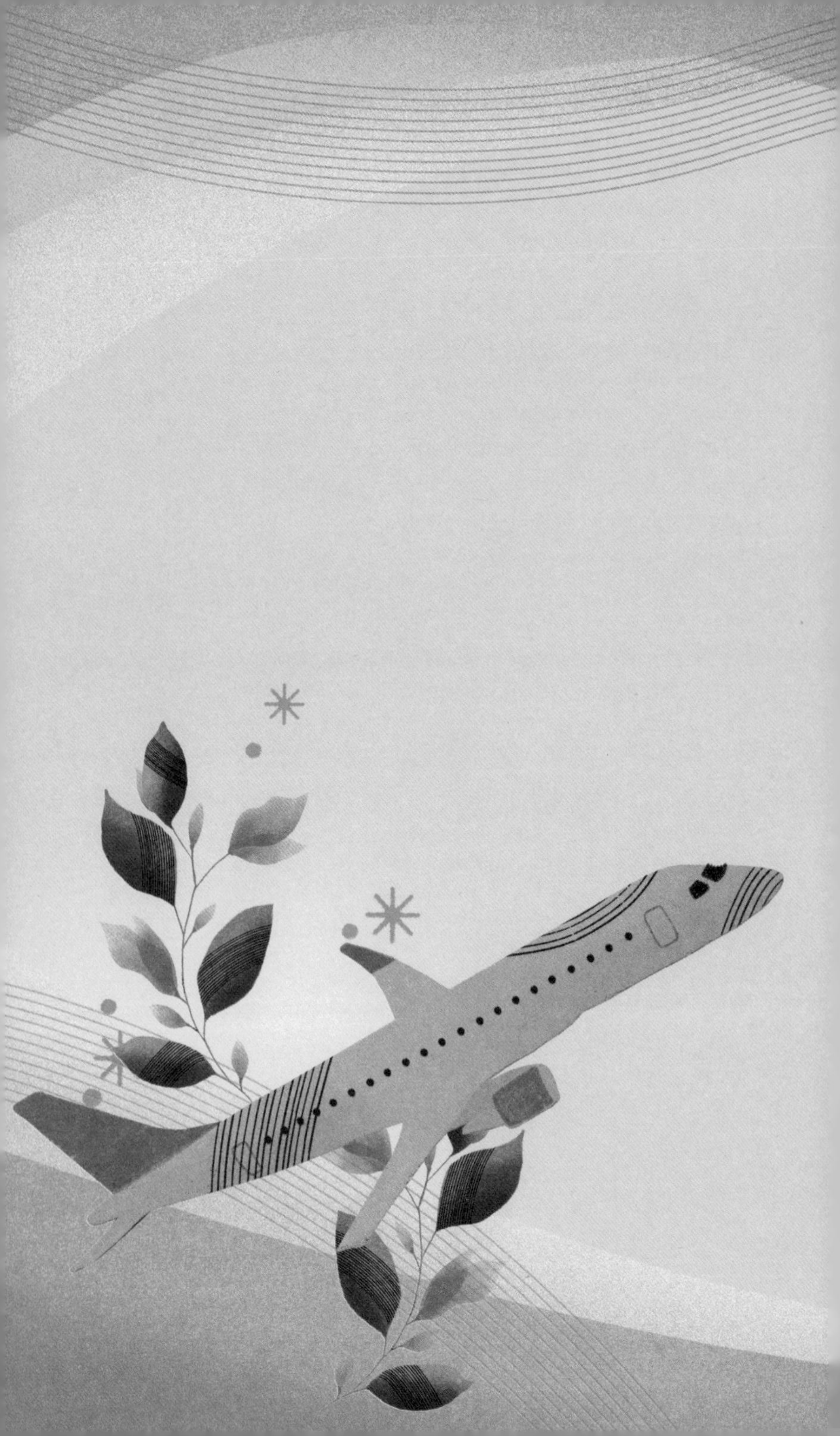

PARTE 4
O RESTO DA VIDA

37

Alucinação

ELE

A tela do computador brilhava solitária no escuro do meu quarto. A essa altura, três, talvez quatro, da manhã, era difícil diferenciar alucinação de realidade. Essas longas noites sem dormir, debruçado em nomes e artigos científicos todos em uma língua que eu precisava desenferrujar, haviam me deixado febril. Só isso explicava o que me encarava no aplicativo de mensagens, aberto em um momento de fraqueza e distração dos estudos.

[+55 16 9000-8888]

> Ian, como eu queria poder simplesmente dizer sim para você.
>
> 8h59 PM

Fechei o computador com uma força tamanha que temi quebrá-lo. Com as mãos suadas e trêmulas, esfreguei meus olhos. Era preciso acordar, estar sóbrio. No escuro completo do quarto, eu mal podia respirar. Com os olhos ardendo e o peito apertado, reabri o computador. A mensagem ainda me encarava zombadora, irreal.

[+55 16 9000-8888]

> Você não sabe a falta que me faz. Parte de mim sente falta das suas mãos nas minhas, do seu sorriso doce, dos seus olhos profundos.
> 8h59 PM

Uma dor latejante explodiu na minha têmpora direita.
Não era possível. Estafa era o nome disso. Alucinação. O nome que eu evitei por semanas, intencionalmente removendo cada lembrança da minha mente com um cuidado cirúrgico, agora repetia-se a cada latejar no crânio, a cada batida do meu coração.
Cecília.

Acordei atrasado, com aquela sensação horrível de já começar o dia com o coração acelerado. Sem tempo nem para o café, desci as escadas e saí porta afora. O vento cortante acordou qualquer parte de mim que permanecia sonolenta. Raios, eu ainda não tinha me acostumado com o inverno desse país nada tropical. Voltei para pegar o casaco e, enquanto corria escadas acima, a noite passada voltou em lembranças meio sóbrias, meio confusas.
    Parei a poucos degraus da porta do meu dormitório e, pegando o celular no bolso, abri o aplicativo de mensagens. Não, nada. Seria possível que eu tivesse dormido sobre os livros e as mensagens não tivessem passado de um sonho?
— Bom dia.
Minha vizinha da frente passou devagar por mim, seu inglês arrastado me acordando do devaneio. Nós já tínhamos nos conhecido brevemente no dia em que me mudei e ela me ajudou

a carregar algumas caixas. Seu nome, entretanto, não me vinha à minha mente no momento.

— Bom dia...

— Brianna.

— Brianna, certo. Desculpe — eu respondi já descendo as escadas.

— Sem problemas — eu ouvi Brianna dizer ao longe, sua voz ecoando por entre os andares do prédio. O vento cortante me lembrou, assim que abri a porta novamente, de que eu havia falhado em minha missão-blusa-de-frio. Encarei minha caminhada até o hospital com apenas uma blusa fina e sapatos inapropriados para a neve que congelava meus dedos.

Esses dias terríveis me traziam um profundo sentimento de solidão. A vida inteira eu fui cercado por irmãos, irmãs, amigos e pessoas da igreja. Agora, pela primeira vez, eu me encontrava completamente sozinho em uma cidade nova, sem ninguém, nem sequer uma igreja para congregar. A transição não estava sendo fácil, especialmente porque a rotina louca da residência não me permitia me encontrar com o Senhor em nossos costumeiros momentos a sós. Sem amigos e sem força do Espírito, eu estava completamente seco e essa era apenas minha segunda semana em St. Louis.

Talvez tenha sido por isso que alucinações dela viessem nas madrugadas. Eu havia prometido a mim mesmo que era preciso não somente ignorar pensamentos sobre Cecília, mas removê--los imediatamente cada vez que eles pousassem em minha cabeça. Eu já era bem treinado nessa técnica, uma vez que tive que usá-la constantemente quando perdi Patrícia. Contudo, mesmo em meio ao cronograma desesperador da residência, meu cérebro parecia encontrar tempo para recordar sardas, olhos verdes e franjinhas. E hoje eu estava especialmente incapacitado de evitar que as lembranças pousassem e fizessem ninho.

Quase ao final do dia, quando meus colegas me permitiram cinco minutos de pausa, eu abri meu computador na sala de espera do hospital, na esperança de ter recebido algum e-mail vindo de casa, qualquer coisa que me lembrasse daqueles que eu amo. E então ali estava ela à minha frente, como se tivesse esperado por mim a noite toda, ansiosa que eu a relesse. A mensagem dos meus sonhos (ou alucinações):

[+55 16 9000-8888]

> Ian, como eu queria poder simplesmente dizer sim para você. Você não sabe a falta que me faz. Parte de mim sente falta das suas mãos nas minhas, do seu sorriso doce, dos seus olhos profundos. Mas o que mais me faz falta, na verdade, é não ter o meu melhor amigo. Eu sinto falta da forma como você me lia inteirinha, mesmo quando eu tentava me esconder. Sinto que só você me entende de verdade. Agora eu me agarro a Jesus. O Jesus que você me apresentou. Tá vendo? Até mesmo minha salvação eterna está conectada a você. Céus, que falta você me faz.
>
> 8h59 PM

Li e reli cada palavra, cada vírgula, tantas vezes quanto foi possível dentro do intervalo de três minutos. O que isso significava? A dor excruciante na têmpora direita voltara, tão intensa quanto na noite passada. "Que falta você me faz", ela disse. Repetidas vezes. O que *raios* isso significava? Essa era a mesma Cecília que viu meu coração sangrar diante dela e, com a sinceridade mais cruel possível, me disse apenas: "Eu só sinto que não posso"? A mesma Cecília que me evitou desde então, virando um fantasma que assombrava minhas alucinações da madrugada? A mesma Cecília que eu buscava esquecer com toda força que existia em mim enquanto sóbrio, mas que voltava doce e provocante nos meus devaneios?

"Meu melhor amigo", ela disse. A raiva subiu pelo meu pescoço, deixando meu rosto vermelho, esquentando tudo em mim. Se era assim que ela tratava seu "melhor amigo", eu podia apenas imaginar as maldades que ela tinha preparadas para seus inimigos. Cecília devia me ver como um idiota, um tolo apaixonado.

Sim, desde o começo, agora eu podia ver claramente! Com seus joguinhos cruéis, sempre me mantendo perto o suficiente para acariciar seu ego, para garantir que ela não se engasgasse em seu próprio vômito após suas escapadas noturnas, para perdoar quando ela se deitasse com um estranho enquanto eu começava a amá-la. Mas nunca perto o suficiente para ser amado de verdade. Nunca perto o suficiente para merecer ao menos uma explicação sincera depois de ser jogado no lixo como uma página de rascunho. Nunca perto o suficiente para *ser suficiente*.

Fechei o computador e movendo o torso para frente e para trás, como alguém completamente fora de si, tentei me acalmar. A vontade de responder era imensa, ainda que minhas mãos tremessem tanto que talvez fosse impossível o fazer nesse momento. Eu tinha muitas coisas a dizer, muito veneno borbulhando dentro de mim, pronto para jorrar. Céus, como eu queria que ela sofresse tanto quanto sofri, quanto ainda sofro. Talvez a solidão e o inverno doído estivessem me deixado frio. Talvez se eu tivesse suporte emocional e espiritual, como sempre tive, eu saberia ignorar os sentimentos pecaminosos que brotavam em mim. Mas, nesse hospital cinza no meio do Missouri, a mais de oito mil quilômetros de tudo que eu tinha como precioso, eu me arrependi de ter um dia amado Cecília Petri.

38
Brincando com fogo

ELE
A meia-luz deixava esse pequeno dormitório mais escuro do que eu gostaria. A música ao fundo — parte eletrônica, parte... japonesa? — me deixava um pouco tonto. Ou talvez fosse o forte cheiro vindo do incenso aceso. De qualquer forma, eu me sentia parcialmente fora de mim.

Brianna me encarava do outro lado da mesa, seus olhos pareciam seguir cada movimento meu. Eu bebia o forte chá de não-sei-o-quê que ela me oferecera na esperança de poder evitar uma conversa. Atrás dela, símbolos e figuras de alguma religião que eu não conhecia se posicionavam tortos na parede em quadros feitos à mão.

— Obrigada por ter vindo — Brianna disse com uma voz macia, enquanto colocava uma mecha dos longos cabelos ruivos atrás da orelha. Seu jeito sedutor me lembrando do que eu fazia sozinho, escondido no escuro do meu quarto, quando a solidão me desesperava.

— Claro... Você parece estar se sentindo melhor.

— Ah, sim, o chá ajudou.

O chá ou o remédio que eu tinha trazido comigo do hospital. Mas, claro, vamos fingir que foi o chá.

— E você encontrou alguma coisa aí sobre a TV?

Meu computador estava aberto em uma página de buscas com os termos "TV não funciona, o que fazer?" que Brianna mesmo tinha digitado. Eu não entendia exatamente por que ela achava que se *eu* pesquisasse no *meu* computador, ao invés de ela o fazer, a resposta iria magicamente aparecer. Eu era médico, e não técnico eletricista, ou qualquer que fosse o profissional que arrumava TVs. Contudo, na noite anterior, ela tinha me contado sobre sua intensa enxaqueca e eu havia trazido um remédio para ajudá-la. De alguma forma, uma coisa levou à outra e aqui estava eu agora, sentado nessa mesa roxa, bebendo esse chá estranho e pesquisando no Google sobre TVs.

— Ainda não. Eu acho que talvez seja melhor você ligar para o dono do prédio mesmo, talvez ele conheça alguém...

Brianna suspirou fundo, frustrada, e levantou-se, indo buscar mais chá. Quando voltou, empurrou sua cadeira para sentar-se mais próximo de mim. Mais próximo do que eu gostaria. Seus grandes olhos verdes me assustavam e irritavam, lembrando outros olhos que eu gostaria de esquecer. Tentei agir da forma mais cordial possível, respondendo às suas perguntas aleatórias sobre minha família, minha residência e meu gosto por chá.

— Hibisco é o meu preferido. Você está gostando?

Então era esse o sabor dessa água quente de cor vermelha que eu bebia por educação. Sinceramente não, não estava gostando. Enquanto eu pensava em como responder sem mentir, ouvi meu computador fazer um barulho de mensagem recebida. Passei os olhos na tela rapidamente, tentando não parecer rude. Na parte direita da tela, vi o começo da mensagem.

[+55 16 9000-8888]

> Ian, quanta coisa eu tenho para te contar. Queria tanto que você fosse...
> 8:13 PM

— Eu... Sim... Acho que preciso de mais, na verdade — respondi sem olhar para Brianna, apontando minha xícara em sua direção, na esperança de que ela se levantasse e me desse alguns segundos a sós.

Brianna sorri largo, feliz com minha aprovação do seu hibisco, e segue rumo à cozinha. Abri o aplicativo rapidamente e li a mensagem toda o mais rápido que consegui. Quando terminei, Brianna já estava de volta, atrás de mim, a xícara na mão, observando a tela. Ouvi ela rir baixinho.

— Que engraçado, não consigo entender nada.

Eu deveria estar mais irritado com o fato de que essa quase estranha estava *tentando* ler minha mensagem privada, afinal de contas, quem faz isso? Mas minha mente está usando toda a sua capacidade para tentar entender o que leu. O que raios Cecília quis dizer com "Queria tanto que você fosse real, e não só um número de celular inativo"?

— Você está bem? — eu ouço Brianna dizer, já sentada de volta em sua cadeira posicionada cuidadosamente bem próxima a mim.

Uma teoria corre minha mente, mas... seria possível? Apago a pergunta sobre TVs da minha página de buscas e digito em seu lugar, tão rápido que erro algumas letras, "celular inativo no Brasil funciona nos EUA?". Clico no *link* que diz algo sobre a diferença entre mensagens recebidas no celular e no computador. Leio rápido e já abro outro artigo, digitando novos termos na busca, com total consciência de que pareço um louco aos olhos verdes de Brianna.

Parece que minha teoria estava correta: era possível receber mensagens de um número antigo em seu computador via internet se ele nunca tivesse sido completamente desativado, ainda que você tenha um novo número, porque seu aplicativo do computador ainda estaria conectado ao número antigo. Então isso queria dizer que Cecília provavelmente pensou estar enviando mensagens a um fantasma, e nunca teve realmente a intenção de que eu as lesse.

— Ian? — acordei da minha estupefação com os dedos longos de Brianna apertando meu braço esquerdo.

— Eu preciso ir. Obrigado pelo chá.

Fechei meu computador e comecei a me preparar para sair, mas senti Brianna me segurando.

— Você não precisa ir, você podia ficar...

Pela primeira vez eu noto em sua voz o que eu fingi ignorar por um tempo. Ela me queria ali não para receber remédios ou beber chá. Seus olhos provocantes e suas roupas curtas, ainda que estivéssemos no meio de um rígido inverno, não deixavam dúvidas. Lembrei-me de parte da mensagem de Cecília. *"Ainda não me perdoei por ter dado a ele algo que, bem, eu gostaria de ter dado a outra pessoa"*. A quem eu estava enganando? Eu sabia das intenções de Brianna desde o começo e podia ter dito não. Mas parte de mim também queria estar ali, sentir o desejo dela afagando meu ego. A rejeição de Cecília tinha me cortado profundamente, me deixando com uma ânsia de aprovação insana. E minha vizinha linda e provocante me querendo apenas provava a mim mesmo que Cecília estava errada em não me querer. Brianna era apenas um tijolo a mais, talvez mais real, do prédio de luxúria que eu estava, pouco a pouco, construindo secretamente.

Céus, a que ponto eu tinha chegado? Usando Brianna, usando as mulheres nas minhas telas. E até onde eu teria ido se Deus não me tivesse acordado com essa mensagem profunda na voz da própria Cecília? Eu não queria dar a Brianna algo que outra pessoa deveria ter. E definitivamente não queria mais me afundar no abismo em que eu estava preso.

O mais triste, na verdade, não era enganar Brianna, mas a mim mesmo. Eu pensei que ver Cecília sofrer era o que eu precisava para esquecê-la de vez, mas aqui estava uma mensagem que era quase um pedido de socorro e eu não estava feliz. Pelo contrário, meu desejo era de abraçá-la, confortá-la, protegê-la. Mas se eu não podia fazer isso no momento. Eu ao menos a protegeria de mim mesmo e dos meus desejos pecaminosos. Era hora de parar de brincar com fogo.

Abracei Brianna e orei em silêncio para que ela ficasse bem.

— Não, Brianna. Eu realmente *preciso* ir.

Fechei a porta resolvido a nunca mais voltar àquele dormitório de novo.

39

O amor faz

ELE

O chão sob meus joelhos estava molhado. O carpete do quarto arranhava minha pele. Apesar disso, o incômodo não foi suficiente para me fazer levantar. Eu precisava continuar orando, continuar chorando. Quando finalmente senti paz em parar, o relógio marcava 4:16 AM. Me arrastei para baixo da coberta e tentei dormir, mas minha cabeça estava tão cheia que era impossível pará-la. Resolvi reler as palavras da última mensagem que recebi de Cecília.

Já fazia seis meses que eu as recebia, e uma a uma elas me atingiam como facadas. Eu tinha virado um morto-vivo, sobrevivendo a cada novo dia. Acordava, mal comia qualquer coisa e saía para passar o dia todo no hospital. Quando chegava ao dormitório, eu estava sempre tão cansado que ia direto para a cama, ou pior, me distraía da forma mais corrupta possível. Eu estava tentando lutar contra isso, mas batalhas travadas sozinho são quase impossíveis de ser vencer. E nesse ritmo frenético eu estava me esvaindo de vida, virando essa carcaça que anda, mas nada sente. Meses a fio sobrevivendo.

Reli a última mensagem outra vez, uma de dezenas. Céus, como eu queria poder respondê-las. Aliás, Deus sabe que várias vezes eu quase o fiz, mas não tive coragem de perder a oportunidade de ler os sentimentos tão sinceros e crus de Cecília. Tive medo de que, ao saber que eu tinha acesso aos seus pensamentos, ela parasse de enviá-los. Eles estavam sendo meu motivo de acordar nesses últimos dias, por mais que eu sentisse uma certa convicção de que era errado quebrar sua confiança dessa maneira. Mas eu não conseguiria dizer adeus à leitura dos detalhes sobre seus dias, suas dificuldades, seus medos, suas alegrias, porque de certa forma era como se nós ainda estivéssemos juntos e eu ainda fizesse parte de sua vida.

Fechei os olhos e imaginei nossa vida inalterada pelas dificuldades, em um universo paralelo em que ela me dizia sim no restaurante francês e sim de novo no altar. Perdido nesse universo perfeito, eu consegui, finalmente, adormecer.

O sol entrando pela janela me fez acordar mais cedo do que eu gostaria. As paredes brancas e imaculadas desse quarto de visitas refletiam a luz com mais força e seria impossível conseguir voltar a dormir. O cheiro de café que invadiu o quarto e inundou meu corpo foi uma motivação a mais para eu me levantar de vez.

Desci as escadas devagar, grato por sentir a madeira quente sob meus pés ao invés do carpete duro e frio que geralmente me dava bom dia em meu dormitório. Essa casa era aconchegante com suas paredes brancas e móveis modernos, e eu amava poder ter esse tempo longe da loucura do hospital. Deus tinha sido bom em me dar uma pausa justamente no momento em que eu achei que iria quebrar por completo.

As circunstâncias que haviam me trazido até aqui tinham sido difíceis. Uma semana atrás eu recebi a ligação de Arthur me contando sobre seus sentimentos com Carol e o término que ela deu à situação. Desde então, eu havia perdido o pouco de paz que me sobrara. Eu nunca tinha sequer imaginado que qualquer coisa pudesse existir entre eles e de repente recebo notícias não somente de que o sentimento existia, mas de que ele já tinha sido tolhido pela raiz. O que eu podia fazer? Meu coração nem pôde se alegrar com a possibilidade de ter meu melhor amigo em um relacionamento com a minha irmã. Eu recebi a notícia quando a possibilidade já havia morrido e agora só me restava aprender a lidar com essa realidade.

Claro que eu fiquei frustrado. Por que Arthur não compartilhou seus sentimentos comigo desde o começo? Por que Carol não confiou em mim o suficiente para pedir minha opinião antes de tomar sua decisão final? Por que eu tinha que descobrir tudo como um espectador a quem só foi dado o direito de assistir à última cena de um filme, sem ter acesso a tudo que aconteceu antes dela? Sim, céus, eu precisava de um descanso.

Me sentei à mesa do café da manhã onde panquecas, frutas, suco e café me esperavam. Olive pulou no meu colo e me deu um abraço tão forte que eu me permiti esquecer minhas dores por alguns segundos.

— Bom dia, princesa do tio!

Eu mal podia acreditar que fazia mais de dois anos que eu não a via. Seus olhos grandes e azuis eram os mesmos que costumavam me encarar do berço, mas agora Olive mal cabia no meu abraço. Nate, em contrapartida, continuava a mesma criança séria e calada de quem eu me lembrava, ainda que agora estivesse usando óculos. Ele me disse um bom dia sussurrado do outro lado da mesa sem tirar os olhos do livro que lia sobre dinossauros.

— Ian, já acordado? As crianças fizeram muito barulho? — Johnny disse, apertando meus ombros.

— Não, imagina, eu sinceramente nem as ouvi do quarto. Eu só queria passar o máximo de tempo que pudesse com vocês enquanto estiver aqui — eu disse com sinceridade, ainda que ocultasse o fato de que as paredes extra brancas do quarto também tivessem colaborado para que eu já estivesse de pé.

— Ótimo! Eu pensei que seria uma boa ideia nós dois irmos caminhar nas montanhas mais tarde, o que acha?

— Como nos velhos tempos?

— Como nos velhos tempos — meu irmão respondeu sorridente.

O azul imenso no céu nos cobria como um perfeito manto de paz. Havia tanto tempo que eu não me sentia calmo por dentro que o sentimento me era agora estranho. Meus horários em St. Louis me obrigaram a me encontrar com Deus apenas durante as madrugadas, mas, mesmo com esses momentos de volta à minha rotina, eu ainda estava constantemente agitado internamente. Contudo, essa visita e essa vista eram como um bálsamo ao meu coração.

Johnny e eu andamos por cerca de uma hora até chegarmos à beira do lago. Quando meus olhos encararam a imensidão da natureza ao nosso redor, tudo o que estava apertado e sufocado dentro de mim saiu em lágrimas. As águas cristalinas refletiam o céu perfeitamente, como se ambos fossem uma coisa só, contrastando com as montanhas cobertas de neve ao fundo. Meu coração suspirou profundamente com o cenário tão familiar, palco de tantas viagens de férias dos Jones.

— Ian, eu sei que faz dois anos que não te vejo, mas não foi preciso mais de dez minutos ao seu redor para perceber que você não está bem — Johnny diz, sentando-se calmamente à beira do lago. — Você sabe que pode me contar qualquer coisa, certo?

Inspiro fundo, tentando tragar o ar puro desse lugar abençoado e conter o choro borbulhando na garganta.

— Eu não saberia nem por onde começar — confesso, sincero.

Mas Johnny tem os olhos pacientes de Carol e eu acabo entregando tudo o que estava dentro de mim, até mesmo o que eu não sabia que estava lá. As palavras fluíram constantemente, como se estivessem há meses apenas esperando minha aprovação para saírem correndo feito prisioneiras que encontraram a porta do cárcere aberta. Eu contei sobre Patrícia e a dor que ainda me atormentava; sobre Cecília e tudo o que ela acordou em mim; sobre Arthur e Carol e o quanto eu gostaria de ajudá-los, ainda que estivesse frustrado; sobre Brianna e meus pecados que vieram à tona na solitude do meu dormitório; sobre a exaustão absurda da residência e a incerteza que eu tinha, às vezes, do rumo profissional que escolhi; e finalmente sobre minha fé, que parecia ter encolhido e ficado do tamanho de um grão de areia desde que me mudei para os Estados Unidos.

Conforme eu falava, minhas lágrimas iam secando, como se a cura estivesse chegando devagar. Por que eu não me abri com alguém antes? Sufocar tudo dentro de mim, me fingindo de forte, estava me matando aos poucos. Meu irmão ouviu tudo sem me interromper nenhuma vez e eu sabia que, assim como meu pai, ele provavelmente estava orando em silêncio, pedindo sabedoria para me ajudar.

— Bom, deixa eu ver se entendi — ele disse finalmente. — Três das pessoas que você mais ama, incluindo possivelmente o amor da sua vida, estão sofrendo no Brasil e você decidiu passar suas duas semanas de folga no Colorado, comigo?

Sua sinceridade brutal me pegou de surpresa.

— E você queria que eu fizesse o quê? Da última vez que cheguei, minha conta bancária ainda não estava nos milhões. Não dá pra sair comprando passagem só porque eu fiquei com vontade. Além do mais, eu tenho minha vida aqui, minhas responsabilidades, não posso correr para o Brasil toda vez que as coisas ficarem difíceis... E outra, faz dois anos que eu não vejo vocês! A Olive está enorme, eu nem a vi crescer! É claro que eu ia aproveitar esse tempo para vir para cá. E a Cecília disse *não* pra mim, você lembra essa parte da história? Por que *eu* é que deveria ir atrás dela?

— Desculpas — Johnny interrompeu meu longo discurso defensivo.

— *Desculpas?* — Repeti, incrédulo com sua dureza.

— Ian, você sabe que eu te amo. Mas, sim, você está criando desculpas — abri a boca para responder, mas Johnny continuou em um tom firme de irmão-mais-velho-quase-pai.

— Em primeiro lugar, a Olive vai crescer longe de você, mas o amor dela é o mesmo. Você viu como ela pulou no seu colo hoje! Ela não precisa de você aqui. Mas o Arthur, a Carol e a *Cecília*? Eles precisam de você.

— Mas...

— E daí que Cecília disse não naquela noite, milhões de meses atrás?

— Sete — retruquei baixinho.

— Tanto faz. Talvez ela tenha errado. Mas talvez ela simplesmente tenha feito o que era o certo para ela na época. Minha pergunta é: por que você está focado em um não ao invés de considerar os milhares de sim que ela deixou implícitos nessas mensagens todas?

Meu irmão pausou, provavelmente querendo que suas palavras tivessem maior efeito no silêncio.

— Eu sei que doeu, Ian. Olha para mim.

Eu tentei evitar seu olhar, mas Johnny apertou meu braço carinhosamente e eu aceitei encarar seu rosto paternal.

— Eu sei que ela te machucou. Mas como você acha que ela se sentiria se soubesse que nesses meses todos você poderia ter respondido? Que você tinha nas mãos o poder de mandar uma só mensagem que acalmaria o coração dela, que a ajudaria nas dificuldades que ela te relatou, e você *escolheu* ignorar? Por orgulho, raiva, curiosidade de continuar lendo, ou seja lá o que foi?

Suas palavras, ainda que amorosas, me cortavam profundamente.

— Se seu objetivo é fazer com que eu me sinta pior do que já estava, está funcionando — eu disse, amargo.

— Não, meu irmão. Eu estou tentando fazer você entender que amar é difícil — suas palavras eram duras, mas seu olhar era doce. — Cecília errou, te machucou. Mas você também errou e machucou. Amar não é nunca ferir, Ian. Amar é voltar e ajudar a curar.

Esfreguei meus olhos com os dedos, na esperança de fazer passar a dor de cabeça que começava a brotar nas minhas têmporas.

— O que você está tentando dizer, Johnny? — eu retruquei por entre as mãos, em meio às lágrimas.

— Que você tem duas alternativas: ficar no Colorado como um menino mimado alimentando sua pena de si mesmo, ou voltar ao Brasil como um homem que assume seus erros. O dinheiro eu te empresto, então essa desculpa você não tem mais. Fica para você decidir então, Ian. Mas saiba disso, meu irmão: o amor não fica planejando, esperando, sonhando. O amor *faz*.

40

Sim

ELA

O luto, como aprendi na terapia, não era um lugar de estadia, mas de passagem. Eu não fui feita para permanecer nele ou definhar em amargor. O luto tinha que se transformar. O fruto precisava morrer para que a semente caída, morta, pudesse germinar algo novo. Analu e Ian eram meus frutos caídos. Eu tinha a opção de olhar para eles em dor como coisas que perdi, ou em esperança como coisas que aceitei soltar para ver algo novo germinar.

Jesus estava trabalhando em mim de maneiras que eu mal sabia compreender, muito menos explicar. Meu coração estava se curando, aos pouquinhos, não para voltar a ser como já tinha sido, mas para florescer em algo completamente novo. As lágrimas que costumavam vir com as lembranças do que amei e perdi agora vinham em forma de sorrisos aleatórios durante os dias. A gratidão havia tomado o lugar da raiva.

Eu carregava tanto Analu quanto Ian comigo, tanto no coração como fisicamente, em um colar sobre o peito onde coloquei um anelzinho da minha pequena e as alianças que teriam sido a prova do compromisso entre eu e Ian. Carol encontrou a caixinha algumas semanas atrás, enquanto limpava a casa, e me perguntou se eu queria ficar com os anéis prateados dentro dela. Uma vez que eu havia decidido abandonar a prática de enviar mensagens ao fantasma do Ian, pensei que ao menos poderia me conectar de alguma forma com ele mantendo aqueles anéis perto de mim o tempo todo.

O que eu podia dizer? Eu estava pronta para abrir mão de nós, ainda que talvez não totalmente, se fosse sincera. Contudo, se Ian estava feliz sem mim, isso me fazia feliz e, pouco a pouco, eu encontrava paz na aceitação.

Enquanto o ônibus balançava, passando nos buracos das ruas, os três anéis roçavam minha pele. Retirei o cordão de dentro da blusa e os apertei com força conforme chegávamos mais perto do meu destino. Me levantei devagar, sem muita vontade de abrir caminho entre a quantidade absurda de gente voltando da faculdade e do trabalho. Esse horário de *rush* era sempre assim, um caos. Quando finalmente consegui descer do ônibus, passei a mão pelo pescoço para garantir que meu tesouro não tinha se perdido na bagunça de mãos e ombros que eu tinha enfrentado. Suspirei aliviada ao perceber que ainda estava ali.

Abri o portão rapidamente, e me dirigi até a casa ao fundo do prédio. Bati na porta três vezes, mas ninguém abriu. Estava prestes a começar a gritar quando Carol finalmente apareceu, como se fosse um fantasma.

— O que aconteceu? Está tudo bem? —inquiri, preocupada.

— Entra, Ceci.

A casa estava escura, apenas uma luz fraca vindo da copa. Meus olhos demoraram a se ajustar à meia-penumbra. Um cheiro bom de comida bem feita preencheu o ar. Senti uma mãozinha me pegar pelo braço.

— Missy? O que está acontecendo?

— Por aqui, senhorita — a pequena respondeu sorridente, me guiando pelo caminho.

Tropecei em uma cadeira, quase soltei um gemido de frustração. O que estava acontecendo? Por que não acendiam essa maldita luz? Um *jazz* calmo começou a tocar ao fundo e, quando me virei para tentar enxergar de onde vinha, vi Carol ao lado do toca-discos antigos da família. Quando os Jones me convidaram para jantar, não era isso que eu tinha em mente. Por alguns segundos, eu até me perguntei se era meu aniversário ou algo do tipo, mas não, ainda faltavam muitos meses.

Quando meus olhos se ajustaram à meia-luz, eu o vi.

Seus olhos azuis me encaravam e eu o encarei de volta, por entre lágrimas que começaram a surgir. Meu coração batia tão alto que eu tinha certeza de que ele podia escutar. Será que ele também podia ouvir que cada batida dizia seu nome?

Devagar, ele se aproximou, seus olhos tão doces quanto eu me lembrava. Tão diferente da raiva que eu senti neles há alguns meses, ou da tristeza que notei na última vez que os vi. Quando ele chegou tão próximo que eu podia sentir sua respiração, meus pulmões quase pararam. Ele passou o polegar nas minhas bochechas, limpando minhas lágrimas, e depois passou os dedos pelos meus cabelos. Quando ele me envolveu em um abraço, eu pude sentir o pulsar do seu coração batendo em seu pescoço, e ficou claro para mim que cada batida dizia meu nome.

Ficamos ali, dentro dos braços um do outro, por não sei quanto tempo. Quando finalmente nos soltamos eu percebi que nem Missy nem Carol estavam por perto. Eu sequer tinha notado a ausência delas.

— Eu... — comecei a dizer, baixo e sufocado. Milhões de palavras que não sabiam como sair.

— Eu também — Ian respondeu, sorrindo torto, cúmplice na minha incapacidade de articular pensamentos.

Com um gesto ele me pediu para sentar, e eu obedeci. Notei um prato de risoto à minha frente e uma taça de suco de laranja. Exatamente como na fatídica noite no Patisserie 43. O que tudo isso queria dizer? O que ele estava fazendo aqui? Eu tinha tantas perguntas. Mas, quanto mais eu olhava em seus olhos, menos elas importavam. Ele estava aqui, comigo. Eu mal podia acreditar. Seu rosto estava mais magro que de costume e eu podia notar o cansaço em seu tom de voz. Tive vontade de abraçá-lo de novo, mais forte dessa vez, mas me contive.

— Confesso que tive medo da sua reação. Mas talvez eu não precisasse ter me preocupado tanto — Ian disse suave, se inclinando devagar e passando os dedos pelo colar em meu pescoço. Senti o sangue queimar minhas bochechas.

Ele estava tão próximo. Pousei a mão em seu rosto e ele fechou os olhos, deixando sua cabeça repousar no meu toque. Eu nunca o senti tão vulnerável. Uma lágrima desceu dos seus olhos, molhando minha mão. Senti as minhas voltarem também.

— Eu sinto muito, Cecília.

— *Você* sente muito? — eu respondi incrédula.

Ian se afastou, apoiando o corpo de volta no encosto da cadeira. Senti sua falta assim que ele saiu de minhas mãos e percebi que eu não aguentaria não estar com ele novamente. A percepção me assustou tremendamente.

— Eu... falhei com você.

Meu coração pesou no peito. Que tipo de confissão era essa? Minhas mãos começaram a suar. Conforme ele demorava a continuar, eu quis pedir que ele se explicasse de uma vez, mas não me senti no direito de exigir nada.

— Há alguns meses você me mandou uma mensagem — ele começou, olhando para o chão. — E depois outra, e mais outra. E eu... eu recebi cada uma delas no meu computador, ainda que meu celular estivesse desativado.

Minha boca secou e eu não soube responder. Cada confissão, cada pecado, cada palavra que eu pensei terem sido só minhas... ele leu *tudo*?

— Todas as mensagens? — eu não sabia se a resposta tinha saído alta o suficiente para que ele ouvisse.

Ian voltou para perto de mim, a mão na minha. O rosto tão próximo do meu que eu podia sentir o quente do seu respirar.

— E não foi só isso. Eu... Céus, eu nem sei como explicar. Eu cheguei ao fundo do poço. Traí você, traí a mim mesmo, e o pior de tudo, traí a fé que costumava ter. Eu sei que não mereço, mas se você conseguir, eu te suplico... Me perdoa?

Me levantei rapidamente. A cabeça girando tanto que tive que me apoiar na parede. Eu não sabia como meu corpo estava aguentando emoções tão poderosas. Eu estava feliz ao ponto de explodir por ter Ian por perto quando pensei que não o veria por anos. Mas eu também estava com raiva e profundamente envergonhada por saber que ele tinha praticamente lido meu diário por meses.

Me virei devagar e o encarei.

Sentado na cadeira, com o corpo apoiado nos braços, Ian parecia carregar toneladas nas costas. Ele sequer parecia o mesmo Ian por quem eu me apaixonara. Seus olhos estavam fundos em seu rosto, seus ossos mais proeminentes, sua feição triste como nunca antes. O que esses meses longe tinham feito? Que dores tinham trazido? Que fraquezas tinham revelado?

E então eu percebi que não importava se ele tinha lido minhas mensagens. Talvez ele tivesse precisado delas. Uma inesperada e poderosa onda de compaixão e amor me lavaram de todo sentimento negativo. Me ajoelhei ao lado dele e segurei seu rosto em minhas mãos.

— Ian... olha para mim.

Ele ainda encarava o chão, as lágrimas molhando minhas pernas. Que peso esse homem estava carregando dentro de si? Eu queria curá-lo, abraçá-lo até a dor passar. Senti voltar toda a culpa de tê-lo abandonado. Será que eu, com minhas próprias mãos, o tinha destroçado dessa maneira?

— Ian... me perdoa. Por tudo. Por ter te rejeitado, por ter te abandonado, por ter te ignorado. Eu... eu queria tanto poder tirar esses pesos das suas costas.

Suas lágrimas contidas agora tinham virado um choro incontrolável. Não mais o homem forte que me segurara por tantas vezes, Ian tinha se tornado como uma criança que eu tentava consolar.

— Eu me perdi, Ceci. Eu não sei mais como me achar — ele confessou em meio aos soluços. — Eu já nem sei direito quem eu sou.

Meu coração se desfez em milhares de pedaços. Eu pensei que sabia o que era sentir dor, por ter perdido quem eu amava. Mas perder Analu sabendo que ela estava com Jesus não doía tanto assim. Quando perdi Ian, eu pensei que ele estava mais feliz sem mim. Mas agora eu percebi que a maior dor não é perder quem a gente ama, mas vê-los sofrer. Abracei Ian o mais forte que eu podia, mas seus soluços não paravam.

Comecei a orar em silêncio. Eu só queria vê-lo bem, fosse comigo ou sem mim, já não importava. Eu estava disposta, e Deus sabia, a passar o resto da vida infeliz sem Ian se isso significasse o bem dele. Não era isso que Deus tinha me mandado fazer? Deixar o fruto morrer para o bem de outro? Amor sacrificial? Mas nesse momento, com Ian desesperado em meus braços, eu finalmente ouvi o sim que esperei por quase 1 ano. E então compreendi: Deus tinha esperado que eu aprendesse a viver sem Ian, aprendesse a me sacrificar por amor a ele para, então, me mostrar que não seria sem mim que Ian seria feliz.

Me afastei devagar e Ian finalmente levantou os olhos vermelhos para me encarar. Tirei o colar do meu pescoço e o abri devagar. Os anéis caíram no chão e eu peguei o maior deles.

— Você pode não saber quem é, mas eu sei. Você é Ian Jones, filho adotivo e amado do Deus altíssimo. Comprado por alto preço. Valioso aos olhos do Eterno — eu disse rápido, confiante. E então pausei, ponderando o peso do que estava por vir. — E você também é Ian Jones, o homem mais excepcional que eu já conheci.

Abri a mão direita dele com ternura e coloquei a aliança dentro dela.

— E se você ainda quiser, eu estou pronta para ser sua para sempre.

Seus olhos confusos encararam a aliança por alguns segundos.

— Cecília, você não precisa fazer isso só porque eu estou sofrendo.

— Ian, eu te machuquei. E então você me machucou. Eu acho que o amor é isso. Encontrar alguém que não seja perfeito, que te machuque, mas que volte por você. Que não desista. De alguma forma, você voltou por mim e agora é minha vez de não desistir. Eu te amei desde o primeiro dia e, por mais que eu estivesse pronta a abrir mão de você, aqui estamos nós. Parece que Deus tinha outros planos. A não ser que você...

— Nem ouse terminar essa frase.

Ian limpou suas lágrimas com a blusa e levantou meu rosto para encará-lo.

— Meus sentimentos nunca mudaram, Ceci.

Pegando a aliança menor do chão, Ian a colocou em frente ao meu dedo anelar direito.

— Bom, vamos tentar isso de novo, então — ele disse, sorrindo finalmente. — Cecília Petri, você quer ser minha namorada?

Com o peito explodindo de amor eu finalmente respondi: sim!

41
O amado da minha alma

ELA
Parte de mim se sentia como um psicopata em filme americano e a outra parte queria continuar ali, encarando-o enquanto ele dormia. Uma mecha de suas ondas douradas caía sobre seus olhos e eu quis movê-la, mas tive medo de acordá-lo. Às vezes Deus me acordava no meio da noite, então eu aproveitava a insônia para orar. Mas, nessa noite, a insônia estava sendo preenchida com a ternura de observar meu marido dormir.

Meu marido. Difícil acreditar que já fazia mais de 1 mês que eu havia me tornado a senhora Ian Jones. Quanta honra nesse título. Havia momentos, como esse na madrugada, em que eu me pegava completamente constrangida pela graça de Deus. Como foi que eu, com todos os meus pecados e falhas, recebi um presente tão lindo quanto esse do matrimônio, e com alguém tão especial?

Ian era um marido gentil. Eu já sabia que ele era maravilhoso, ainda que pecador, mas não esperava que ele fosse tão gentil. Sua doçura contrastava com minha amargura natural, e eu aprendia com ele constantemente. Desde quando íamos a algum supermercado e ele sorria ao agradecer ao operador de caixa pelo nome, até quando parava para conversar com moradores de rua, Ian nunca deixava de me surpreender.

Mas nós também tivemos, ainda que em pouco tempo, nossos atritos. O namoro e o noivado foram conturbados, uma vez que os passamos quase que inteiramente à distância. Discordâncias precisavam ser resolvidas em chamadas de vídeo e nós aprendemos rapidamente que, se queríamos continuar juntos, precisaríamos de muita proatividade para fazer esse relacionamento funcionar. O começo do casamento também teve lá suas dificuldades. Ainda me lembro da noite em que me tranquei no banheiro chorando e Ian esperou do lado de fora até que eu abrisse a porta, disposta a resolver nossa briga.

Aos poucos, nós estávamos aprendendo que casamento não era uma linda festa com nossos amigos e familiares, ainda que tivéssemos sido agraciados com isso também. Casamento era dizer sim diariamente, escolher todo dia a mesma pessoa. Era colocar o bem de outro acima do seu, por mais contrário à nossa natureza que isso fosse. Era desejar passar uma vida inteira com alguém, e ao final dela, estar disposto a fazer tudo de novo se fosse possível.

Olhando para Ian sob a luz do luar entrando por nossa janela, eu podia imaginar e antecipar nossos filhos. Céus, eu queria que todos fossem como ele! Claro, não me importaria se algum deles herdasse meus olhos verdes, mas eu queria que eles carregassem em si as virtudes dos Jones. Só de pensar em pequenos com nossos traços, expressões vivas do nosso amor, fez meus olhos ficaram marejados. Meus suspiros fizeram Ian se mexer de leve, quase acordando. Fechei os olhos rapidamente, evitando que ele me pegasse em meu momento psicopata. Alguns segundos depois, abri devagar apenas o olho esquerdo. Ian ainda dormia tranquilamente. Abracei-o e, sorrindo, dormi também.

— Essa é linda.

Meus sogros estavam completando 35 anos de casamento e a família toda, incluindo Johnny e sua esposa, havia se reunido na pequena casa pastoral ao fundo da igreja. Já passava das onze da noite e a maior parte dos Jones estava na cama, mas Ian e eu tínhamos escolhido aproveitar o silêncio para estarmos juntos, a sós.

Enquanto eu esticava as pernas no sofá e me livrava dos sapatos elegantes, mas apertados, aos quais havia me submetido para a festa, Ian tocava baixinho no violão sua mais nova composição. As notas suaves acalmavam minha alma.

Sentada atrás dele, eu o abracei com meu braço direito por cima de seu ombro. Conforme ele cantava eu podia sentir, em minha mão descansando sobre seu peito, a vibração em sua caixa torácica. A mistura da linda melodia e da paz de sentir seu coração bater e seu peito vibrar a cada verso me fez perceber uma verdade poderosa, essencial.

Se eu não tivesse perdido Ian e acreditado, por meses, que nunca mais o teria de volta, eu não teria aprendido a descansar em Deus somente. Se eu não tivesse aprendido isso, momentos como esse seriam idolatrados. Ian ainda estaria em um pedestal no meu coração e eu ainda precisaria dele para me curar. Mas agora, depois de tudo o que passamos, depois de tantas lições aprendidas nos poços mais profundos, eu podia desfrutar desses momentos preciosos, colocando-os no lugar certo onde eles de fato pertenciam.

A verdade que eu pude aprender com tanta dor é que Ian é meu melhor amigo, mas jamais será meu Deus. Não importa o quanto eu o ame nesta vida e o quanto eu compreenda a honra de ser sua, eu não preciso de Ian para viver.

Eu só preciso de Jesus, o verdadeiro amado da minha alma. Ele sim me satisfaz completamente.

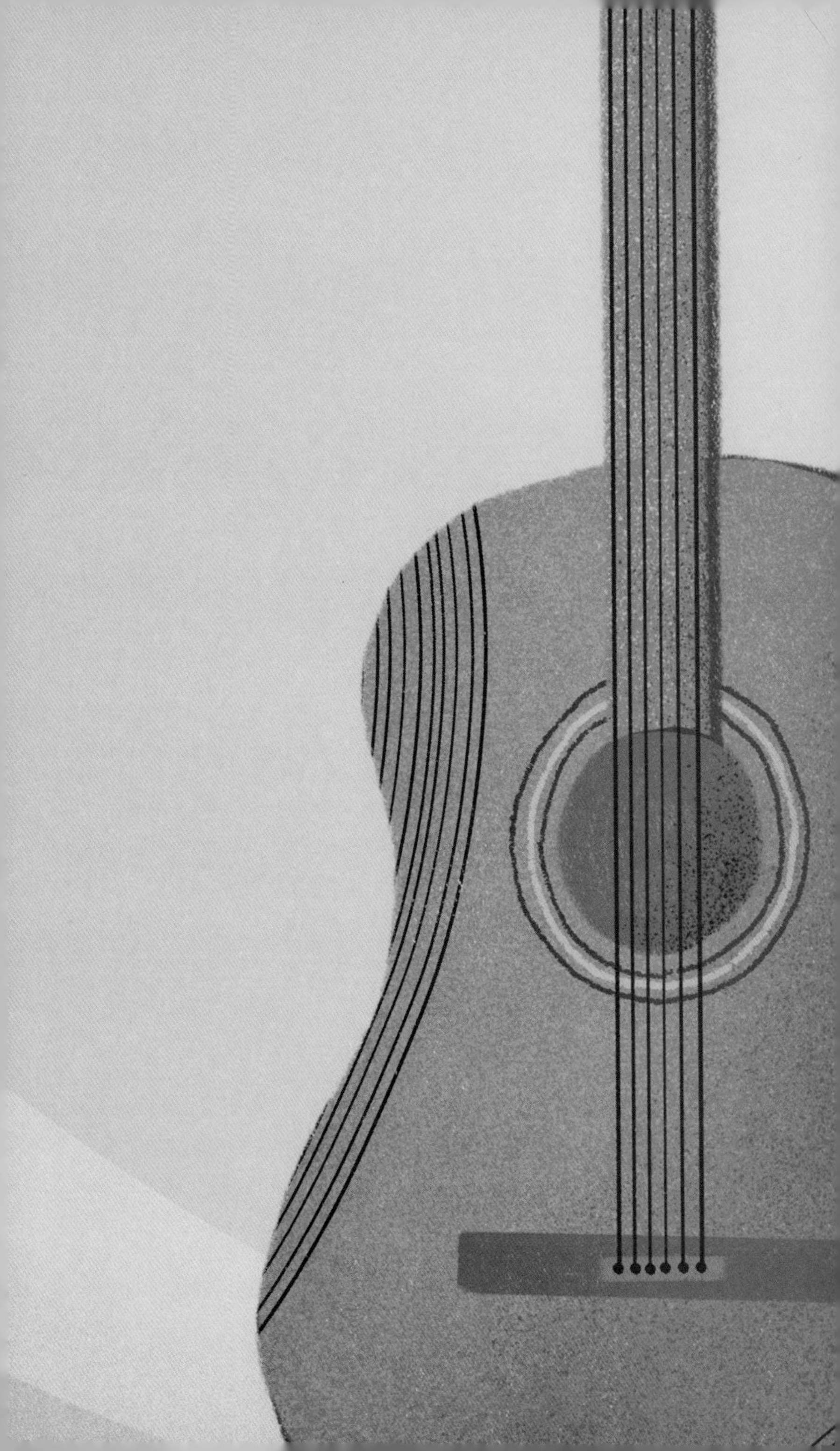

EPÍLOGO

O VENTO EM MEU ROSTO refrescava o suor e me acalmava, aos poucos, de toda a correria do dia. Nessa sacada no segundo andar, eu podia finalmente estar sozinha pela primeira vez em horas. A noite estava escura e sem luar, mas era possível ver as luzes fracas da prisão a alguns metros de nós. Olhando daqui, a certa distância, era difícil acreditar no caos e sofrimento que se passava dentro daqueles muros, uma vez que a noite estava tão silenciosa. Mas nós sabíamos, porque tínhamos visto a dor com nossos próprios olhos.

Naquela mesma manhã, acordamos com nossos corações na mão, metade esperançosos, metade medrosos. O presídio de Palmasola era conhecido por sua violência interna, mas nós sabíamos que tínhamos sido chamados para entrar e ver, pois somente assim poderíamos voltar ao Brasil e transmitir a realidade daquele lugar para que nossos irmãos se unissem à causa conosco.

Juntamos, então, toda nossa coragem vinda do Espírito, beijamos as crianças e saímos rumo ao portão. Ao chegarmos perto da entrada, Ian apertou minha mão e sussurrou:

— Tem certeza?

Eu não tinha, mas a fé me mandava continuar. Entramos com Carol, a única familiarizada com o processo, à nossa frente, e o que vimos nos marcou para sempre. Pequenos com olhos vazios, adultos com a alma sedenta e desespero para todo lado. Quando saímos, nem tínhamos palavras para processar o que havíamos testemunhado.

Por isso esse momento sozinha nessa sacada me fazia bem. Era preciso ponderar tudo o que eu estava sentindo.

Os últimos anos tinham sido frutíferos. Anos de labuta e anos de construção. Ian e eu havíamos lançado a estrutura de nossas vidas e construído nossa família sobre um alicerce forte. Mas agora o Senhor estava nos chamando a sair, começar a também edificar fora do nosso lar. E que lugar melhor para começar do que aqui, onde nossa irmã estava? Quando Carol anunciou à família toda que estava se mudando para a Bolívia a fim de trabalhar com crianças em um orfanato, todos ficamos com o coração apertado, ainda que gratos por ela finalmente ter compreendido claramente seu chamado. Já fazia oito meses que ela estava aqui e nós finalmente havíamos conseguido tempo para visitá-la com o objetivo de voltar à nossa amada Igreja Batista Central para relatar o que vimos.

Ouvi passos atrás de mim e braços que logo me envolveram.

— No que está pensando? — sua voz disse suave.

Eu não sabia expressar ao certo. Estar aqui com ele era o clímax de tantas histórias. Ao mesmo tempo, enquanto eu olhava dentro de seus doces olhos azuis, tudo parecia ter começado ontem, e eu podia ainda sentir as mesmas borboletas do começo de tudo dançando em meu estômago.

Céus, como eu o amava.

Eu já sabia disso desde nosso comecinho, desde a biblioteca, desde o hospital, desde a Patisserie 43. Mas eu não compreendia o quanto podia amá-lo até que nos casamos, que nos tornamos um só, que finalmente fomos completa e totalmente um do outro. E, agora, ao servir juntos, estar aqui em missão pelo Reino, trazia uma nova camada desse sentimento que ainda me era desconhecida. Eu amava ver Ian servir em nossa igreja local e no hospital como pediatra, mas vê-lo pregar para aquelas almas sedentas dentro daquele presídio fez meu coração suspirar. Apesar de tudo o que tínhamos vivido, todos os nossos erros e as muitas formas como nós poderíamos ter arruinado nossas vidas, aqui estávamos nós, pela graça.

— Eu não sei ao certo... estou pensando em nós, em tudo que vivemos, que construímos. Deus é bom.

— *He sure was, my dear*[1] — ele respondeu, beijando minha testa. Desde nosso casamento, Ian tentava me ensinar inglês para que eu pudesse me conectar com sua família que morava nos Estados Unidos.

— Mas eu estava pensando também nessas crianças aqui, Ian, nas crianças lá dentro. Eu queria fazer mais...

— Deus vai nos direcionar, Ceci. Estar aqui com Carol, apoiando e encorajando o coração dela, já é nosso primeiro passo.

Ele tinha razão. Sempre tão sábio. Ian era a âncora do nosso relacionamento. Eu era um barco à vela agitado por todo e qualquer vento, mas ele sempre me trazia de volta, me reconectava ao nosso porto.

— Bom, é hora de descer. As crianças já vão dormir.

Deixei relutante o vento gostoso da sacada e entrei novamente no calor do prédio. Parte do nosso objetivo com essa visita era voltar ao Brasil e pedir ofertas a igrejas locais para melhorias no orfanato. Ventiladores eram a prioridade número um e telas para as janelas, que pudessem proteger os pequenos das nuvens de pernilongos, a número dois.

---

[1] Tradução: "ele certamente foi, minha querida".

Descemos as escadas precárias, com cuidado para não nos machucarmos, e encontramos os pequenos correndo nos corredores rumo aos quartos. Entramos no primeiro, junto a eles, e começamos a cantar a música que os preparava para dormir. Uma por uma, as crianças se direcionavam às pequeninas camas com seus nomes pintados na cabeceira. A disciplina e o amor que Carol já tinha instalado desde sua chegada aqui nos surpreendeu, mas não deveria ter surpreendido. Afinal de contas, o que mais poderíamos ter esperado de nossa querida irmã mais velha?

Beijamos as crianças uma por uma até chegarmos à última beliche, cor-de-rosa, pintada especialmente para a pequena que agora se deitava nela com um sorriso enorme nos esperando.

— Boa noite, meu amorzinho.

— Boa noite, mamãe — Luiza respondeu, os olhos azuis fechando de sono.

Ian e eu nos permitimos ficar ali, admirando esse tesouro da graça que Deus tinha nos dado. Nossa Lulu. Havia tanto de suas tias nela — a alegria e energia de Analu, a doçura de Carol. Luiza veio como uma surpresa linda, apenas alguns meses após nosso casamento.

No começo, ficamos sem chão e com medo, afinal éramos tão jovens. Mas olhando para nossa filha agora, seus dedinhos entrelaçados nos de Ian, suas ondas loiras espalhadas pelo travesseiro, eu sabia — a vida era difícil, e isso eu tinha aprendido na prática, mas Deus era bom. Sempre, *sempre* bom.

E viver para ele é absolutamente maravilhoso.

AGRADECIMENTOS

AGRADEÇO A DEUS — Pai, Filho e Espírito Santo — pela história que me deu. Que privilégio conhecer Cecília, Ian e seus amigos, e aprender com suas dores e alegrias.

Agradeço a meu marido, Beau Walsh, por ter inspirado Ian. Você é tão doce e gentil quanto esse personagem e, ao mesmo tempo, igualmente imperfeito. E isso é maravilhoso porque nos permite experimentar a graça divina em sua vida. Obrigada por, assim como Ian com Cecília, me amar apesar de todos os meus defeitos, e nunca desistir de mim.

Agradeço à minha filha Vesper Walsh, nossa "Luiza", por ser nosso maior presente. Minhas histórias são todas para você.

Agradeço aos meus pais, João e Ivani Veríssimo, por sempre me levarem a livrarias e nunca reclamarem da quantidade de dinheiro que eu gastei durante a vida com meus companheiros de papel.

Agradeço ao meu amado primo Tiago Veríssimo por sempre me dar livros de presente de Natal e aniversários.

Agradeço ao Leonardo Santiago, por acreditar nesta história, e a toda a equipe da Pilgrim; em especial ao meu querido editor Guilherme Cordeiro, por toda paciência e dedicação para garantir que *Bem sei* fosse publicado em sua melhor versão.

Agradeço a todos que leram *Bem sei* quando ainda estava no Wattpad. Seus comentários, curtidas e compartilhamentos me mantiveram escrevendo e crendo que essa história poderia abençoar vidas.

Por fim, agradeço a dois companheiros de escrita em especial. Noemi Nicoletti, minha parceira de The Pilgrim, por ter sido a primeira a acreditar que eu poderia escrever ficção profissionalmente. E Conner Linde, por me apresentar Vikter e me ensinar que a ficção pode ser uma ferramenta poderosa de ensino. *Keep writing, my friends!*

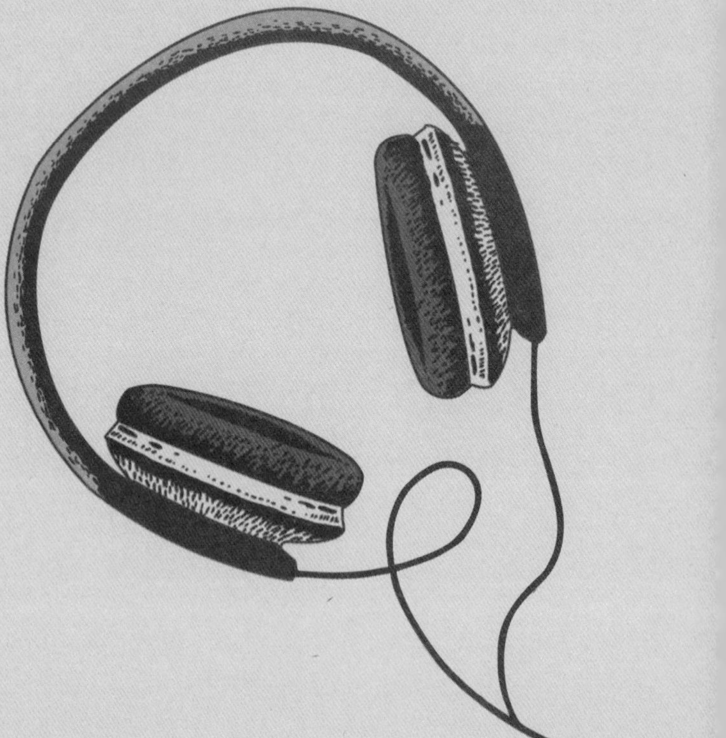

OUÇA TAMBÉM O AUDIOLIVRO!

Na Pilgrim você encontra este livro e mais de 8.000 audiobooks, e-books, cursos, palestras, resumos e artigos que vão equipar você na sua jornada cristã.

Este livro foi impresso em 2024 pela Cruzado para a Thomas Nelson Brasil em parceria com a Pilgrim. A fonte usada no miolo é Baskerville Win95BT no corpo 10. O papel é pólen natural 80g/m².